Joan Elizabeth Goodman

Ritter im Zeichen des Löwen

Joan Elizabeth Goodman
studierte in New York und Rom Kunst und Malerei und begann ihre Karriere als Illustratorin von Kinderbüchern. Erst später begann sie historische Romane für Kinder und Jugendliche zu schreiben, denn – so sagt sie – »Geschichten können Kinder für Geschichte wach machen«. Joan Elizabeth Goodman lebt mit ihrem Mann und zwei Kindern in New York und Connecticut.

Joan Elizabeth Goodman

Ritter im Zeichen des Löwen

Aus dem Amerikanischen von
Ulla Neckenauer und Antonio Castello

Arena

Danksagung
Beim Schreiben dieses Buchs habe ich mich auf die Arbeit vieler Gelehrter, Historiker und Romanschriftsteller gestützt. Das half mir mir eine weit in der Vergangenheit liegende Zeit in einem weit in der Ferne liegenden Land vorzustellen.
Dank gebührt auch Mrs Ella Demers, meiner Englischlehrerin in der neunten Klasse, die mich in meinem Schreiben ermutigte und mich mit Hilfe von Brythers The Fourteenth of October *ins Mittelalter einführte.*

Obwohl dieses Buch der Vergangenheit verpflichtet ist, ist es der Zukunft gewidmet.
Für Juliet Eve und Henry Michael – mögen die kommenden Jahre ihnen alles Glück dieser Welt bescheren.

Published by arrangement with Elizabeth Goodman

In neuer Rechtschreibung

2. Auflage 2003

Aus dem Amerikanischen von Ulla Neckenauer und Antonio Castello
Dieses Werk wurde vermittelt durch die Literarische Agentur
Schlück GmbH, 30827 Garbsen
Umschlaggestaltung: Ludvik Glazer-Naudé
Gesamtherstellung: Westermann Druck Zwickau GmbH
ISBN 3-401-05414-7

Inhalt

Aufbruch

Master Will! Bestellt Eurem edlen Vater, das Gepäck sei so gut wie bereit!«, rief Peter von Redvers grinsend. »Wir warten nur noch auf seinen Befehl zum Aufsitzen. Beeilt Euch, Will, drängt es uns denn nicht zum Aufbruch?«

»Gewiss!«, entgegnete Will. »Ich werde mich sputen!«

Er rannte über den Burghof, der, obwohl tief überschattet von der Düsternis, die vor dem Morgengrauen herrscht, so bevölkert war wie sonst nicht einmal zur belebtesten Mittagsstunde. Die Reit- und Lasttiere stampften voller Ungeduld, Ritter und Unfreie liefen hin und her und rempelten sich gegenseitig an, während sie letzte Vorbereitungen trafen. Die große Halle war dunkel und menschenleer, bis auf ein altes Weib, das sich bei der Feuerstelle die Knochen wärmte und silberne Kelche polierte, bis ihr zahnloses Grinsen sich darin widerspiegelte. Will lief mit einem kurzen Nicken an ihr vorbei und verschwand hinter der mit Schnitzereien verzierten Trennwand aus Eichenholz. Schnell lief er die wacklige, von rauchenden Fackeln beleuchtete Holztreppe hinauf, die zu den Privatgemächern seiner Familie führte. Dort würde er Sir John, seinen Vater, vorfinden, der sich gerade von seiner Gemahlin und seinen Töchtern verabschiedete. Die hölzernen Stufen federten unter Wills Füßen. Am liebsten hätte er die Treppe mit einem einzigen großen Satz erklommen, so sehr hatte ihn die Erregung des Aufbruchs gepackt.

Fackellicht erhellte flackernd den ungewöhnlich stillen

Raum, den Will nun betrat. Die Gesellschaftsdamen seiner Mutter, alle mit Spindeln in der Hand, ebenso wie seine kleinen Schwestern, die ihr Spiel unterbrochen hatten, starrten Lady Alice und Sir John mit großen Augen an. Wills Eltern hielten sich eng umschlungen, die Lippen vereint in einem langen Kuss. Als sie sich schließlich voneinander lösten, blieben ihre Blicke dennoch verbunden. Wills Räuspern durchbrach den Zauber des Augenblicks. Röte überzog Lady Alices Gesicht, während sich Sir John seinem Sohn zuwandte.

»Peter von Redvers sagt, das Gepäck sei bereit«, meldete Will.

»Dann wollen wir uns nun auf den Weg machen«, erwiderte Sir John. Er küsste Joan und Margaret feierlich auf die Stirn, hob Agnes hoch in die Luft und kitzelte sie, bis sie zappelte und quietschte. Dann ließ er sie wieder ab und küsste feierlich ihr Händchen. Als er sich vor Lady Alice verneigte, sank sie in einen tiefen Knicks.

Sir John legte Will die Hand auf die Schulter: »Bleib nicht allzu lange!« Er wandte sich ab und ging hinab in den Hof zu seinen Männern.

Lady Alice trat vor und schloss ihren Sohn in die Arme. Normalerweise hätte er sich gesträubt, doch nun, eingehüllt in ihre sanfte Umarmung und den Duft von Gewürznelken, blieb er ruhig stehen.

»Mögest du freudig und voller Kraft hinausziehen, mein Sohn. Möge dich die gnädige Jungfrau ebenso sicher durch die böse Zeit, die über England gekommen ist, zur Feste Oxford geleiten, wie sie dich durch die Pocken geleitet hat.«

Vielleicht war es ja eine Gotteslästerung, doch Will vertraute darauf, dass sein Vater sie sicher nach Oxford bringen würde, mit oder ohne Beistand der Heiligen Jungfrau. So wie es ja auch seine Mutter gewesen war, die ihm mit ihrem Wissen um die Heilkräuter und ihrer geduldigen Pflege die Gesundheit wiedergegeben hatte.

»Lern nur fleißig, mein kleiner Hase, dann wird mein Stiefbruder, Aubrey de Vere, einen Ritter aus dir machen. Du weißt, es herrschte nicht immer Eintracht zwischen deinem Vater und deinem Onkel, dem Grafen . . .«

Daran brauchte ihn seine Mutter nicht zu erinnern. Will wusste genau, dass der Graf feindselige Gefühle für seinen Vater hegte. Sie hatten schon vor langer Zeit ihren Anfang genommen, entfacht durch die Eifersucht des Grafen auf jene Landbesitzer von altersher deren Anspruch darauf, das Wohl Englands zu vertreten, um so viel größer war als sein eigener. Blindley Heath war schon seit der Zeit der Sachsen im Besitz von Wills Familie. Will war stolz auf seine Herkunft, er war stolz, dass Blindley Heath nur dem König Gefolgschaft schuldete und niemand sonst.

Der Vater seines Onkels, ein mittelloser Ritter ohne Land und Herkunft, hatte sich um den König verdient gemacht und als Lohn die Hand der Gräfin de Vere, einer begüterten Witwe, erhalten. Sein Sohn, Aubrey de Vere, hatte den Grafentitel nur deshalb geerbt, weil Lady Alice, seine Stiefschwester, keine Brüder hatte. Er war sich seines hohen Standes stets bewusst, ebenso wie seiner bescheidenen Herkunft. Dass sein Schwager, John Belet, nur einen unbedeutenden Besitz sein Eigen nannte, ihm im Königreich aber dennoch gleichgestellt war, schien Aubrey besonderen Verdruss zu bereiten.

Lady Alice, die Will nun auf Armeslänge hielt, sprach mit großem Ernst. »Ich vertraue darauf, dass deine Bemühungen, ebenso wie die deines Bruders John, dazu beitragen werden, den Riss zu kitten, der sich zwischen deinem Onkel und deinem Vater aufgetan hat.«
Will nickte.
»Vergiss die Dinge nicht, die du an *meiner* Seite gelernt hast. Ein edler Ritter muss beides kennen, die Kunst des Krieges und die des Friedens.«
Ein edler Ritter. Das, und nur das allein, wünschte sich Will schon so lange er denken konnte: ein Ritter zu sein, so edel und tapfer wie jene Kämpen in den Geschichten der fahrenden Leute. Konnte ein »kleiner Hase« jemals werden wie Ritter Roland? Wie Karl der Große? Wie die Ritter der Tafelrunde?
»Versprich mir, Will, dass du deine Lateinstudien beibehalten wirst! Lady Elaine wird es gefallen, wenn ihr neuer Page auch die Schreibkunst beherrscht!«
»Ich verspreche es dir. Ich werde jeden Tag in dem Buch lesen, das du mir gabst.«
»Berichte mir von deinen Fortschritten!«, bat seine Mutter.
»Sooft ich kann«, gelobte Will.
Nun ließ ihn Lady Alice los und trat einen Schritt zurück.
»Ich versuche dich in meinem Gedächtnis einzugraben«, sagte sie. »Denn ich fürchte, es droht große Gefahr in diesen bösen Tagen . . . oh, mein Sohn, viel Zeit wird vergehen, bis ich dich wieder sehe!«
Tränen flossen aus ihren meergrünen Augen und liefen über ihre blassen Wangen hinab bis auf ihr Brusttuch.
Doch schon einen Augenblick später rief sie »Meiner

Treu!« und trocknete sich die Augen. »Wie gut, dass dein Vater unten auf dem Burghof ist und nicht sehen kann, dass ich weine wie ein törichtes Frauenzimmer. Komm jetzt, gib deinen kleinen Schwestern einen Abschiedskuss!«

Die Mädchen ließen alles stehen und liegen und drängten sich um ihn. Joan und Margaret hingen an seinen Armen, Agnes umklammerte sein Bein. Will kitzelte die älteren und hob Agnes auf die Hüfte.

»Sieh sie dir gut an!«, forderte ihn seine Mutter auf. »Sie werden wachsen, während du in Oxfordshire bist. Behalt sie als die süßen Täubchen in Erinnerung, die sie gerade sind.«

Agnes begann laut zu weinen.

»Ich will auch mit!«, schluchzte sie und trommelte mit ihren pummligen Fäustchen auf Will ein.

Will lachte und drückte sie fest an sich.

»Süßes, kleines Täubchen!«

»Weine nicht mehr!«, sagte Lady Alice, nahm die Kleine in die Arme und tröstete sie.

Will erinnerte sich daran, dass er ebenso laut geheult hatte, weil er nicht hatte mitkommen dürfen, als John nach Oxfordshire aufgebrochen war. Damals war John neun gewesen und Will vier. Schon als so kleiner Junge hatte es ihn über alle Maßen erbost, dass er zu Hause bleiben musste, während sein älterer Bruder sich aufmachte zu seinem großen Abenteuer. Alice, seine älteste Schwester, war im Alter von zehn auf die Burg ihres Anverlobten in Bristol gezogen. Und Edna, die zweitälteste, wurde schon mit acht nach Woldingham zu den Nonnen geschickt. Und jedes Mal blieb Will zurück. Als auch er endlich neun wurde und an der Reihe gewesen wäre, in die Welt hinauszuziehen, erkrankte er an den Pocken. So musste er drei lange Jahre warten, bis er wieder kräftig genug war, um bei seinem Onkel, Graf Aubrey, seinen Dienst anzutreten. Erst als Page, dann als Knappe und *dann* würde er sich, so es Gott gefiel, die Sporen verdienen und zum Ritter ernannt werden. Und als solcher würde er in die Welt hinausziehen und es zu Rang und Ehren bringen! Nun wurde sein Traum, von Blindley Heath fortzukommen, endlich wahr. Aber so glücklich ihn der Aufbruch auch machte, der Abschied fiel ihm schwer.

Agnes' lautes Weinen war zu einem leisen Wimmern geworden, als Will schließlich ging. Genauso wollte er seine Familie im Gedächtnis behalten: seine Mutter mit Agnes auf dem Arm, Joan und Margaret rechts und links von ihr, alle mit hellhäutigen, sommersprossigen Gesichtern, die grünen Augen von Abschiedsschmerz verdunkelt.

Auf dem Burghof herrschte womöglich noch mehr Umtrieb als zuvor, während die Männer letzte Hand anlegten. Pagen, Diener und Unfreie hasteten in Lagerräume hinein und wieder heraus, beladen mit Ausrüstungsgegenständen. Umhänge wurden über Panzerhemden geworfen, deren blanke Metallscheiben im frühmorgendlichen Licht funkelten. Waffenschmiede und Knappen schleppten schimmernde Schwerter, Piken und Schilde herbei, auf denen ein scharlachrotes Band vier Felder in Rot und Blau umlief, den Farben Sir John Belets. Pferde wieherten und schüttelten ihre Zügel. Jagdhunde umsprangen kläffend

und schnappend ihre Hüter. Alle hatte die Unruhe ergriffen, alle drängte es zum Aufbruch.
Der Schmied und die Stallburschen warfen einen letzten prüfenden Blick auf die Packpferde und ihre Lasten, um sich zu vergewissern, dass auch alles war, wie es sein sollte. Zwei der Pferde waren ausschließlich mit den Gaben für den Grafen und die Gräfin von Oxford beladen. Wills Mutter schickte eine große Menge kostbarer Wäsche, einen Satz roter Vorhänge und kunstvoll bestickte Wandbehänge für Lady Elaine. Gefäße aus Silber und Bronze, Pelze und Teppiche waren auf die Pferderücken geschnallt. Dazu kamen noch all die Dinge, die Will für seine Ausbildung brauchte.
Sir John stand bei den Vogelkäfigen, strich seinem Lieblingsfalken übers Gefieder und sprach leise mit seinem Haushofmeister und den Rittern, die zum Schutz von Blindley Heath zurückbleiben würden. Trotz all des lärmenden Durcheinanders auf dem Burghof war es seine tiefe, ruhige Stimme, die Will hörte.
Nun kamen die Frauen aus den Küchen. Ihre Röcke und Schürzen flatterten wild in der morgendlichen Brise. Scheu, mit einem sorgfältig in Ölhaut genähten Päckchen in der Hand, kam Mildred, die Tochter des Imkers, herbei.
»Eine Honigwabe«, flüsterte sie. »Möge sie Euren Weg versüßen, Master Will.«
Bevor sich Will bedanken konnte, zog Mildred den Kopf ein und huschte davon.
Gwen, die dicke Köchin, drückte Will mit einem Klammergriff an sich.
»Mein kleiner Hase will aufbrechen, ohne der alten Gwen einen Kuss zu geben?«

Zappelnd suchte sich Will aus ihren dicken, fettverschmierten Armen zu befreien.
»Warum denn so schüchtern, kleiner Hase?«, erkundigte sich Ranulf d'Artois, ein junger Ritter im Dienst von Sir John, dem es großes Vergnügen zu bereiten schien, Will zu peinigen, vor allem, was dessen geringe Körpergröße betraf. »Gebt dem Frauenzimmer, was ihm gebührt!«
»So ist es recht, guter Herr!« Gwen nickte und ließ dabei ihr Doppelkinn wabbeln. »Ich fordere nicht mehr, als mir zusteht. Wenn man bedenkt, wie viel Süßigkeiten dieser karottenköpfige Halunke aus meiner Speisekammer stibitzt hat, könnte man meinen, er müsste eine ganze Spanne größer sein!«
Während Gwen mit d'Artois scherzte, gelang es Will, mit dem Ellbogen nach ihr zu stoßen und sich zu befreien – nur um sich in d'Artois' stählernem Griff wieder zu finden.
»Gebt der schönen Maid ihren Kuss, kleiner Hase!«
Will zappelte und trat um sich. Wie war es an diesem Tag aller Tage möglich, dass man ihn so beschämte, und das in Anwesenheit seines Vaters?
»Steigt auf, Master Will!«, befahl Peter von Redvers mit einem kalten Blick für d'Artois. »Lasst Euren guten Vater nicht warten!«
So abrupt, dass Will zu Boden stürzte, ließ d'Artois ihn los und ging gemessenen Schrittes zu seinem eigenen Pferd. D'Artois schien unter einem finsteren Himmel zu leben. Obwohl das Herrengut ein belebter Ort war, blieb d'Artois meistens für sich und hielt sich von der stickigen Wärme und der vergnügten Stimmung in der Halle fern. Will war jedoch bekannt, dass sein Vater die ritterlichen Fertigkei-

ten und das unerschütterliche Ehrgefühl des Mannes hoch schätzte, auch wenn er von so düsterem Gemüt war.

Will rappelte sich auf, bestieg seine gescheckte Stute und dirigierte sie auf ihren Platz zwischen Peter von Redvers und Ranulf d'Artois.

Die Pferdehufe donnerten über die schmale Holzbrücke, als sie in Reih und Glied durchs Torhaus ritten. Draußen auf der Straße ordneten sie sich zu Dreierreihen und fielen in einen leichten Trab, während sie an Hütten und kleinen Gehöften vorbeikamen, wo das Landvolk Lauch, Bohnen und Kohl anbaute. Frauen mit Säuglingen auf den Armen standen winkend vor den Türen. Unfreie mit ihren Ochsen und Häusler mit Hacken säumten den Weg. Sir John Belet war beliebt bei seinen Pächtern. Selbst in dieser wüsten Zeit, wo viele Hungers starben, mangelte es auf seinen Besitzungen keinem an Nahrung oder Unterkunft. Die Bauern schwenkten Stachelstöcke, die zum Antreiben ihrer Ochsen dienten, und schrien »Hurra!«, als ihr Herr mit seinen Männern vorüberritt. Will atmete tief die Luft dieses neuen Herbstmorgens ein. Die immer noch grünen Wiesen funkelten im ersten Tageslicht. Heumieten tupften die Felder, die Erde, frisch gepflügt für die Wintersaat, verströmte ihren dumpfen, schweren Geruch. Sie hatten einen weiten Weg vor sich. Will saß hoch auf seiner hübschen Stute und vergaß für den Augenblick die Demütigungen, die er von Ranulf d'Artois und der dicken Gwen hatte erleiden müssen.

Er warf einen Blick über die Schulter zurück. An einem offenen Fenster der Privatgemächer war der schneeweiße

Schleier seiner Mutter zu erkennen. Will wusste, dass ihr Blick auf ihm lag.

»Leb wohl!«, flüsterte er, dann drehte er sich im Sattel nach vorn, um der Straße entgegenzublicken, die sich vor ihm erstreckte. Er würde hart arbeiten. Er würde die verlorenen Jahre wettmachen und große Ehre über seine Familie bringen. Will setzte sich aufrechter in den Sattel. Lady Alice sollte stolz auf ihn sein.

Es war nur eine kleine Truppe, die von Blindley Heath in Surrey ausritt; Sir John wollte seine Ländereien so gut bewacht wie nur irgend möglich zurücklassen. Geoffrey de Mandeville, Graf von Essex, oder ein anderer habgieriger Baron, würden nicht zaudern einen schlecht verteidigten Besitz unter Belagerung zu nehmen. Die Gesetzlosigkeit, die unter König Stephen herrschte, begünstigte solch ehrlose Taten. Sir John wollte mit seinen Männern zunächst in nördliche Richtung zu einem Lehnsgut reiten, das ebenfalls ihm gehörte. Es lag in der Nähe von Woldingham im Königsforst. Dort sollten für die Reise nach Oxfordshire fünf bewaffnete Ritter, die Sir John Lehnsdienst schuldeten, mit ihren Knappen zu ihnen stoßen.

Sein Vater spottete über seine eigenen Sicherheitsvorkehrungen. Zu König Henrys Zeiten wäre es einer Dame mit einem Säugling auf dem Arm möglich gewesen, England in der Länge und Breite zu durchwandern, ohne Schaden zu nehmen, sagte er. Doch seit es Stephen gelungen war, Kaiserin Matilda, die rechtmäßige Herrscherin über England, zu stürzen und die Regentschaft an sich zu reißen, musste selbst ein alter, abgehärteter Kämpe wie Sir John auf sei-

nen Schatten Acht geben, sobald er den Fuß aus seinen Ländereien setzte.
Will wusste, dass man die zusätzlichen Ritter zum Teil wegen ihm für notwendig erachtete – man befürchtete, seine kleine Stute könne nicht mithalten, falls sie vor einer Räuberbande fliehen mussten. Auch Lady Alice hatte darauf bestanden, dass zusätzliche Männer mitkamen, war es doch wohl bekannt, dass der Graf von Essex in Surrey und Kent Reisende ausrauben ließ, um seine Truhen mit ihrem Gold und seine Verliese mit neuen Opfern zu füllen.
Sir John hatte seiner Gemahlin unterstellt, sie wolle die zusätzlichen Ritter nur deshalb, damit Will in der großen Burg ihres Stiefbruders prächtigen Einzug hielt. Aber das hatte er gesagt, um sie zu necken und um die Gefahr herunterzuspielen.
Sie ritten schnell und hatten schon bald die Felder und Wälder, die Kirche und die Dörfer, die zum Besitz seines Vaters gehörten und die Will so gut kannte, hinter sich gelassen. Als sie schließlich auf die alte Römerstraße gelangten, die von Lewes nach London führte, hatte Wills Abenteuer in Wahrheit begonnen. Vor ihnen lag ein Teil des königlichen Waldes. Sir John plante, dort eine Hirschkuh oder einen Keiler zu erlegen – falls es ihm gelang. Die Beute wollten sie nach Godstone mitnehmen, um sie dort in der Abtei zum Abendbrot zu verspeisen.
Will hatte noch nie an einer richtigen Jagd teilgenommen, war noch nie im Königsforst gewesen, hatte höchstens einmal mit einigen jungen Burschen aus dem Dorf in den Wäldern seines Vaters einen Dachs oder ein paar Hasen

aufgescheucht. Der Königsforst war viel, viel größer als die Wälder von Blindley Heath und nahm fast die Hälfte von Surrey ein. Zur Zeit der Sachsen hatte allerdings ein guter Teil davon zu Blindley Heath gehört. Die königlichen Wälder bestanden zum Großteil aus Land, das William der Eroberer den sächsischen Fürsten abgerungen hatte. Wills Vater hatte gesagt, sie zögen sich über ein Drittel des Landes und wären Englands Ruin. Früher hatten die Bauern darin jagen dürfen, um in mageren Zeiten ihren Tisch zu bereichern. Heutzutage jedoch landeten sie am Galgen, wenn sie mit der Schlinge einen Hasen fingen oder man hieb ihnen den Arm ab, wenn sie sich Holz schlugen. Nur der König und seine Barone durften in den Wäldern jagen, wobei die Barone für das Vergnügen bezahlen mussten.

Aber Will fand es wundervoll hier. Die wildesten Tiere lebten im Königswald – Bären, Wildkatzen, Wildschweine und Wölfe. Und in den tiefsten Wäldern, auf den verborgensten Lichtungen, war das Einhorn zu Hause! Will zitterte vor Erregung.

»Habt Ihr Angst, kleiner Hase?«, fragte d'Artois.

»Lasst den Jungen in Frieden!«, kam von Peter von Redvers.

»Eine leichte Beute, die Hasen!«, antwortete d'Artois und feixte.

»Schenkt ihm keine Beachtung!«, sagte Peter zu Will gewandt. »D'Artois kam mit Dornen zur Welt, die er andere gerne spüren lässt.«

Will lächelte. Nicht einmal der finstere d'Artois würde ihm diesen Tag verderben.

Sir Johns Jagdhorn durchschnitt mit silberhellem Klang die Luft. Jagdpfleger und Förster wurden, wie es der Brauch wollte, solchermaßen vorgewarnt, dass ein hoher Herr zur Jagd gekommen war.

Als sie in Reihe in den Laubwald ritten, ließen sie die Pferde in eine langsamere Gangart fallen. Wills erste Jagd nahm ihren Anfang.

Die Jagd

Das Dickicht ging über in tiefen, älteren Wald, wo mächtige Eichen, gekleidet in herbstliche Farben, sich himmelwärts streckten. Sir John gab Signal zum Halten. Zwei Ritter wurden ausgewählt, um bei den Packpferden Wache zu halten. Sir John wandte seinen ruhigen Blick Will zu, der den Atem anhielt aus Angst, man könne auch ihn von der Jagd ausschließen.

»Hast du keine Waffe bei dir, Sohn?«, fragte Sir John.

»Ich habe einen Bogen, Sir. Er ist auf dem Packpferd.«

»Als wäre der kleine Hase geschickt genug, um ihn auch zu gebrauchen«, murmelte d'Artois vor sich hin.

»Ranulf d'Artois!«, sagte Sir John ruhig.

»Mein Gebieter?«

»Ihr werdet bei den Pferden bleiben! Es geht nicht an, dass die Schätze der Milady von einem vorüberkommenden Wilddieb fortgeführt werden.«

»Aber Herr . . .«

»D'Artois! Hier ist ein Mann von *Eurem* Können vonnöten!«

»Zu Befehl«, sagte d'Artois, dessen dunkles Gesicht sich rötete.

»Nun, junger Will, hol deinen Bogen!«, befahl Sir John. »Die Hunde können es kaum mehr erwarten.«

Die Jagdhunde waren in heller Aufregung. Sie sprangen um den Hüter herum, verhedderten sich in ihren Leinen und kläfften wie wild. Der Jagdmeister, sein Bursche und die Hundeführer brachten die Tiere ins tiefere Dickicht, damit sie dort eine Spur aufnehmen und das Wild herausscheuchen konnten. Will stieg ab und holte seinen Bogen von einem der Packpferde, dazu einen Köcher mit Pfeilen. Er spannte die Sehne und hängte sich den Köcher über den Rücken. Für den finster dreinblickenden d'Artois hatte er nur einen kurzen Blick. So Gott es will, werde ich im Sattel bleiben, dachte Will, während er seine Stute wieder bestieg. Peter von Redvers schenkte ihm ein Grinsen und Will war plötzlich so aufgeregt und unruhig, dass er am liebsten in das Kläffen der Hunde eingestimmt hätte.

Eine kurze Weile später kam der Bursche des Jagdmeisters zurück auf die Lichtung. Der Waidmann hatte die Spuren einer Hirschkuh gefunden; die Jagdhunde hatten die Witterung aufgenommen. Auf Sir Johns Nicken hin blies Peter von Redvers das aus dem Stoßzahn eines Elefanten gefertigte Horn und gab dem Meutenführer Signal, die Hunde loszulassen. Als das Horn durch den Wald schallte, nahm Will, der fühlte, wie sich die Stute unter ihm straffte, die Zügel fest in die Hand. Einen Augenblick lang verharrten alle Männer und Pferde vollkommen still, bereit loszupreschen.

Als das Horn noch einmal erklang, presste Will seiner Stute die Fersen in die Flanken und die ganze Gruppe preschte los wie ein einziger Mann. Die Jagd hatte begonnen!

Will, der ganz vorne ritt, hatte die Jagdhunde schon bald ausgemacht. Mit wildem Gejaule rannten sie durchs dichte Unterholz. Hinter Will trommelten die Hufe der Streitrösser auf den Waldboden ein, doch wagte er es nicht, einen Blick zurückzuwerfen. Will hielt den Kopf gesenkt und den Blick nach vorne gerichtet. Er schlang die Arme um den Hals der Stute, drückte sie fest und flüsterte in ihr Ohr: »Wenn du mithalten kannst und nicht zu Boden gehst, sollst du Hafer und Äpfel kriegen, so viel du willst!«

So preschten sie durch dichten Wald. Äste rissen an Wills Umhang und an seiner Kniehose, drohten ihn vom Pferd zu zerren, doch er klammerte sich an der Stute fest, die sicheren Schritts dem wilden Lauf der Hunde folgte. Genau vor Will rannte eine scheckige Hündin. Will konzentrierte sich auf sie, was ihm half Kopf und Sitz zu behalten. Die Männer gaben ihren Pferden lauthals Befehle und wechselten Schreie untereinander.

»Ruhig Blut!«

»Aus dem Weg!«

»Gib Acht!«

»Gib selber Acht!«

Wills Stute sprang über gefallene Äste hinweg und machte kaum einen Fehltritt auf dem rauen Grund. Will hörte ein lautes Krachen, das Wiehern eines Pferdes und das Gelächter von Männern. Jemand war aus dem Sattel gestürzt. Schon bald erreichten sie eine Lichtung, wo das Gebell wie rasend wurde. Über die offene Wiese hinweg, am Rand eines Dickichts, konnte Will die Umrisse einer Hirschkuh erkennen.

»Jetzt!«, wisperte Will der Stute ins Ohr. »So schnell du kannst, so schnell . . .«

»Halt!«, schrie da Sir John.

Will zügelte die Stute und kam so abrupt zum Stehen, dass er fast heruntergestürzt wäre. Jetzt hörte er das Horn. Ein Schrei erreichte sie aus dem Wald, den sie verlassen hatten. Die Männer bei den Packpferden waren in Gefahr! Will riss sein Pferd herum und jagte mit den anderen zu ihrer Hilfe.

Als sie sich dem Laubwald näherten, hörte Will das Klirren von Stahl und das angstvolle Wiehern von Pferden. Die Ritter setzten im Reiten ihre Helme auf und zogen ihre Schwerter. Peter von Redvers ließ sein Pferd zurückfallen, bis Will neben ihm aufschloss.

»Haltet Euch dem Kampf fern, Master Will!«, befahl er. »Habt Ihr gehört?«

»Ja, Sir.«

Mindestens zehn Ritter umschwärmten Sir Johns Männer und die Packpferde. Will erkannte das Schwarz und das Purpur auf ihren Schilden als die Farben des Grafen von Essex. D'Artois, mit dem Rücken zu den Packpferden, wehrte gerade zwei der Ritter ab. Noch während die Jagdgruppe näher preschte, riss einer der Essex-Männer sein Schwert hoch und ließ es auf Gilbert von Godalmings Schulter fallen. Gilbert stürzte von seinem Pferd, Blut schoss aus der Wunde und tränkte die Erde.

Sir John stürmte mit einem schrecklichen Schrei mitten ins Getümmel und versetzte dem blutrünstigen Raubritter einen tödlichen Streich. Dann wirbelte er herum und spürte mit seinem rächenden Schwert weitere Feinde auf.

Inzwischen hatten seine Kämpfer die Ritter von Essex eingekreist. Das Klirren von Schwert auf Schwert, das Dröhnen der Schilde unter den Hieben war ohrenbetäubend. Von Zeit zu Zeit erklangen tiergleiche Wut- oder Schmerzensschreie, jedoch keine Worte. Will blieb zurück, wie man es ihm befohlen hatte. Wie oft hatte er den fahrenden Sängern gelauscht, wie sie von ruhmreichen Schlachten

und ehrenvollem Blutvergießen sangen. Jetzt, mitten im Kampfgetümmel, sehnte er sich an jeden anderen Ort, nur nicht hierher auf diese blutgetränkte Lichtung.
Gilbert von Godalming lag auf dem Rücken und war dem Toben des Scharmützels um und über ihm hilflos ausgeliefert. Will wünschte sich, er könnte ihn vor den trampelnden Hufen schützen oder zumindest dem unaufhörlichen Blutstrom Einhalt gebieten.
Blut spritzte auf Schilde und tropfte von Schwertern. Peter von Redvers stellte einen Ritter, der fast zweimal so groß war wie er. Mit einer geschickten Drehung auf seinem Pferd brachte er seinen Gegner aus dem Gleichgewicht und schlug ihm den Kopf ab. Dieser rollte über den Boden, fast bis hin zu Will, wo er liegen blieb und mit zornig aufgerissenen, blicklosen Augen zu ihm emporstarrte.
Die Welt schien sich schwarz und rot zu verfärben. Will beugte sich so weit vor wie nur möglich, verflocht die Finger in der Mähne seiner Stute und schloss die Augen, um diesen Alptraum auszusperren.
Als er sie wieder öffnete, hatten Sir John und seine Ritter die Verfolgung der Essex-Männer aufgenommen, die in Richtung der vor dem Wald verlaufenden Straße flüchteten. Der Kampf war beendet. Mit einem Mal war es still um sie herum. Nur der einsame Schrei einer Waldschnepfe war zu hören. Vier Ritter lagen auf der Erde. Die Packpferde und die Kampfrösser standen so regungslos da wie Statuen. Nichts regte sich im Wald. Unmöglich, dass dies wirklich war. Es musste ein Traum sein, eine schreckliche Vision . . .
»Helft mir, kleiner Hase!«

Es war kein Traum.
Will glitt von seiner Stute und lief los.
D'Artois war verwundet. Blut floss von seinem Schildarm und seinem linken Schenkel.
»Verbindet die Wunden!«
Will nickte. Ja, der Blutfluss musste gestillt werden. Aber womit? Er rannte zu einem Packpferd und zog eines der wertvollen Geschenke für den Grafen von Oxford herunter. Es war in weißes Leinen eingewickelt, das sich recht gut eignete. Will ließ die silberne Schüssel fallen und lief zurück zu d'Artois.
»Das Bein ist schlimmer als der Arm«, erklärte dieser. »Schneidet das Beinkleid auf!« Und er reichte Will seinen Dolch.
So vorsichtig und schnell, wie es ihm möglich war, schnitt Will das blutige Leder auf. Er hatte oft zugesehen, wie seine Mutter die Verletzungen der Unfreien versorgte, und er wusste, was zu tun war. Aber ob es ihm auch gelang? Er stellte sich so tollpatschig an und noch immer floss Blut aus der Wunde. Was, wenn er mit dem Dolch abrutschte und d'Artois noch mehr verletzte? Will richtete ein stummes Gebet an Sankt Damian, den Heiler.
Jetzt lag das Bein frei. Will zerschnitt das Leinen und begann die Streifen um die Wunde zu wickeln.
»Fester!«, befahl d'Artois aschgrau vor Schmerzen mit zusammengebissenen Zähnen.
Endlich war die Blutung gestillt. Will verknotete die Binde so ordentlich wie möglich und wandte sich dann dem verwundeten Arm zu.
»Besser, Ihr zieht mir das Panzerhemd aus«, empfahl d'Artois.

Will half ihm, sich aufzusetzen. Er schnürte das lederne Wams auf und half d'Artois behutsam aus dem hinderlichen Kettenpanzer. Schweiß lief von der Stirn des Mannes, während Will Metallstückchen aus der Wunde klaubte. Er beeilte sich, so sehr er konnte. D'Artois sah aus wie der Tod. Endlich war die Wunde sauber und Will wickelte Leinenstreifen darum.

D'Artois stieß einen tiefen Seufzer aus und lehnte sich gegen eine Eiche zurück. Wills Hände waren klebrig vom Blut. Sein Rock und sein Umhang trugen rote Flecken. Sein Kopf begann sich zu drehen. Möge Gott verhindern, dass ich in Ohnmacht falle wie eine Frau, dachte er.

»Master Will!« D'Artois brachte ihn wieder zur Besinnung. »Geht zu den Packpferden und holt uns Wein!«

Will hatte das Gefühl, als käme er zurecht, solange er nur etwas tun konnte. Es war, wenn er an das Blut dachte . . . besser, er dachte gar nicht nach. Als er einen Krug Wein gefunden hatte, brachte er ihn d'Artois, der einen tiefen Zug nahm.

»Trinkt auch etwas, kleiner Hase!«, riet der Ritter. »Das wird Euch ins Gleichgewicht bringen.«

Will trank ausgiebig und reichte dann den Krug wieder d'Artois.

»Ist Gilbert noch am Leben?«, fragte d'Artois.

Will sah zu dem gefallenen Ritter. Er lag in einer Lache seines eigenen Bluts, das sich so verdickt hatte, dass es ganz schwarz wirkte. Sein Mund war offen, die Augen waren himmelwärts gerichtet. Eine Fliege saß auf seiner Wange.

»Atmet er?«, wollte d'Artois wissen.

Will beugte sich näher. Da war kein Atem, nur der Geruch

des Todes. Will kehrte der Leiche den Rücken zu und erbrach Wein, so rot wie Blut.
Hufschläge erschütterten den Boden. Will wischte sich Mund und Augen ab und sah Peter von Redvers heranreiten.
»Steigt auf, Master Will!«, schrie dieser schon von weitem. »Schafft Ihr's, d'Artois?«
Will half d'Artois eilends auf die Füße. Kurz darauf war Peter von Redvers schwer atmend bei ihnen angelangt.
»Schnell! Draußen auf dem Weg waren noch mehr von Essex' Männern! Sir John schickt mich, um euch und die Packpferde zu retten! Wir müssen uns nach Godstone durchschlagen!«
Gemeinsam gelang es ihnen, d'Artois auf sein Pferd zu setzen. Will sprang auf seine Stute. Peter ergriff die Zügel der Packpferde und stieg ebenfalls auf.
»Kein Wort!«, warnte Peter. »Und bleibt eng beisammen!«
Auf demselben Pfad, den sie beim Beginn der Jagd benutzt hatten, führte er sie in den Wald hinein. Die Jagd! Was war mit den Jägern und den Hunden geschehen?
Aus dem Laubwald hinter ihnen erklang ein Horn.
»Sie kommen!«, rief Peter.
Die Jagd hatte begonnen! Jetzt waren die Jäger zu Gejagten geworden!

Im Wald

Der Klang der Hörner verfolgte sie. Jedes Mal, wenn er sie hörte, spürte Will Panik in sich aufsteigen wie eine schwarze Flut. Wie konnten sie ihren Verfolgern entkommen, wo sie doch drei Packpferde mitzerren mussten? Erging es Sir John besser, draußen auf der Römerstraße? Hatte er sich gegen Essex' Schurken behaupten können?

Peter von Redvers brachte sie auf gewundenen Pfaden zu der Lichtung, wo sie die Hirschkuh gesichtet hatten. Aber er mied die offene Fläche und führte sie stattdessen tiefer in den Wald hinein, wo sich der Pfad immer mehr im Unterholz verlor, sodass sie nur mehr im Schritt vorankamen. Je langsamer sie ritten, desto mehr ergriff Panik Besitz von Will. Wenn die Männer des Grafen sie einholten, würde man sie in Stücke hauen oder, noch schlimmer, sie in Essex' Kerker schaffen. Aber da Peter von Redvers sie anführte, konnte Will nur folgen und beten, dass er nicht als Gefangener enden würde.

Wäre er schon erwachsen, hätten sie sich den Schurken vielleicht entgegengestellt und gekämpft, anstatt wie die Hasen davonzulaufen. Dann fiel ihm der Kampf wieder ein. Im Augenblick gab es nur die Flucht für ihn. Doch eines Tages würde er ein Ritter sein wie einst Roland und *niemals* mehr davonlaufen.

Zumindest schien Peter den Königsforst recht gut zu kennen. Er fand durch das dichteste Gehölz hindurch, flink wie eine Kreatur des Waldes. An einem Punkt führte er sie in ein Dickicht, so undurchdringlich, dass Will schon fürchtete, sie würden nie mehr nach draußen finden. Doch dann stießen sie tatsächlich auf einen schmalen Durchgang, der sie einen Hügel hinunter und auf einen breiteren Weg brachte. Dort nahmen sie Geschwindigkeit auf und plötzlich bemerkte Will, dass der Klang der Hörner zu einem leisen, fernen Murmeln geworden war.

»Wir haben sie abgehängt!«, rief Will.

Peter drehte sich im Sattel um, runzelte die Stirn, bedeutete Will zu schweigen . . . und dann zwinkerte er.

Sie hatten sie abgehängt! Zumindest für den Augenblick. Will schaute über die Schulter, um zu sehen, ob d'Artois verstanden hatte, dass sie, zumindest vorerst, der Gefahr entronnen waren. D'Artois lag mehr, als dass er saß und vermochte sich kaum im Sattel zu halten.

Will presste seiner Stute die Fersen in die Flanken, bis sie zu Peter aufgeschlossen hatte.

»D'Artois«, formte er mit den Lippen.

Peter reichte Will die Zügel der Packpferde und ritt zu d'Artois zurück. Er richtete ihn auf und d'Artois gelang es tatsächlich, aufrecht sitzen zu bleiben. Er war totenblass.

Peter schloss wieder zu Will auf, nahm die Zügel der Packpferde und bog vom Weg ab auf einen schmalen, sich windenden Pfad. Will horchte dem Klang der Hörner nach. Manchmal war er sicher, dass sie lauter wurden. Sollten Essex' Männer sie in diesem Dickicht aufspüren, war alle Hoffnung verloren.

Der Pfad war so stark überwuchert, dass das Reiten unmöglich wurde. Peter stieg ab und bedeutete Will dasselbe zu tun. D'Artois war inzwischen wieder vornüber gesunken, sodass die tief herabhängenden Äste leicht über ihn hinwegstrichen. Schließlich langten sie auf einer winzigen Lichtung an.

In der Mitte war ein Ring aus Steinen mit den verkohlten Überresten eines Feuers.

»Was ist das?«, flüsterte Will.

»Der Unterschlupf eines Wilderers«, antwortete Peter, während er die Pferde anband. »Kommt, helft mir mit d'Artois!«

Sie ließen ihn vom Pferd gleiten und legten ihn vor der Feuerstelle behutsam auf den Boden. Er kam zu sich, während sie es ihm bequem machten, seine Augen groß und voller Angst.

»Beruhigt Euch!«, sagte Peter. »Für den Augenblick sind wir sicher.«

D'Artois schloss die Augen und seufzte.

»Da, hinter dem Dornengestrüpp, liegt eine Höhle«, erklärte Peter und deutete auf wirres Rankenwerk. »Die werden wir uns ansehen, sobald wir d'Artois versorgt haben. Holt uns erst einmal Wein!«

Will ging zu einem der Packpferde und musste dabei an den Krug denken, den er neben der Leiche von Gilbert of Godalming zurückgelassen hatte. Was würde aus Gilberts unsterblicher Seele werden, ohne Gebet und ordentliche Bestattung? Würden ihn nun die Dämonen für ihre Reihen beanspruchen? Will fand einen weiteren Krug und brachte ihn Peter.

»Habt Ihr das getan?«, fragte Peter und deutete auf den Verband um d'Artois' Bein.

»Ja«, bestätigte Will. Hatte er die Sache nur noch schlimmer gemacht mit seiner Unbeholfenheit?

»Habt Ihr die Wunden gesäubert, bevor Ihr sie verbunden habt?«

Will nickte.

»Wo habt Ihr das gelernt?«

»Ich habe meiner Mutter zugesehen«, gab Will zur Antwort. Trug er die Schuld, wenn d'Artois nun sterben musste?

»Habt Ihr Lady Alice auch zugesehen, wenn sie ihre Heilmittel zubereitete?«

»Ja.«

»Das wird Euch zustatten kommen«, sagte Peter von Redvers. »Ich glaube, Ihr habt d'Artois' Bein gerettet. Gut gemacht, Master Will! Euer Vater wird stolz sein, dass Ihr bei Eurem ersten Kampf nicht den Kopf verloren habt!«

Er hatte es gut gemacht! Aber Peter hatte ja auch nicht gesehen, dass er gespien hatte wie ein Säugling.

»Wie mag es meinem Vater ergangen sein?«

»Um Sir John braucht Ihr Euch keine Sorgen zu machen«, gab Peter zurück. »Es bräuchte hundert solcher Schurken, um ihn zu besiegen.«

»Wie viele waren es?«

»Zwanzig, vielleicht mehr. Euer Vater wird mit ihnen fertig. Doch dann muss er eilends nach Blindley Heath zurück, denn Essex wird sich dorthin aufmachen, um Rache zu nehmen.«

»Er würde unseren Besitz belagern?«

»Nur, wenn er ihn schlecht verteidigt vorfindet«, erklärte Peter. »Sobald ich Euch in Godstone abgeliefert habe, reite ich weiter nach Woldingham und hole Sir Johns Vasallen, damit sie ihm zu Hilfe kommen.«

»Könnte ich Euch nicht begleiten?«

»Nein, Junge. Es ist zu gefährlich und ich werde reiten müssen, was das Zeug hält. Eure Aufgabe wird es sein, die Schätze zu hüten und den Mönchen dabei zu helfen, d'Artois zu versorgen.«

Also würde man ihn mit dem Gepäck in Godstone zurücklassen. Wäre er erwachsen, wäre er ein Ritter, könnte er an Peter von Redvers Seite reiten.

»Morgen geleite ich Euch zu den Mönchen, und dann mache ich mich in aller Eile auf den Weg nach Woldingham.«

Wie mochte es in der Zwischenzeit Wills Mutter und seinen Schwestern in Blindley Heath ergehen?

»Morgen?«, fragte Will.

»Ja, heute Nacht bleiben wir hier.«

»Hier im Wald?!« *Jeder* wusste doch, dass der nächtliche Wald den Dämonen und Wölfen gehörte!

»Wir werden es ganz gemütlich haben«, meinte Peter. »Wir werden sicherstellen, dass es in unserer Höhle keine Bären gibt. Und dann richtet Ihr unsere Unterkunft etwas her und versorgt die Pferde.«

Bären!

Die Höhle war klein und sehr schmutzig – und es roch tatsächlich so, als hätte sich hier ein Bär einquartiert. Aber für den Augenblick gehörte sie Will Belet, Peter von Redvers und Ranulf d'Artois.

Zuerst sammelte Will ein paar Zweige, um den Tierkot nach draußen zu fegen. Dann entlud er die Lastpferde und häufte die kostbaren Geschenke und den Proviant in der

Höhle auf. Schließlich nahm er die Sättel ab, striegelte die Pferde und tränkte sie an einem nahe bei der Höhle vorbeirieselnden Bächlein. Inzwischen hatte Peter seinen Bogen genommen und sich auf die Suche nach ihrem Abendbrot gemacht. D'Artois lag am Boden und schlief. Will hielt Wache und lauschte dabei aufmerksam nach den Hornsignalen der Verfolger und den Geräuschen wilder Tiere. Jeder knackende Zweig, jedes Rascheln ließ ihn herumwirbeln, brachte sein Herz zum Rasen. *So führt sich kein Ritter auf,* dachte Will. Roland der Tapfere würde auf Wache keine solche Angst verspüren.

D'Artois stöhnte im Schlaf. Seine Beinwunde blutete wieder und die leinenen Verbände mussten bald ausgewechselt werden, aber Will wagte es nicht alleine.

Endlich kehrte Peter zurück. Er brachte zwei Kaninchen und einen mit Kräutern gefüllten Beutel.

Er ließ die Kaninchen fallen und breitete neben Will ein Leinentuch aus, auf das er der Reihe nach verschiedene Pflanzen legte.

»Erkennt Ihr sie, Master Will?«

»Bilsenkraut, Weiderich, Schafgarbe und Leinkraut«, zählte Will auf. Dies waren Pflanzen, die er oft für seine Mutter, Lady Alice, in den Wäldern beim Dorf und am Fluss hatte sammeln müssen.

»Und wie sollen wir sie zubereiten?«, fragte Peter.

»In aller Eile«, gab Will zurück. »Sein Bein blutet erneut.«

»So viel also zu meiner Lektion«, meinte Peter von Redvers.

Rasch bereiteten sie aus dem Weiderich eine Arznei und aus Schafgarbe und Leinkraut einen Umschlag. D'Artois erwachte. Er sah benommen und fiebrig aus.

»Bald wird es Euch besser gehen«, versprach ihm Peter von Redvers.
D'Artois stöhnte und schloss die Augen.
Will machte sich daran, den alten Verband abzunehmen.
»Ihr habt eine Menge Blut verloren«, teilte ihm Peter von Redvers mit. »Aber das hier wird helfen, die Wunde zu verschließen.«
D'Artois stöhnte wieder nur.
Als die Wunde offen lag, zerquetschte Peter einen Weiderichstängel, damit der Saft in die Wunde tropfte. Dann legte er den Umschlag an und umwickelte das Bein mit einem neuen Verband.
Will sah aufmerksam zu. Alles war genauso, wie es seine Mutter gemacht hätte. Peter reichte d'Artois einen Becher Wein, versetzt mit Weiderich. Wortlos und mit fest geschlossenen Augen trank ihn d'Artois hinunter. Er schien große Schmerzen zu haben.
»Bereitet das Bilsenkraut zu, Master Will!«
Will zerdrückte die Blätter und Stängel der Pflanze und gab sie auf einen Leinenstreifen, den er um d'Artois' Stirn wickelte. Dann machten sie sich daran, den Verband an seinem Schildarm zu wechseln.
»Gut gemacht, Master Will!«, lobte Peter und setzte sich auf die Fersen zurück. »Dieses Wissen wird Euch noch gute Dienste leisten. Ein Zweitgeborener muss viele Dinge beherrschen, um durchzukommen. D'Artois täte gut daran, etwas von Euch zu lernen. Er verschwendet zu viel seiner Kraft auf den Zorn über seine späte Geburt. Gut möglich, dass er Euch Eure Fertigkeiten neidet und die Leichtigkeit, mit der Ihr lächelt.«

In Wirklichkeit war Will der dritte Sohn Sir Johns. Ein älterer Bruder war gestorben, als Will noch ein Säugling war. John würde Blindley Heath und die kleineren Güter seines Vaters in Woldingham und Grinstead erben. Die Mädchen würden eine Mitgift bekommen und für Will blieb gar nichts, abgesehen vielleicht von einem bisschen Gold, das reichen mochte, um ein Pferd zu kaufen. Verglichen mit John würde er wahrlich ein armer Mann sein. Doch hatte das Will nie bekümmert, denn so war es Brauch. Würde man das Land immer wieder unter sämtlichen Söhnen aufteilen, wäre schon bald nichts mehr übrig, was man hätte teilen können. Außerdem, auch ein verarmter Ritter konnte Ruhm und Ehre erringen.

Will hob den Kopf. Der Wald um sie herum war zu einem schwarz umrissenen, dunklen Schatten geworden. Die Dämmerung hatte den Himmel in ein immer tiefer werdendes Violett getaucht.

»Die Nacht bricht an«, sagte Peter. »Ich glaube, wir können es wagen, ein Feuer zu machen. Essex' Männer sind längst fort und es wird die wilden Tiere von uns und den Pferden fern halten. Außerdem mag ich mein Essen gern warm – Ihr nicht auch?«

Will nickte. Eine Nacht im Wald *ohne* Feuer war jenseits von allem, was er sich vorstellen konnte. Als es um sie herum dunkler und immer dunkler wurde, schob sich Will näher an die flackernden Flammen heran. Die Bäume, die sich hinter dem Feuer erhoben, sahen aus wie die Schatten von Drachen. Er hoffte, Peter von Redvers behielt Recht und die Männer des Grafen von Essex hatten aufgegeben. Auch ohne sie gab es im Wald noch genug, wovor man sich fürchten musste.

Sie brieten die Kaninchen und aßen sie mit Fladenbrot aus ihrem Reiseproviant. Peter fütterte auch d'Artois, obwohl dieser protestierte. Wills Portion war rasch gegessen. Seit dem Frühstück war schon eine Ewigkeit vergangen.
D'Artois bekam etwas Farbe. Die Kräuter wirkten und von dem Fleisch kam er wieder etwas zu Kräften. Er setzte sich sogar auf und ließ sich von Peter die Geschehnisse schildern. Dieser erzählte, wie Sir John mit seinen Rittern die Halunken vor sich her aus dem Wald getrieben hatte, nur um draußen auf der alten Römerstraße auf den restlichen, viel größeren Trupp zu stoßen.
Vielleicht waren Sir John und seine Männer inzwischen in Blindley Heath angelangt? Und wenn nicht, wie mochte es dann Lady Alice ergehen?
»Von dem Kampf draußen auf der Straße habe ich nicht viel mitbekommen«, fuhr Peter von Redvers fort. »Sir John machte sich Sorgen um euch beide und um seine Schätze.«
»Er sollte sich lieber um Blindley Heath Sorgen machen«, knurrte d'Artois.
»Morgen werde ich Sir Johns Ritter in Woldingham und die Herren von Grinstead und Copley zusammentrommeln. Blindley Heath wird gut verteidigt werden und sollte ihm keine Sorge bereiten.«
Peter klang so sicher. Will betete, *er* möge Recht behalten und nicht der finster dreinblickende d'Artois.
»Niemand wird wollen, dass sich Essex in Surrey einnistet«, fügte Peter hinzu.
»Warum gebietet der König diesem Essex denn nicht Einhalt?«, erkundigte sich Will.
»Er kann es nicht«, gab Peter zurück.

»Aber ein König ist doch mächtiger als ein Graf!«, rief Will.
»Unser jetziger König nicht!«, sagte d'Artois. »Außerdem gehört Essex nun zu jenen, die ihn unterstützen.«
»Stephen ist schwach und unentschlossen«, erklärte Peter. »Essex und andere wie er machen es sich zu Nutze, dass es König Stephen an Rückgrat mangelt. Sie plündern das Land und füllen ihre eigenen Truhen.«
»Ist das der Grund dafür, dass mein Vater Kaiserin Matilda unterstützt?«, wollte Will wissen.
»Die Kaiserin hat einen rechtmäßigen Anspruch auf den Thron. Und ihr Sohn, Prinz Henry, ist unser aller Hoffnung für die Zukunft. Nur er kann dauerhaften Frieden nach England bringen.«
»Aber bis er alt genug ist, wird sich Matilda, dieses anmaßende, teuflische Weib, den Thron – sollte sie ihn erringen – mit diesem angevinischen Hund teilen!«, knurrte d'Artois.
»Mit dem angevinischen Hund?«, fragte Will.
»Damit ist Geoffrey d'Anjou gemeint«, erläuterte Peter.
»Ihr wisst doch gewiss, dass Angeviner und Normannen seit alters her in Fehde liegen«, erklärte d'Artois weiter. »König Henry muss einen Pakt mit dem Satan geschlossen haben, als er dem Grafen von Anjou die Hand seiner Tochter gab!«
»Doch vor König Henrys Tod schworen sämtliche Barone, sogar Stephen von Blois, Matilda zweimal den Treueid und nannten sie Lady von England«, fügte Peter hinzu.
»*Ihr* leisteten sie den Eid! Und ihrem Sohn! Nicht dem Geschlecht Anjou!«, wandte d'Artois ein.

»Nun, ein Eid ist ein Eid. Jedenfalls für Sir John Belet!«, sagte Peter von Redvers.

D'Artois knurrte. »England hat die Wahl zwischen Teufel und Belzebub. Wenn Ihre Kaiserliche Hoheit sich doch nur ihres Standes angemessener zeigen würde! Am allerbesten wäre es, wenn ihr Sohn schon im Mannesalter wäre.«

D'Artois verstummte. Nur das Knistern des Feuers war zu hören.

Will hatte seinen Vater öfters mit seinen Vertrauten und anderen Freiherren über diese Dinge diskutieren gehört, ohne dem Ganzen je viel Aufmerksamkeit zu schenken. Nun, wo er sich draußen in der Welt der Männer bewegte, war es an der Zeit, dass er seine Aufmerksamkeit schärfte. Er starrte ins Feuer und versuchte das Gehörte zu ordnen. Kaiserin Matilda, Tochter des guten König Henry, war die Gemahlin des deutschen Kaisers gewesen. Nach dessen Tod hatte König Henry sie mit Geoffrey d'Anjou vermählt. Englands Barone hassten d'Anjou und fühlten sich ihrem Eid, die Kaiserin zu unterstützen, auf Grund dieser Heirat nicht mehr so verpflichtet. Als d'Anjou und Matilda sich trennten, erneuerten die Barone ihren Treueschwur. Aber die Versöhnung mit ihrem Gatten und den Tod König Henrys nahmen viele der englischen Fürsten zum Anlass, sich gegen die Kaiserin zu wenden.

Im Feuer schienen Figuren zu entstehen ... fast war es, als tauchten Bilder darin auf. Will wurde schläfrig, während er in die Flammen blickte. Über die Kaiserin würde er morgen nachdenken ...

»Kommt, Master Will!«, bat Peter von Redvers. »Helft mir d'Artois in die Höhle zu schaffen!«

Will rappelte sich auf und war Peter dabei behilflich, d'Artois nach drinnen zu bringen. Dort breiteten sie eine Decke auf dem Boden aus und einige der weicheren Bündel aus dem Gepäck mussten als Kopfkissen dienen. Peter würde Wache halten. Als sich Will niederlegte, fühlte er etwas Hartes in seinem Hemd. Er zog die in Wachstuch eingenähte Honigwabe heraus, die ihm Mildred vor so langer Zeit – nämlich an diesem Morgen – geschenkt hatte. Ihr scheues Lächeln fiel ihm ein und er betete, ihr möge nichts zugestoßen sein. Die Honigwabe würde er behalten, nicht um sie später zu essen, nein, sie sollte ihn an all die Süße seines Zuhauses erinnern. Will zog seufzend seinen Umhang über sich. Die Nacht im Wald zu verbringen war doch nicht allzu schlimm.

Will fuhr in panischer Angst aus dem Schlaf hoch. Die Pferde wieherten und scharrten mit den Hufen. Ein ferner Schrei hallte durch den Wald. Waren es die Jäger des Grafen von Essex? Saßen sie hier in der Falle?
Da war es wieder. Aber es war kein Jagdhorn, sondern das einsame, klagende Heulen eines Wolfes. Ein anderer gab Antwort. Und noch einer und noch einer. Ein grausiger Chor schwoll an, als das Heulen von immer mehr Wölfen sich dazugesellte. Und es klang auch nicht mehr so fern – das Rudel näherte sich!

Godstone

Es war noch stockfinster, als Peter von Redvers ihn weckte.

Die heulenden Wölfe hatten Will einen Großteil der Nacht wach gehalten und als er wieder einschlief, verfolgten sie ihn bis in seine Träume. Auf gar keinen Fall wollte er nun hinausreiten und auf sie stoßen!

»Aber was ist mit den Wölfen?«, fragte er.

»Der Graf von Essex macht mir mehr Sorgen als die Wölfe«, gab Peter zurück. »Wir müssen bei Tagesanbruch in Godstone sein.«

Widerstrebend half Will bei den Vorbereitungen. Die Reittiere waren zu füttern, zu tränken und zu satteln, die Packpferde mussten wieder mit den Vorräten und den Geschenken beladen werden. Peter und Will halfen d'Artois aus der Höhle und auf sein Schlachtross.

»Wie hat Euch das Schlaflied der Wölfe gefallen, kleiner Hase?«, fragte d'Artois mit einem niederträchtigen Lächeln.

»Dieser kleine Hase hat Euer Bein gerettet«, mahnte Peter, »und vielleicht Euer Leben. Es steht Euch nicht gut zu Gesicht, ihn zu hänseln.«

D'Artois schnaubte.

Will hatte viel zu tun. Erst als er auf seiner Stute saß und losritt, fiel ihm etwas ein, das sogar noch schlimmer war als Wölfe oder Essex mit seinen Mannen.

»Im nächtlichen Wald sind die Dämonen unterwegs!«, rief

er. »Wir können ihn nicht durchqueren, während der Teufel regiert!«

D'Artois lachte laut auf.

»Mit solchen Geschichten jagen die Kindermädchen und die Pfaffen den kleinen Kindern Angst ein«, sagte Peter. »Wenn wir Essex in die Hände fallen, dann werdet Ihr erfahren, wie es ist, dem Teufel zu begegnen! Außerdem zelebrieren die guten Klosterbrüder von Godstone vermutlich gerade die Frühmette. Ihre Heiligkeit wird uns beschützen.«

Bis zu den Mönchen war es noch weit und Will hatte so seine Zweifel, dass ihre Gebete in die schwarzen Tiefen des königlichen Forstes reichten. Aber Peter von Redvers ritt los und Will hatte keine andere Wahl als ihm zu folgen. Während sie durch die stille Nacht ritten, spürte Will ringsum die bedrohliche Gegenwart der Geister. Er schlug das Kreuz und sandte flüsternd Gebete an Sankt Christopherus, den Schutzheiligen der Reisenden, und die Heilige Jungfrau.

»Eure Gebete werden Euch nicht schützen, kleiner Hase!« D'Artois begann wieder zu lachen, doch seine Wunden mussten ihn schmerzen, denn gleich darauf fluchte er leise vor sich hin. Und dann verstummte er.

Schweigend ritten sie weiter. Will war sicher, dass er Gespenster und Dämonen zwischen den schwarzen Ästen sah. Aber schließlich lichtete sich der Wald und die Welt erschien ihm eher grau als schwarz. Bald schon waren sie wieder auf der Königsstraße. Und schließlich langten sie in Godstone an.

Die Glocken läuteten zur Prim und im Osten verwandelte

sich die Dunkelheit in ein warmes, rötliches Glühen. Nie zuvor war Will über einen Tagesanbruch glücklicher gewesen.

Der Torwächter ließ sie ein und sobald die Morgenandacht zu Ende war, führte man sie durch den Kreuzgang in die Studierstube des Abtes.

Bernard, Abt von Godstone, war ein Vetter von Sir John Belet. Er sah Wills Vater ein bisschen ähnlich und besaß auch dessen ernsthaftes, ruhiges Auftreten. Nachdem er sich ihre Geschichte angehört hatte, befahl er dem Prior ihr Gepäck im Kapitelsaal zu verwahren. Er sorgte auch dafür, dass die Pferde versorgt und untergebracht wurden und schickte d'Artois ins Hospiz. Dann ließ er für Will und Peter von Redvers ein Frühstück in seine Räume bringen.

»Ich muss augenblicklich nach Woldingham aufbrechen!«, erklärte Peter von Redvers. »Sir John wird weitere Kämpfer brauchen.«

»Aber für einen einsamen Ritter, der Sir John Belets Farben trägt, ist es gefährlich da draußen!«

»Da habt Ihr Recht. Mich gelüstet gewiss nicht nach einer weiteren Begegnung mit Essex' Männern.«

»Ich denke, eine Verkleidung wäre angebracht«, meinte der Abt daraufhin. »Ein Mönch, der in meinem Auftrag reist, wird um einiges sicherer sein.«

»Der Kapuze werde ich mich beugen, nicht aber der Tonsur.«

»Ihr könnt die Kapuze über den Kopf ziehen und so Euer Haupt verbergen.«

»Was ist mit Will?«

Der Abt wandte sich Will zu und sagte freundlich: »Wir

werden Euch verstecken, falls der Graf von Essex hierher kommen sollte.«

Will beugte den Kopf. Als unmündiger Junge hatte man wenig Einfluss auf das eigene Schicksal.

»Ihr könnt Euch Euren Studien widmen, Master Will«, schlug Peter vor. »Außerdem bekommt Ihr einen Eindruck von den Ordensregeln.«

Will hegte nicht den Wunsch, einen Eindruck von den Ordensregeln der Benediktiner zu bekommen. Bücherstube und Kreuzgang gehörten nicht zur Welt eines Ritters. Roland, der edle Ritter, hätte sich nicht in ein Kloster stecken lassen. Außerdem, wie konnte er sich seinen Studien widmen, wo doch Blindley Heath in Gefahr war?

»Ehrwürdiger Vater?«

»Ja, mein Junge?«

»Könntet Ihr herausfinden, wie es um meine Familie steht?«

»Ich werde gleich einen Reiter nach Blindley Heath schicken, dann werden wir noch vor dem Mittagsoffizium Nachricht erhalten.«

»Ich danke Euch.«

Der Abt schenkte Will ein Lächeln. »Sorgt Euch nicht. Euer guter Vater wird nicht zulassen, dass Blindley Heath Schaden nimmt.«

Will hoffte aus ganzem Herzen, dass das stimmte.

»Kümmert Euch um d'Artois, Master Will!«, befahl Peter. »Seht zu, wie ihn die Mönche verarzten, und lernt von ihnen, so viel Ihr könnt. Denkt daran, was ich über die nachgeborenen Söhne sagte.«

Will würde es nicht vergessen.

Nachdem er sich von Peter verabschiedet hatte, wurde er einen langen Korridor hinuntergebracht zu Bruder Paul, dem Novizenmeister.
Was, wenn eine Tonsur zu seiner Rolle im Kloster gehörte?, überlegte sich Will. Wie konnte er dem Grafen von Oxford mit kahlem Schädel gegenübertreten?
Er wurde in einen niedrigen Raum geführt, der gesäumt war von Bänken, wo sich etwa zwanzig Jungen über hölzerne Tafeln beugten. Ihre Finger waren schwarz von den Kohlestiften, mit denen sie schrieben. Der Laienbruder stellte Will Bruder Paul vor und verschwand.
»Beherrscht Ihr etwas Latein, Master Will?«, erkundigte sich dieser.
»Ja, ein wenig, Bruder.«
Die anderen Jungen beobachteten ihn.
»Wie wenig?«, hakte Bruder Paul auf Lateinisch nach.
»Meine Mutter hat mich die Psalmen gelehrt«, antwortete Will.
»Damit seid Ihr diesen Eseln hier weit voraus.«
Die Jungen lachten und auch Bruder Paul verzog die Lippen.
»Simon, bringt Master William Belet zu Bruder Ignatius, dem Kellermeister, und bittet darum, dass man unserem jungen Freund eine Kutte anpasst.«
»Ja, Bruder!«
Ein kleiner, dunkelhaariger Junge sprang auf und kam herbei.
»Stellt sicher, dass sie nicht zu lang ist. Und dass Ihr mir rasch zurückkommt, Simon!«
»Ja, Bruder!«

Simon ergriff Wills Hand und führte ihn auf einen langen Gang hinaus.
»Bist du der Sohn von Sir John Belet von Blindley Heath?«, flüsterte er.
Will nickte.
»Mein Vater hat oft von deinem Vater gesprochen«, erzählte Simon immer noch flüsternd. »Bist du ein neuer Oblate? Hat dir deine Mutter wirklich Latein beigebracht? Warum sind deine Eltern nicht geblieben, um zu sehen, wie du die Kutte nimmst?«
»Nun«, sagte Will, »man könnte sagen . . .«
»Leiser!« Simon hielt einen Finger vor die Lippen. »Eigentlich dürfen wir nicht reden. Also, was tust du hier?«
Sie hatten den Kreuzgang durchquert bis zu einem anderen Gebäude, durch das Simon Will um viele Ecken herum bis hinaus auf den sonnenbeschienenen Hof führte. Die ganze Zeit bestürmte er ihn mit Fragen. Doch auch Will wollte einiges wissen.
»Wer ist *dein* Vater?«, flüsterte er.
»Sir Brian FitzCount von Wallingford.«
»Sir Brian! Ich habe meinen Vater oft sein Lob sprechen hören! Haben sie nicht in Somerset als Pagen miteinander gedient?«
Simon nickte. »Und im Kampf gegen die Schotten, oben an der Grenze, haben sie sich ihre Sporen verdient. Ich freue mich, dass wir uns hier treffen, Will Belet.«
»Ich freue mich ebenfalls«, sagte Will. »Doch weshalb bist du hier?«
»Ich bin ein Oblate«, erklärte Simon.
»Was ist das, ein Oblate?«, wisperte Will.

»So nennt man einen Jungen, den die Eltern in den Dienst Gottes geben. So wie es meine taten, weil ich der jüngste von drei Brüdern bin.«

Will nickte. »Und ich bin unterwegs, um bei meinem Onkel, dem Grafen von Oxford, den Dienst anzutreten.«

»Was führt dich dann hierher?«

»Wir wurden unterwegs bei der Jagd von Männern des Grafen von Essex angegriffen.«

»Du hast mit den Männern gejagt?« Simons dunkle Augen wurden rund.

»Ja, im Königsforst.«

»Psst!«, machte Simon.

Ein betagter Mönch kam auf alten, unsicheren Beinen auf sie zugeschlurft.

»Benedicite«, sagte Simon.

»Benedicite«, erwiderte der Mönch. »Man wird euch eine lange Buße auferlegen, wenn ihr weiterhin schnattert wie die Elstern.«

Simon neigte den Kopf und ging rasch davon. Er verstummte lange genug, damit Will Gelegenheit fand sich umzusehen. Im Gegensatz zu Blindley Heath, wo der Hof von Mauern umschlossen war, erhoben sich hier ringsum Gebäude. Godstone war auch größer und wirkte eher wie ein wohlhabender kleiner Weiler. Eine wunderschöne Kirche, deren Turm bis in den Himmel reichte, ließ all die anderen Gebäude kleiner erscheinen. Mönche, Laienbrüder und Unfreie waren fleißig an der Arbeit. Auch das war wie in Blindley Heath, nur gab es hier keine Frauen und die meisten – jedoch nicht alle – Männer trugen lange Kutten und Tonsur.

Simon sah nach rechts und nach links, bevor er Will in eine Nische hinter der Werkstatt des Schmieds zog.

»Man sagt, Bruder Julian könne die Mäuse in der Mühle bei ihrem Tischgebet hören«, meinte er. »Jetzt sag mir, warum du hier bist!«

Will erklärte, so rasch er konnte. Und die ganze Zeit über leuchteten Simons Augen vor Erregung.

»Du hast eine Schlacht überlebt *und* hast die Nacht im Wald verbracht, obwohl dort Dämonen umgehen?«

Will nickte.

»Und der Graf von Essex liegt in Fehde mit deinem Vater?«

»Nun . . .«

»Der Graf von Essex ist ein Teufel!«, sagte Simon. »Hier im Hospiz sind viele, die wegen dem, was ihnen die Männer des Grafen angetan haben, nie mehr gehen, sehen oder reden werden.«

Will schauderte.

»Glaubst du, der Graf von Essex wird hierher kommen?«

»Man sagt, dass er die Faust Gottes nicht fürchtet.« Simon beugte sich näher. »Es wird erzählt, er hätte schon Kirchen niedergebrannt!«

Will wusste, dass es nicht in Simons Absicht lag, seine Angst noch zu schüren, aber das hatte er getan. Was würde aus Blindley Heath werden? Wie konnte seine Familie einen Kampf gegen einen Mann überleben, der Gott nicht fürchtete?

»Was für Geschichten habt Ihr denn heute wieder zu erzählen, Master Simon?«

Der Schmied grinste auf sie hinunter, seine weißen Zähne schimmerten in seinem rußgeschwärzten Gesicht.

»Das ist mein neuer Freund«, erklärte Simon.
»Freut mich, Euch kennen zu lernen.« Der Schmied verneigte sich vor Will. »Und jetzt tut, was ihr zu tun habt!«
Simon machte einen Satz beiseite, bevor ihm der Schmied mit seiner Riesenpranke einen Ohrenstüber geben konnte.
»Lebt wohl, Sir Schmied!«, rief er und rannte, gefolgt von Will, über den Hof.
Bruder Ignatius, der Kellermeister, hörte sich ihre Bitte mit verdrossener Miene an.
»Eine neue Kutte?«, knurrte er. »Als wüchsen die auf Bäumen!«
»Und Bruder Paul bittet darum, sie möge nicht zu lang sein!«
»Aber Jungen wachsen!«, wandte Bruder Ignatius ein. »Kutten sollten lang genug sein, damit man sie lange tragen kann!«
Dann musterte er Will mit gestrengem Blick.
»Wie alt seid Ihr, Junge?«
»Zwölf, Bruder.«
»Zwölf?«, staunte Simon, was ihm einen ärgerlichen Blick des Kellermeisters eintrug.
»Wahrlich, groß seid Ihr nicht gerade«, sagte Bruder Ignatius dann zu Will gewandt.
Will spürte, wie ihm das Blut ins Gesicht schoss.
»Wartet hier, ich werde etwas Passendes finden.« Damit verschwand Bruder Ignatius in einer Kammer.
»Du bist nicht größer als ich!«, wunderte sich Simon. »Dabei werde ich November zu Martini erst zehn!«
»Ich war an den Pocken erkrankt«, erklärte Will. »Mutter sagt, das hätte mein Wachstum aufgehalten.«

»Bestimmt holst du es wieder auf!«, tröstete ihn Simon mit einem breiten Lächeln.
Will erwiderte es. So jemand wie Simon hatte er noch nie getroffen.
»Beug dich ein wenig nach vorn!«, bat Will.
»Willst du mir einen Streich spielen?«
»Ich will nur etwas sehen«, sagte Will. »Bitte!«
Als Simon sich vorbeugte, kam ein Schopf schwarzer Locken unter der Kapuze hervor.
»Du trägst ja gar keine Tonsur!«
»Natürlich nicht«, gab Simon zurück. »Dafür bin ich noch zu jung.«

Die Beleidigung

Die Nachrichten von zu Hause waren schlecht. Zwar hatten Sir John und seine Männer Graf Essex' Schar auf der Römerstraße besiegt und die Hälfte der Angreifer getötet, doch hatten er selbst und zwei seiner Männer Verwundungen davongetragen. Allen war es gelungen, nach Blindley Heath zurückzukehren, doch bald schon war Essex mit einer viel größeren Streitmacht aufmarschiert und nun stand Blindley Heath unter Belagerung.

»Gegen Essex wird Blindley Heath nicht standhalten können«, seufzte Will.

»Du machst dir zu viele Sorgen«, gab Simon zurück.

»Essex könnte einen Belagerungsturm bauen«, beharrte Will. »Und er hat Steinschleudermaschinen und einen Rammbock mit kupferbeschlagenem Kopf. Blindley Heath ist nicht gebaut, um einer Belagerung standzuhalten.«

»Bis jetzt ist noch nichts passiert. Und mein Vater ist der Meinung, dass dein Vater der fähigste Ritter der Christenheit ist«, sagte Simon. »Außerdem, sobald Peter von Redvers in Surrey einen Hilfstrupp aufgestellt hat, wird er nach Oxford reiten und auch deinen Onkel um Hilfe bitten. Jetzt hör auf damit und hilf mir mit dieser lateinischen Deklination!«

Will half Simon bei seinen Aufgaben, er arbeitete mit den anderen Oblaten in den Gärten und er betete mit der ganzen Gemeinschaft zu den sieben kanonischen Stunden, bei Tag und bei Nacht. Tage verstrichen, in denen er sich unentwegt sorgte. Wäre er doch nur schon ein Mann! Wäre er doch ein Ritter und könnte für sein Zuhause kämpfen!

Nachmittags, während die anderen Jungen auf dem Hof mit einer aufgeblasenen Schweineblase spielten, ging er zum Hospiz. D'Artois ging es schon besser unter der Pflege der Mönche. Er humpelte an einer Krücke herum und war üblerer Laune als jemals zuvor.

»Diese Wände sollen einstürzen und mir eine weitere Nacht in diesem Fegefeuer der Heiligkeit ersparen!«, fluchte d'Artois. Sie waren nun seit zehn Tagen in Godstone und gingen gerade zu den Gemächern des Abtes, um dort zu Abend zu essen.

»Ihr wisst, dass wir eigentlich nicht reden dürfen«, erinnerte Will.

»Ein Krieger ist nicht gebunden an Ordensregeln«, schnarrte d'Artois. »Obwohl ich sehe, dass sie Euch, kleiner Hase, gut zu Gesicht stehen. Vielleicht ist hier der richtige Platz für Euch.«

»Ebenso wie für Euch, Ritter Hinkebein von Humpel!«, gab Will zurück und machte einen Satz rückwärts, als d'Artois mit seiner Krücke ausholte.

In der Studierstube des Abtes brachte ein Laienbruder einen Krug und eine Schüssel, damit sie sich vor dem Mahl die Hände waschen konnten. Andere kamen mit Platten herein und begannen den Tisch zu decken. Bald darauf betrat Abt Bernard den Raum.

»*Benedicite,* Vater!«

»*Benedicite,* meine Söhne«, sagte Abt Bernard und schlug das Kreuz.

Der Abt wusch sich die Hände und gab den Laienbrüdern Zeichen, sie könnten mit dem Servieren beginnen.
»Die Nachrichten sind nicht die besten«, berichtete der Abt. »Gestern ist Peter von Redvers zu deinem Onkel in Oxford aufgebrochen. Aber wir wissen nicht, wie lange der Graf brauchen wird, um ein Aufgebot auszuheben und Eurem Vater zu Hilfe zu kommen.«
»Wie lange könnte es denn dauern?«, fragte Will.
»Ein paar Tage . . . allerhöchstens eine Woche«, antwortete d'Artois. »Aubrey de Vere ist mächtig und wird nicht zulassen, dass die Familie seiner Stiefschwester leidet.«
Eine Woche, dachte Will. In einer Woche konnte viel passieren. Und da sein Onkel seinem Vater, John Belet, alles andere als wohlgesinnt war, würde er sich möglicherweise nicht beeilen.
Die Diener ließen Platten mit Schnabelfisch, Lachspastete und mit Ingwer gewürzten Karpfen herumgehen. Die frommen Brüder des Klosters aßen kein Fleisch, doch zu Ehren von Will und d'Artois wurde auch ein Schweinefleischgericht serviert. Sie teilten sich zu dritt ein Schneidebrett, um darauf zu essen, doch hatte jeder sein eigenes Besteck und einen silbernen Becher für den Wein. Gewöhnlich aß ein Junge in Wills Alter nicht mit den Älteren, doch wollte der Abt ihm seine Gunst erweisen, indem er ihn an seinen Tisch einlud.
Der Abt sprach das Tischgebet und bedeutete ihnen dann mit einen Nicken, sie sollten beginnen. Will hatte keinen großen Hunger. Es kam ihm irgendwie falsch vor, dass er aß, während seine Familie in so großer Gefahr schwebte.

»Du wirst deiner Familie nicht helfen, wenn du krank wirst, Master Will«, mahnte der Abt.
»Was ich nicht verstehe«, sagte Will, als sie beim letzten Gang waren, der aus frischen Früchten bestand, »ist, warum Essex es sich erlauben kann, gegen die Fürsten Englands Krieg zu führen.«
»Er gehört zu König Stephens Gefolgschaft und so kann er all jene angreifen, die Kaiserin Matilda unterstützen«, erklärte der Abt.
»Aber es gibt doch so viele, die Kaiserin Matilda und ihrem Sohn treu sind!«, wandte Will ein.
Der Abt seufzte.
»Doch jene, die mit König Stephens chaotischer Regentschaft zufrieden sind, sind in der Überzahl, denn sie werden reich und mächtig, indem sie England plündern.«
Will dachte an König Arthur und seine Männer, denen das Wohl Britanniens höher galt als ihr eigenes Leben. Was würden sie von einem Adel halten, an dessen Habgier England zu Grunde ging?
Der Abt nahm einen Schluck Wein und fuhr fort.
»Unglücklicherweise ist Prinz Henry noch zu jung, um für sich selber einzutreten. Jene, die Kaiserin Matilda den Gehorsam verweigern, würden sich vor einem neuen König Henry vielleicht verbeugen. Wie man hört, ist der junge Herr das Abbild seines Großvaters.«
Will versuchte sich einen Jungen vorzustellen, der fähig wäre den habgierigen Baronen Einhalt zu gebieten und Frieden nach England zu bringen. Henry würde sein müssen wie König Arthur selbst.
Die Glocken läuteten zur Komplet.

»Es ist spät geworden«, sagte der Abt.
»Habt Dank für die Fülle Eures Tisches«, erwiderte d'Artois, der sich langsam und unbeholfen von seinem Stuhl erhob.
Abt Bernard rief einen Diener, der d'Artois zum Hospiz begleiten sollte. Gerade wollte Will folgen, als ihn der Abt zurückhielt.
»Bleibt einen Moment, Master Will. Ich würde gerne mit Euch reden.«
Sie setzten sich wieder an den Tisch, der inzwischen abgeräumt worden war. Der Abt goss sich noch etwas Wein ein und wandte sich dann Will zu.
»Seid Ihr glücklich hier?«
»Ja, Vater.«
»Bruder Paul sagt, Ihr wärt ein gelehriger Schüler.«
Will zuckte die Achseln. Was sollte er darauf schon sagen?
Der Abt lehnte sich in seinem reich mit Schnitzereien verzierten, hochlehnigen Stuhl zurück.
»Wir alle dienen auf verschiedene Weisen«, fuhr er fort. »Die einen bekämpfen den Feind auf einem Schlachtfeld, andere sind besser dafür geeignet, sich dem Teufel mit Gebeten entgegenzustellen.«
Was wollte der Abt damit sagen?
»Master Will, Ihr seht nicht aus wie einer, der auf dem Schlachtfeld kämpft. Vielleicht würdet Ihr in Betracht ziehen, in Godstone zu bleiben?«
Will spürte, wie ihn ein Schauder durchlief. Glaubte der Abt, dass Blindley Heath dem Untergang geweiht war? Dass Will in Godstone würde bleiben *müssen?*
»Ihr seid bleich, mein Sohn. Ihr habt keinen Grund zu er-

schrecken. Ihr könnt jetzt in den Schlafsaal gehen und über meine Worte nachdenken. Bruder Paul wird sich fragen, wo Ihr bleibt.«

»Danke, Vater.« Will beugte den Kopf, um den Segen des Abtes entgegenzunehmen, dann begab er sich hastig in den Schlafsaal.

Später, als die Kerzen gelöscht waren und die Jungen eigentlich hätten schlafen müssen, kam Simon zu Wills Bett geschlichen.

»Warum warst du so leichenblass, als du vom Abt zurückkamst?«

»Er findet, ich soll in Godstone bleiben.«

»Finde ich auch.«

»Er denkt wohl, dass Blindley Heath an Essex fallen wird und dass ich hier bleiben *muss!*«

»Er wird denken, dass du zu klug und zu klein bist, um Ritter zu werden. Er wird denken, dass du lieber Mönch werden solltest. Horch!«

Ein leises Schlurfen war zu hören, was hieß, dass sich Bruder Paul näherte. Simon schlich in sein eigenes Bett zurück, während sich Will die kratzige Wolldecke um die Schultern zog und so tat, als schliefe er.

Hatte Simon Recht? Oder war Blindley Heath wirklich verloren? Will drehte sich auf der schmalen Pritsche hin und her. War er wirklich zu klein, um Ritter zu werden? In den Liedern der fahrenden Sänger waren die Ritter immer riesig. Zu Hause hatte man ihn wegen seiner geringen Körpergröße oft geneckt – so war er ja auch zu seinem Spitznamen gekommen –, aber seine Mutter hatte gesagt, mit der Zeit würde er wachsen. Sir John schickte ihn nach Ox-

ford, damit er dort zum Ritter ausgebildet wurde. Konnten sich beide irren?
Will fiel in einen unruhigen Schlaf, belastet von Träumen voller dichtem grünem Rauch und Wettrennen, die er nie gewann. Die Mitternachtsglocken, die zur Frühmette läuteten, weckten ihn schließlich. Er erhob sich mit den anderen Jungen, zog seine Stiefel an und war im Begriff, in die Kirche zu gehen, als Bruder Paul in den Schlafsaal geeilt kam.
»Master Will!«, rief er. »Lauft sofort zu den Gemächern des Abtes! Er hat Neuigkeiten für Euch!«
Will rannte durch die mitternächtliche Stille des Klosters, auch wenn die Klosterregeln das Rennen untersagten und es ihm missbilligende Blicke von den Mönchen einbrachte, die auf dem Weg zur Kirche waren.
Was für Neuigkeiten? Gute? Schlechte? Sie mussten sehr wichtig sein, wenn ihn der Abt zu dieser heiligen Stunde rufen ließ. Er holte tief Luft, bevor er an seine Tür klopfte.
»Tretet ein!«, rief der Abt.
Ein Bote war bei Abt Bernard. Es war Alan at-Water aus Blindley Heath!
»Gute Neuigkeiten, Will!«, beruhigte ihn der Abt. »Der Graf von Oxford und die anderen Fürsten von Surrey haben Essex und seine Schurkenbande verjagt.«
Will sah von Alan zum Abt und wieder zu Alan. Er hatte gehört, was gesagt wurde, doch er hatte Mühe, es zu glauben.
»Es stimmt, Master Will!«, bestätigte Alan und strahlte. »Eurer Familie droht keine Gefahr mehr!«
»Wie ist denn das möglich? Peter von Redvers ist doch erst gestern nach Oxford aufgebrochen!«

»Graf Aubrey hatte Oxford schon verlassen«, erwiderte Alan. »Tatsächlich ist Peter nicht weit von Blindley Heath auf ihn und seine Männer gestoßen.«

»Woher wusste der Graf, dass Hilfe vonnöten war?«, wollte Will wissen.

»Seine Spione hatten ihm von den Vorkommnissen im Königsforst berichtet und er machte seine Truppen noch am selben Nachmittag bereit«, erklärte der Abt. »Lasst uns nun zur Kirche eilen, um den Herrn zu preisen und ihm zu danken.«

Während Will den Laienbrüdern, die mit Fackeln vorausgingen, zur Kirche folgte, wiederholte er insgeheim die Neuigkeiten, die Alan at-Water gebracht hatte.

Es war vorüber. Graf Aubrey hatte Blindley Heath gerettet. Vielleicht hatte er mit John Belet seinen Frieden geschlossen. Sie waren in Sicherheit. Alle waren in Sicherheit.

Simon zappelte mit den anderen Oblaten in der Kirchenbank herum, während auf die Frühmette Laudes folgte. Will, der gewöhnlich neben ihm saß, kniete sich im Kerzenlicht vor das Kreuz und sprach seinen Dank. Bald würde sein Vater kommen, um ihn abzuholen. Und dann würde er sich wieder auf den Weg nach Oxford machen, um seine Ausbildung zum Ritter anzutreten. Er warf dem Abt einen heimlichen Blick zu. Was, wenn dieser seinen Vater überredete ihn in Godstone zu lassen? Godstone war ein Ort des Friedens und des Lernens und die Mönche standen den Engeln um vieles näher als andere Menschen. Aber Will zog es hinaus in die Welt, auch wenn Unsicherheit und Gefahr damit einhergingen, auch wenn er dafür Simon verlassen musste, seinen ersten wirklichen Freund. Er wollte zu seinem Bruder, der ja auch in Oxford war, wollte rasch wachsen und für die Kaiserin kämpfen, vielleicht sogar Prinz Henry dienen. Auch wenn es der Abt gut mit ihm meinte – Will wollte eine Chance, ein edler Ritter zu werden.

Endlich war der Gottesdienst zu Ende und die Mönche verließen einer nach dem anderen die Kirche, um in die Schlafsäle zurückzukehren. Abt Bernard nahm Will beiseite.

»Heute nach der Sext wird Euer Vater eintreffen«, teilte er Will mit. »Geht nun zu Bett und ruht!«

»Ja, Vater.«

Will hätte gern Genaueres über die Vorgänge in Blindley Heath erfahren. Aber einem Jungen sagte man nur wenig; er würde warten müssen.

Am Morgen, vor der Prim, standen Will und Simon im Waschraum und wuschen sich mit eiskaltem Wasser.

»Ich habe dir doch gleich gesagt, du sollst dir keine Sorgen machen«, bemerkte Simon.

»Mir kommt es immer noch wie ein Wunder vor, dass Essex geschlagen wurde, Simon.«

Simon sah Will einen Augenblick lang schweigend an.

»Ich bin froh, dass Essex nicht den Sitz *meiner* Familie angegriffen hat«, sagte er. »Meinst du, du könntest mal nach Wallingford reiten, um meine Mutter und meinen Vater zu besuchen?«

»Ja«, versprach Will. »Wenn du es wünschst.«

»Es ist nicht weit von Burg Oxford. Ich zeichne dir während des Unterrichts eine Karte. Meine Eltern werden sich freuen John Belets Sohn kennen zu lernen und Nachricht von mir zu erhalten. Meine Schwester Edith ist als letzte von uns Kindern noch zu Hause. Es muss langweilig sein für sie; bestimmt würde sie sich über Besuch freuen.«

Nach dem Unterricht ließ der Abt Will ausrichten, er solle sich auf die Ankunft seines Vaters vorbereiten. Nach einem Festmahl zu ihren Ehren wollten Sir John und Graf Aubrey de Vere nach Oxford aufbrechen. Will ging zum Schlafsaal zurück. Dass er, Will, ebenfalls mitreiten würde, davon hatte der Abt nichts gesagt. Nun, in der Kutte eines Oblaten jedenfalls würde er seinen Vater nicht begrüßen. Sonst kam der womöglich noch auf falsche Gedanken. Will holte seine eigene Kleidung aus einer Truhe, in der sie, des Duftes wegen und zum Schutz vor Ungeziefer, mit Rosmarin- und Minzezweigchen aufbewahrt worden waren. Es fühlte sich gut an, die grobe Wollkutte abzulegen. Sein leinenes Hemd und der Rock lagen kühl und seidig auf seiner Haut. Er zog Strümpfe und Kniehosen an, darüber den wollenen, mit einer Kapuze versehenen Überrock. Gerade schloss er den Gürtel, als Simon eintrat.

Simon zu zähmen vermochten weder die Klosterregeln noch die Wachsamkeit von Bruder Paul. Als der Freigeist, der er war, bewegte er sich im ganzen Kloster.

»Da bist du ja! Gut!«, sagte er und schenkte Will ein Lächeln. »Schau!«

Simon hielt ein Pergamentblatt in der Hand.

»Wo hast du das denn her?«

»Ich habe es mir im Skriptorium geborgt«, erklärte Simon. »Mach kein so besorgtes Gesicht. Die Schreiberlinge werden es nicht vermissen.«

Simon hatte eine Karte gezeichnet, mit Burg Oxford darauf, Gut Wallingford und allem, was sonst noch von Belang war. Mit blauschwarzer Tinte gezeichnet waren da Bäche, Baumgruppen, winzige weidende Kühe und Schafe, kleine Weiler und drei Gemeindekirchen. Auch Sir Brian FitzCount, Lady Margaret und Edith waren abgebildet – Simons Vater, Mutter und Schwester.

»Das ist gut!«, lobte Will. »*Wirklich* gut! Nicht mehr lang und Abt Bernard teilt dich dem Skriptorium zu, damit du dort Manuskripte illuminierst.«

»Aber immer noch zu lange«, gab Simon grinsend zurück. Er ging zu seinem Bett und holte etwas unter dem Kissen hervor, das in Tuch eingeschlagen war.

»Die mächtigen Ritter tragen zu ihrem Schutz Reliquien im Schwertknauf«, sagte Simon. »Das ist für dich.«

Als Will das Tuch aufschlug, kam ein kleines Kreuz aus Kirschholz zu Tage, mit Schnitzereien versehen und zu einem rötlichen Schimmer poliert.

»Etwas Schöneres habe ich noch nie mein Eigen genannt«, staunte Will.

»Denk an mich, wenn du draußen in der Welt große Taten vollbringst!«, bat Simon.

»Bete für mich, dass es mir gelingen möge!«, sagte Will.

Die Glocken läuteten zur Sext, als Graf Aubrey de Vere, Sir John Belet und ihre Männer das Kloster erreichten. Um sie willkommen zu heißen, hatten sich die Mönche auf dem Klosterhof versammelt. Will und Ranulf d'Artois standen neben dem Abt, der reich in Damast und Grauwerk gewandet war. Sir John, der steif von seinem Streitross stieg, zuckte zusammen, als ihn das Pferd gegen die Schulter stieß. Auf der Stirn hatte er eine klaffende Wunde und sein linkes Auge war zugeschwollen.

»Will!«, rief Sir John. »Freust du dich denn nicht, mich zu sehen?«

»Vater!« Will ging rasch zu ihm hin. Die feste Umarmung fühlte sich gut an.

»Euer Auge«, sagte er. »Ist es . . .?«

»Es wird wieder werden«, beruhigte ihn Sir John.

Der Graf war vom Pferd gestiegen und stand nun vor dem Abt. Während Abt Bernard sie willkommen hieß, ließ Aubrey de Vere den Blick über die Mauern und Türme von Godstone wandern. Wills Onkel war mindestens einen Kopf größer als John Belet und Abt Bernard, und da er so kerzengerade und regungslos dastand, wirkte er sogar noch größer. Seine Haut war bleich und glatt wie polierter Stein. Seine Wangen waren glatt geschabt, seine Oberlippe jedoch wurde von Stoppeln in der Farbe von Granit geziert.

»Und das ist mein Sohn Will«, sagte Sir John zu ihm.

Unter dem eindringlichen Blick des Grafen kniete Will sich nieder, eingeschüchtert von diesem mächtigen Mann, der von nun an sein Gebieter sein würde.

Anschließend führte Abt Bernard sie alle in die Kirche, um dem Gottesdienst zur Sext beizuwohnen. Erst später, als sie an der erhöhten Tafel saßen, fanden Sir John und Will Gelegenheit zu einer ausführlichen Unterhaltung.

»Bitte erzählt mir von dem Kampf um Blindley Heath, Vater!«

Sir John beugte sich näher und begann leise zu sprechen.

»Zwei Tage lang stand es schlecht. Ich glaube, die Edelmänner aus Surrey haben es bedauert, dass sie mir gegen Essex zu Hilfe kamen. Doch als gestern Mittag Graf Aubrey mit seinem großen Kampftrupp eintraf, sahen die Dinge gleich ganz anders aus und es dauerte nicht lange, bis sich Essex und seine Mannen zurückzogen.«

»Was für Schäden haben sie angerichtet?«

Sir John nahm Wills Hand in die seine.

»Ich habe drei gute Männer verloren und das halbe Dorf wurde gebrandschatzt. Aber die Gemeindekirche konnte gerettet werden und dafür sind wir dankbar. Mein Verwalter wird dafür sorgen, dass bis Weihnachten alles wieder gerichtet ist. Keiner wird ohne Obdach sein.«

Sir John sorgte gut für alle, die in seinen Diensten standen und in seiner Gemarkung lebten. Niemand musste hungern, niemand fehlte es an einem Dach über dem Kopf. Aber an seiner bekümmerten Miene konnte Will ablesen, dass *viele* gelitten hatten und dass es lange dauern würde, bis alles wieder in Ordnung kam.

»Und du, mein Sohn?«, fragte Sir John und nun hellte sich seine Miene auf. »Das Kloster ist dir gut bekommen; du siehst gut aus!«

»Der Abt war sehr freundlich zu mir.«

»Euer Sohn würde Godstone Ehre machen«, warf da Abt Bernard ein. »Was haltet Ihr davon, ihn zu uns zu geben?«

Davor hatte sich Will gefürchtet.

»Nach einem geeigneten Kandidaten für die Ritterwürde sieht er wahrlich nicht aus«, kam vom Grafen, der ihn mit stählernem Blick musterte.

Ranulf d'Artois blieb ausnahmsweise einmal stumm. Eisige Stille legte sich über die erhöhte Tafel.

»Ha!«, lachte Sir John und klatschte auf den Tisch. »Stimmt genau! Er ist wirklich nur eine halbe Portion! Aber das wird die Zeit schon richten, Bruder!«

Sir John legte seine Hand auf die seines Sohnes und sprach ernst weiter.

»Peter von Redvers hat mir erzählt, dass dieser kleine Hase bei seinem ersten Kampf den Kopf behalten hat. Hat er nicht Euer Bein gerettet, Sir Ranulf?«

D'Artois nickte.

»Viele der Burschen, die viel versprechender aussehen, werden von Schwäche übermannt beim ersten Anblick von Blut«, fuhr Sir John fort. »Eines Tages wird Will als Ritter große Ehre erringen.«

Will war erfüllt von Dankbarkeit. Er wagte es nicht, die Augen zu heben, denn er hatte schon jetzt Angst davor, das Vertrauen, das sein Vater in ihn setzte, zu enttäuschen. Sir John wusste nicht, dass er im Verlauf des Gemetzels einer Ohnmacht nahe gewesen war und dass er sich hatte übergeben müssen beim Anblick des vielen Bluts. Ranulf d'Artois dagegen wusste genau Bescheid und Will spürte, wie sich dessen Blick in ihn bohrte.

Aber es war ja immerhin möglich, dass er ein Ritter wurde, gleich jenen in seinen Träumen. Für eine Gelegenheit, es zu versuchen, war er bereit seine unsterbliche Seele hinzugeben.

»Was sagst du dazu, mein Sohn?«, fragte Sir John. »Willst du in Godstone bleiben?«

»Nein, Vater«, antwortete Will. »Ich möchte ein Ritter sein,

König Arthurs Tafelrunde würdig, und für das Wohl Englands streiten.«
Zwar grinste Sir John und drückte Wills Schulter, doch lag nun Sorge auf seiner Miene. Der Graf von Oxford warf Will einen stechenden Blick zu und seine Augen waren hart und kalt wie Stein.

London

Kleiner Hase«, sagte d'Artois, als sie Seite an Seite aus dem Kloster Godstone ritten. »Ihr habt Euch einen Feind gemacht, wo Ihr Euch einen Freund hättet machen können!«

»Ich verstehe nicht, was Ihr meint.«

»Ihr hattet gute Gelegenheit, Eurem neuen Gebieter zu schmeicheln. Stattdessen habt Ihr ihn beleidigt.«

»Was habe ich getan?« Will hatte kein einziges Wort mit seinem Onkel gewechselt!

»Ihr sagtet, Ihr wärt gern ein Ritter, König Arthurs würdig«, erklärte d'Artois.

»Aber daran kann mein Onkel doch gewiss nichts Beleidigendes finden?«

»Da Ihr nun in seinem Dienst steht, verlangt er Eure *uneingeschränkte* Treue. Ihr hättet sagen sollen, Ihr wärt gern ein Ritter, Eures Onkels würdig. Darüber hinaus ist es möglich, dass er es schlecht aufgenommen hat, dass Ihr vom Wohle Englands spracht. Für ihn ist so etwas Pfaffengeschwätz. Graf Aubrey de Vere lässt sich nicht gern belehren. Er geht seinen eigenen Weg.«

»Aber mein Onkel ist einer der stärksten Anhänger von Kaiserin Matilda!«, wandte Will ein. »Gewiss strebt er das Wohl Englands an?«

D'Artois schüttelte den Kopf und schenkte Will einen ernsten Blick. Ausnahmsweise schien er einmal seinen Spott beiseite zu lassen.

»Ein Hase hat viel zu lernen in dieser Welt! Hütet Eure Zunge, damit sie Euch nicht verrät!«, mahnte er.
Will nickte. So ganz hatte er nicht begriffen, was er Falsches gesagt hatte. Aber in Zukunft würde er größere Vorsicht walten lassen, wenn er sein Innerstes offenbarte.
Bevor sie vom Kloster aufgebrochen waren, hatte Will seiner Mutter geschrieben, wie dankbar er wäre, dass sie wohlauf sei. Er berichtete auch von seinem Aufenthalt bei den Mönchen und davon, dass er Simon FitzCount kennen gelernt hatte. Sir John setzte als Gruß an Lady Alice seine unbeholfene Unterschrift darunter und gab Auftrag, den Brief nach Blindley Heath zu schicken. Will stellte sich im Stillen die Frage, ob er etwas geschrieben hatte, woran sein Onkel Anstoß nehmen konnte, falls ihm der Brief in die Hände geriet.
Auf der Reise nach Oxford kam er aus dem Staunen nicht mehr heraus. Will hatte das Gefühl, als habe sein großes Abenteuer nun endlich begonnen. Ihm schwirrte der Kopf von all den neuen Eindrücken. Es gab so viele Dinge zu sehen, so vieles, das er gern mit Simon geteilt hätte. Das Kreuz aus Kirschholz, das Abschiedsgeschenk des Freundes, trug er, ebenso wie die eingewickelte Honigwabe, unter seinem Umhang. Von Zeit zu Zeit berührte er das samtige Holz. Sobald er nach Oxford kam, würde er seine Eindrücke niederschreiben, um sie nicht nur nach Blindley Heath, sondern auch nach Godstone zu schicken. Aber vielleicht würde er seine Gedanken zuerst mit John teilen. Wie gut war es doch, einen älteren Bruder in Oxford zu haben!
London war das Wunderbarste von allem. Die Stadt, um-

fasst von der dicken, hohen Mauer mit den sieben Doppeltoren und vielen Türmen, war wie eine unvorstellbar große Burg. Drinnen hatten sich so viele Häuser, Menschen und Tiere zusammengedrängt, dass Will sich fragte, warum die Mauern bei ihrem Versuch, alle und alles drinnenzuhalten, nicht einfach barsten. Die meisten Straßen waren ziemlich eng, gesäumt von Häusern, deren obere Stockwerke auf die Straße hinausgebaut waren und sich dort fast mit denen der gegenüberliegenden Gebäude trafen. D'Artois erzählte, einmal im Jahr ritte ein Mann des Sheriffs mit einem quer über dem Kopf gehaltenen Speer durch die Straßen, um sicherzustellen, dass wenigstens so viel Raum blieb zwischen den Gebäuden.

Zur Straße hin offene Werkstätten beherbergten emsige Handwerker und über jedem Eingang hing ein buntes Schild, das zeigte, welchem Gewerbe dort nachgegangen wurde. Die Schere zeigte den Schneider an, der Schuh den Schuster, die Tierhaut den Kürschner, der Amboss den Schmied. Auf den Plätzen waren weitere Läden und Verkaufsstände, wo Gewürze, Seide und Damast aus dem Morgenland feilgeboten wurden. Alle schrien sie ihre Waren aus, obwohl man sie über dem Klappern der Pferdehufe und dem lauten Feilschen der Hausfrauen kaum hören konnte. Wo immer ein freies Plätzchen war, boten Jongleure, Akrobaten, fahrende Sänger und sogar Tanzbären ihre Kunst dar. Edelfrauen in ihren vergoldeten Sänften ließen anhalten, damit sie zuschauen konnten, ebenso wie es Pilger, Studenten und Schreiber taten. Auch Will wäre gerne noch verweilt, aber sie ritten weiter zum Stadthaus des Grafen.

»Zumindest werden wir nicht in einem Gasthaus landen, wo wir das Lager mit Ungeziefer, Dieben und Mördern teilen müssten«, sagte d'Artois.

Seit sie von Godstone aufgebrochen waren, hatten sie zweimal in Klöstern Nachtquartier genommen. Will hatte sich schon darauf gefreut, in einem Gasthof zu schlafen. Das Ungeziefer hätte er gerne in Kauf genommen, im Tausch gegen die Gelegenheit, den Geschichten der Kaufleute und Händler zu lauschen, die bis ans Ende der Welt gereist waren.

Nachdem sie das Stadthaus des Grafen erreicht hatten und die Pferde im Stall standen, wurde Will mit zwei Rittern und fünf Dienern seines Onkels zu einer der öffentlichen Garküchen an der Themse geschickt.

Auf Schusters Rappen London zu durchqueren war längst nicht so angenehm wie auf dem Pferderücken. Längs der Mitte jeder Straße verlief eine Rinne, in die jeglicher Unrat geworfen wurde, einschließlich toter Tiere und dem Inhalt von Nachttöpfen. Die Wohlhabenden hielten sich mit süß duftenden Kräutern gefüllte Säckchen vor die Nasen, um damit den Gestank zu übertönen.

Einen Fluss wie die Themse hatte Will noch nie gesehen. Alle möglichen Schiffe und Kähne fuhren darauf. Weit den Kai hinunter ragten die Masten von Handelsschiffen empor. Am Ufer vertäut lagen Lastkähne mit Fässern, aus denen Männer Wein und Bier an die Kunden der Garküchen verkauften, in denen alle möglichen Fleischsorten gebraten, gekocht oder zu Pasteten verarbeitet und gebacken wurden. Ebenso fertigte man dort auch allerlei süße Leckereien und Zucker- und Marzipanskulpturen für die Reichen.

Während die Diener für Graf Aubrey und seine ganze Gefolgschaft Essen bestellten, ging Will zum Rand des Flusses, um Kieselsteine ins Wasser zu werfen und dem regen Treiben auf dem Fluss zuzusehen. Die beiden Ritter setzten sich hinter ihm an der Böschung nieder, wo sie sich leise unterhielten, doch nicht leise genug.

»Ich werde froh sein, wenn ich wieder auf meinem Gut und bei meiner Frau bin!«

»Mir geht es ebenso!«

»Eines wundert mich ja: dass Sir John seine Söhne bei seinem Schwager lässt. Wenn es meine Besitzungen wären, nach denen es den Grafen gelüstet, würde ich ihm niemals meine beiden einzigen Söhne anvertrauen.«

»Sir John ist kein Narr. Sicherlich hat er das Seine getan, um die Jungen zu schützen.«

»Schau, die Speisen sind gerichtet. Zeit zum Aufbruch.«

»Master Will!«

»Ja, ich komme«, sagte Will und folgte ihnen. Hatte er richtig gehört? Die beiden Ritter hatten seinem Onkel böse Absichten unterstellt. Und doch war er gerade mit seinen Mannen nach Blindley Heath geeilt, um den Belets beizustehen. Die beiden mussten sich irren.

Auf dem Weg zurück zum Stadthaus des Grafen kamen ganze Scharen von Bettlern herbei, die der Duft der Speisen angelockt hatte. Sie trugen schmutzige Lumpen auf der von nässenden Wunden bedeckten Haut, hielten missgebildete Gliedmaßen hoch und flehten um einige Bissen oder ein paar Münzen. Will wich vor ihren grapschenden Händen zurück, so wie er auch gern vor der Erinnerung an das zufällig belauschte Gespräch der beiden Ritter zurückgewichen wäre. Das Gehörte verursachte ihm noch mehr Übelkeit als die Bettler.

Die beiden mussten sich irren. Selbst wenn der Graf seinem Vater immer noch übel wollte, so würde er doch wohl niemals den Söhnen seiner Stiefschwester etwas antun! Will wünschte sich, er hätte jemand, mit dem er reden konnte, wenn auch nur, um sich zu überzeugen, dass das, was die beiden Männer gesagt hatten, nicht zutreffen konnte. Simon wüsste gewiss etwas dazu zu sagen und dem hätte er die Geschichte auch anvertrauen können. Aber er durfte es nicht wagen, diesen ehrenrührigen Klatsch leichtfertig an jemanden weiterzugeben, noch durfte er ihn niederschreiben. Vielleicht konnte ihn ja sein Bruder beruhigen, sobald er in Oxford war.

Später, als sie an der erhöhten Tafel des Grafen speisten, nahm Will seinen Onkel so genau in Augenschein, wie es ihm möglich war, ohne dessen Aufmerksamkeit auf sich zu ziehen. Der Graf sprach nur, wenn man sich an ihn wandte, und selbst das schien seinen Unmut zu erregen. Wills Vater unterhielt sich mit allen Rittern und regte sie an von ihren Gütern, ihren Familien oder von ihren Taten im Kampf zu erzählen. Es wurde viel geredet entlang der Tafel, außer in deren Mitte, wo Graf Aubrey saß. Dort war ein kalter, stiller Fleck.

Aber es war kein Verbrechen, wenn der Graf zu allen anderen Distanz hielt. Aubrey de Vere hatte jeden Grund hochmütig zu sein. War er nicht ein mächtiger Fürst mit großen Ländereien in ganz England? Die Ritter hatten behauptet, es würde ihn nach Blindley Heath gelüsten. Das konnte unmöglich stimmen. Es ergab keinen Sinn.

»Mein guter Bruder . . .«, wandte sich Sir John an den Grafen.
Will hatte den Eindruck, als zucke Aubrey de Vere bei dieser Anrede zusammen. Oder vielleicht nickte er auch nur.
»Ich möchte Euch um einen Gefallen bitten«, sprach Sir John weiter.
»Nur zu!«
»Dieser junge Ritter«, sagte Sir John und legte die Hand auf Ranulf d'Artois' Schulter, »hat mir gut gedient und wurde dabei schwer verletzt. Er wird Zeit brauchen, um gesund zu werden. Ich will vermeiden, dass er sich untätig auf Blindley Heath herumdrücken muss.«
Der Graf sah gelangweilt aus. Doch Sir John fuhr fort auf dieselbe freundliche und ruhige Art zu reden.
»Nehmt ihn in Oxford auf! Verwendet ihn bei der Ausbildung der Edelknaben.«
Will wäre fast an einem Stück Taubenpastete erstickt. Das konnte sein Vater doch nicht ernst meinen! Aber er meinte es ernst. Und was noch schlimmer war – der Graf war einverstanden.
»Der Gefallen, den Ihr erbittet, ist nicht allzu groß«, entgegnete er. »Ranulf d'Artois mag bei mir bleiben, bis seine Wunden heilen.«
Wie konnte es dazu kommen? Will war wie betäubt. Wenn d'Artois mithalf ihn und die anderen Pagen zu unterweisen, würde Wills Ausbildung ein einziges Elend werden, statt eines ruhmvollen Aufbruchs zu großen Ehren.
»Was meinst du dazu, Will?«, fragte Sir John. »Es wird dir doch gewiss gefallen, ein freundliches Gesicht in deiner Nähe zu haben, denkst du nicht?«

»Ja, Vater«, sagte Will und warf einen Blick zu dem finsteren d'Artois hinüber. Ja, über ein *freundliches* Gesicht hätte er sich tatsächlich gefreut.
Erst in der kalten, schattenlosen Stunde vor dem Morgengrauen, als sie aus London aufbrachen, kam ihm die Unterhaltung der beiden Ritter wieder in den Sinn. ». . . Sir John ist kein Narr. Sicherlich hat er das Seine getan, um die Jungen zu schützen«, hatten sie gesagt. Sollte d'Artois sein Beschützer sein?
Unmöglich!

Burg Oxford

Als sie durch die Palisade und auf den äußeren Burghof ritten, erklangen Fanfaren und die Rufe der Herolde. Banner und Wimpel flatterten von dem mächtigen Turm und von allen Zinnen. Gesinde wie Unfreie strömten zusammen, um die Rückkehr des Grafen mitzuerleben. Sie ritten an unzähligen Werkstätten entlang, die die äußere Mauer säumten. Es war ein fast ebenso geschäftiges Treiben wie in London und es herrschte fast ebenso viel Gedränge.

Vor ihnen erhoben sich die Türme der höheren Innenmauer, überragt von dem aus honigfarbenem Stein errichteten Bergfried. Er schien bis hinauf zur Sonne und den vorbeieilenden Wolken zu reichen, er war so hoch wie die Kirchtürme von Godstone. Aubrey de Vere, Graf von Oxford, konnte es unmöglich auf Blindley Heath abgesehen haben, wo er doch diese große Burg hielt. Die Ritter, die Will am Themseufer in London belauscht hatte, mussten sich irren.

»Master Will!«, kam es da von d'Artois. »Ihr seht aus wie ein Bauerntölpel. Hört auf so dumm zu glotzen!«

Bloß *fühlte* sich Will wie ein Bauerntölpel.

Der äußere Burghof war in Wirklichkeit eine saftige Wiese, wo das Vieh selbst bei einer Belagerung genug zu fressen fand. Ein Großteil des inneren Burghofes war gepflastert und sauber gefegt. Bei der Südmauer gedieh ein Garten mit Gemüse-, Kräuter- und Blumenbeeten. Direkt an der Mauer wuchsen Spalierbäume, beladen mit Pfirsichen,

Pflaumen und kleinen roten Äpfeln. Ihre Äste hatte man in seltsame und schöne Muster gezwungen.

»Als wären hier Feen am Werk gewesen«, staunte Will.

»Platt gequetschte Bäume!«, knurrte d'Artois nur.

Eine wunderschöne Dame trat aus dem Turm in den Hof. Sie trug einen Umhang und ein Kleid in den Farben von Edelsteinen, abgesetzt mit schneeweißem Hermelin. Auch die Damen, die sie begleiteten, waren prächtig gekleidet, doch keine konnte es mit ihrer Schönheit oder Anmut aufnehmen.

»Sie sieht wie die Feenkönigin aus!«, hauchte Will.

»Sie ist aus Fleisch und Blut, ebenso wie diese dummen, platten Bäume aus Holz, Blättern und Früchten bestehen«, raunte d'Artois.

»Das ist also Lady Elaine!«, hauchte Will.

Sie kam heran und knickste vor dem Grafen.

»Willkommen zu Hause, mein Herr!«, sagte sie.

Der Graf starrte nur von seinem mächtigen Ross auf sie herunter. Lady Elaine ertrug ruhig seinen Blick und wandte sich dann Sir John zu.

»Und ein doppeltes Willkommen für Euch, edler Ritter, Schwager und Vetter meines Vaters.«

Sir John, dessen Schulter langsam heilte, sprang von seinem Pferd wie ein junger Recke. Er nahm seinen Panzerhandschuh ab und ergriff die weiße Hand der Dame.

»Es erfüllt mich mit herzlicher Freude, Eure Gesellschaft wieder einmal genießen zu dürfen, kleine Base.«

»Gut gesprochen, edler Sir John«, gab Lady Elaine zur Antwort und berührte ihn leicht an der verwundeten Stirn. »Es schmerzt mich, Kampfspuren an Euch zu entdecken!«

»Eine Kleinigkeit, Milady.«
»Nun, mein guter Ritter, zeigt mir den Schatz, den Ihr mir mitgebracht habt!«
»Will!«, rief Sir John. »Komm her und stell dich deiner neuen Herrin vor!«
Will stieg von seinem Pferd und kniete sich vor der Dame nieder.
»Steh auf, Will, damit ich dich ansehen kann!«
Will stand auf. Er wünschte sich, sein Wams und seine Hände wären nicht so schmutzig.
»Sir John, Ihr müsst stolz sein, zwei so vortreffliche Söhne zu haben.«
Lady Elaine griff mit kühlen Fingern nach Wills schweißnassen Händen. Ihr Haar war blond, ihre Augen waren tiefblau mit einer Spur Violett darin. Selbst ganz aus der Nähe hatte sie etwas Unwirkliches, Feengleiches an sich. Und sie war so zierlich, kaum größer als Will! Sein Herz pochte gegen sein Wams – nie war er solcher Vollkommenheit begegnet!
»Es ist wahr, ich werde deine Herrin sein«, sagte sie. »Aber auch deine Freundin. Willkommen, Master Will.«
»Ich . . . ich . . .« Will hatte das Gefühl, als sei seine Zunge verknotet. »Ich danke Euch, edle Dame«, brachte er schließlich hervor.
Hufgeklapper erklang auf den Pflastersteinen. Ein junger Knappe mit kupferrot leuchtenden Locken zügelte, bei der Gruppe angekommen, sein Pferd und sprang gewandt herunter.
»Sohn!«, rief Sir John und umarmte den Reiter.
Will wusste, dass er dumm glotzte, aber er kam nicht dagegen an. Dieser *Mann* war sein Bruder John!

»Vater!« John trat zurück und besah sich Sir Johns Wunde. »Den Schurken, der Euch verletzt hat, habt Ihr es doch hoffentlich büßen lassen?«
»Gewiss«, erwiderte sein Vater. »Das habe ich getan.«
»Ist Mutter wohlauf? Meine Schwestern? Ist Blindley Heath etwas passiert?«, fragte John. »Hat Essex viel Schaden angerichtet?«
»Allen geht es gut«, versicherte ihm sein Vater. »Essex wurde verjagt, bevor er viel Unheil anrichten konnte. Und nun begrüße deinen Bruder!«
Johns Züge erstarrten, als er seines Bruders ansichtig wurde.
»Gütiger Herr!«, rief er. »Er ist ja überhaupt nicht gewachsen!«
»John!«, mahnte sein Vater.
Will spürte, wie ihm der Schweiß ausbrach.
Lady Elaine lachte leise und drückte Wills Hand. Ihr Lachen war wie Taubengurren.
»Seht Euch vor, Master John«, sagte sie dann, »dass Euch Euer Bruder nicht eines Tages übertrifft!«
John wurde blutrot.
»Gewiss scherzt Ihr, meine Herrin?«, gab er zur Antwort.
»Nein, John«, sagte Lady Elaine mit leiser, ernster Stimme. »Das tue ich nicht. Und ich sage es erneut, seht Euch vor!«
Will bebte. War Lady Elaine vielleicht wirklich vom Feenvolk? War sie in der Lage, eines Mannes Schicksal zu sehen?
Der Graf war in der Zwischenzeit abgestiegen und erteilte den Vasallen und den Pferdeknechten Befehle. Dann marschierte er, ohne ein einziges Begrüßungswort für seine

wunderschöne Frau, in den Bergfried hinein. Mussten mächtige Männer so eine Kälte an den Tag legen, um ihre Würde zu wahren? Will fiel das Gespräch der Ritter am Themseufer ein und er schauderte. Vielleicht würde es ihm ja John erklären können. Doch dachte er an dessen angewiderte Miene bei seinem Anblick, zweifelte Will, ob er es wagen würde, ihn überhaupt etwas zu fragen.
»Kommt!«, sagte Lady Elaine. »Nehmt eine Erfrischung zu Euch nach dieser langen Reise!«
Hand in Hand mit Will ging sie die steinernen Stufen des Bergfrieds empor und in den prächtigsten Raum, den er jemals gesehen hatte. Stickereien und Teppiche aus dem Morgenland bedeckten die Wände. Die Decke war tiefblau, verziert mit goldenen Sternen. Die Binsen auf dem Fußboden waren mit Wildblumen und Kräutern durchsetzt und jeder Schritt gab ein Duftwölkchen frei.
Krüge und Schüsseln wurden gebracht, damit sie sich den Reisestaub abwaschen konnten. Will suchte nach einem freundlichen Gesicht unter den Pagen und dem Gesinde, doch fand er nur Nachahmungen des kalten Hochmuts seines Onkels. Der Graf selbst war nirgends zu sehen. Und auch seine Ritter waren verschwunden.
Lady Elaine goss Wein ein, während Pagen Platten mit Käse, Früchten und Brot reichten. Lady Elaines Damen kamen den Pagen zu Hilfe, und als sich alle etwas genommen hatten, setzten sie sich auf Hocker oder auf die riesige Truhe bei der Feuerstelle. Will saß neben seinem Vater auf einer aus dem Stein der Wand gehauenen Bank. John und d'Artois gingen im Zimmer auf und ab. D'Artois sollte sein Bein ruhen lassen, dachte Will, aber vielleicht war auch er

nervös und kam sich linkisch vor. John wirkte ärgerlich oder ungeduldig – vielleicht auch beides.
Lady Elaine befragte Sir John über den Hinterhalt im königlichen Forst und die folgenden Kämpfe. Von Zeit zu Zeit wanderte ihr Blick zu Will, d'Artois oder John.
John schien immun gegen ihren Zauber, aber d'Artois bekam Farbe im Gesicht, als sie ihn nach seinen Wunden fragte und seine Tapferkeit lobte. Als ihr Sir John erzählte, es sei allein das Verdienst seines Sohnes, dass der Ritter sein Bein noch hätte, fühlte Will, wie er rot wurde. Ehrliche Bewunderung lag in Lady Elaines blauen Augen, als sie ihn anblickte.
»Du bist ein mutiger junger Mann, Will!«, rief sie.
Will hoffte, Lady Elaine möge niemals von der Furcht erfahren, die er verspürt hatte.
»Meine Gemahlin ist in der Heilkunst bewandert«, erklärte Sir John. »Ich bin froh, dass sich Will einiges davon angeeignet hat und die zusätzlichen Jahre daheim nicht verschwendet waren.«
»Was hat dich deine Mutter sonst noch gelehrt, Will?«, fragte Lady Elaine. »Kannst du lesen und schreiben?«
Will nickte. Er räusperte sich, doch seine Stimme quiekte trotzdem, als er sagte: »Und ein wenig Latein beherrsche ich auch.«
»Ich werde Sorge dafür tragen, dass deine Studien nicht vernachlässigt werden, solange du auf Burg Oxford bist«, sagte sie und fügte dann heftig hinzu: »Auch wenn mein Gatte für Bildung nur Verachtung übrig hat.«
Unbehagliche Stille legte sich über den Raum.
Doch dann verwandelte sie sich wieder in die Feenkönigin

mit der samtenen Stimme. »Vielleicht wollt ihr eure Unterkünfte sehen? John, Euer Bruder wird einen Rundgang in seinem neuen Zuhause machen wollen. Sorgt dafür, dass er Schildknappe Wat und die anderen Pagen kennen lernt.«

»Ja, Milady.«

»Sir Ranulf«, fuhr sie fort, »Euch bitte ich, ruht bis zur Essensstunde.«

D'Artois verbeugte sich, dann ließen sie Lady Elaine zurück und folgten John die gewundene Steintreppe hinunter zurück auf den Burghof. Will war es, als träte er gerade aus einem Traum. Wie schön und freundlich Lady Elaine war! Jetzt empfand er es nur noch als halb so schlimm, Ranulf d'Artois am Bein zu haben.

Sie ließen d'Artois neben der großen Halle in der kleinen Kammer zurück, die er sich mit Sir John teilen würde. Man hatte Betten mit frischem Leinen bezogen und Zudecken aus Brokat bereitgelegt. In Blindley Heath musste sich ritterlicher Besuch mit den Bänken in der großen Halle zufrieden geben. Und ihre Knappen schliefen gewöhnlich auf den Binsen mit den Hunden.

Will war froh, dass er nun Gelegenheit bekam, mit seinem Vater und seinem Bruder allein zu sein. Wenn nur John nicht so gereizt gewesen wäre. Das Abenteuer, Burg Oxford zu erforschen, wäre ihm dadurch um ein Haar vergällt worden. Es gab so viele unglaubliche Dinge hier. Eine farbenprächtige Parade mächtiger Rösser und Ritter zog auf einem gemalten Fries um die Wände der großen Halle. Darüber waren die Wände gekalkt und mit einem Muster roter Linien versehen, die den Eindruck einzelner, verfugter

Steine ergaben. Auf jeden dieser »Steine«, war eine andere Wildblume gemalt. Die Wand hinter dem Baldachin des Grafen zierten Teppiche aus dem Morgenland in leuchtenden Farben.

»Nicht übel!«, sagte Sir John zu Will. »Was meinst du?«

»Ja, Sir, es ist . . .« Will fehlten die Worte.

Sir John lachte und klatschte Will auf den Rücken. »Genau, mein Sohn, genau!«

Nach der großen Halle führte sie John in einem Bogen um den Burghof, bei den wabenartig in die Burgmauer eingelassenen Kammern beginnend. Im Westteil, nahe beim Bergfried, lagen die Unterkünfte des Verwalters, seiner Leute und hoher Gäste. Und weiter ging es an Gebäuden vorbei, die an die innere Burgmauer schlossen. Hier waren die Mannschaftsunterkünfte, die Stallungen und die Schmiede. Das Torhaus gegenüber vom Wehrturm bestand aus zwei gedrungenen Türmen mit Wach- und Lagerräumen darin. Weitere Werkstätten folgten, dann ging es an den Küchen vorbei bis zu der großen Kapelle, die sich an die Ostseite des Bergfrieds schmiegte. In der Kapelle und in weiteren, für Edle bereitstehenden Räumlichkeiten wäre Will gern eine Weile geblieben. Hier trat der gute Geschmack von Lady Elaine zu Tage. Der Graf hatte eine Burg gebaut, furchteinflößender als alles, was Will sich jemals hätte vorstellen können. Lady Elaine hatte dem Ganzen Schönheit verliehen. Einen solchen Zauber zu wirken . . . vielleicht war sie wirklich eine Feenkönigin.

Aber John schien sich nur für die Befestigungen zu interessieren. Beim Torhaus blieb er einen Moment stehen und wies darauf hin, wie solide alles gebaut war, um eventuelle

Angreifer gleich von vornherein abzuschrecken. So aufgeregt und glücklich wie John in diesem Augenblick war, vermeinte Will Spuren des Bruders zu entdecken, den er in Blindley Heath gekannt hatte. Des Bruders, von dem er gehofft hatte, er könne ihn »Freund«, nennen. Sir John betrachtete die Dinge, auf die ihn John hinwies, mit anerkennendem Nicken. Auf Burg Oxford war, was den Festungsbau betraf, alles neue, von den Kreuzrittern aus dem Heiligen Land mitgebrachte Wissen verwirklicht worden.

»Beginnen könnte der Feind seine Belagerung wohl, doch er käme nie zum Ende. Die Burg kann jeder Art von Angriff widerstehen«, prahlte John.

»Sag niemals nie!«, erwiderte Sir John mit grimmigem Lächeln.

Schließlich brachte sie John zum äußeren Burghof. Dazu kletterten sie neben den Ställen an Leitern hinauf und dann, über die Brustwehr hinweg, auf die gleiche Weise hinunter in den großen, offenen Hof auf der anderen Seite. Hier wurden die Pagen, Knappen und jungen Ritter unterwiesen. Ein Junge, der auf einer von Dienern gezogenen Pferdeattrappe saß, stach mit einer Lanze auf eine Stechpuppe ein, zwei andere übten sich im Kampf mit stumpfen Kurzschwertern, wieder andere beluden Armbrüste oder spannten Langbogen und schossen auf ein an der Außenmauer hängendes Ziel.

Ein bulliger, kleinwüchsiger Mann bellte Befehle.

»Schildknappe Wat!«, rief John. »Darf ich Euch meinen Vater vorstellen?«

»Sir John! Es ist mir eine Ehre!«, sagte der Knappe und beugte den Kopf.

Sir John stupste Will nach vorn.
»Ich bringe Euch einen neuen Zögling, Knappe«, sagte Sir John. »Meinen zweiten Sohn, William Belet, bekannt unter dem Namen Will.«
Der Knappe musterte Will mit Augen, die von dunklen, sich kerzengerade über seine Stirn ziehenden Augenbrauen überschattet waren.
»Kommt mir ein bisschen jung vor«, sagte er dann.
»So jung ist er nicht. Die Pocken haben sein Wachstum aufgehalten. Will wird dreizehn am ersten Mai.«
Schildknappe Wat fuhr fort Will finster zu mustern, dann wandte er sich an dessen Bruder.
»Stellt ihn den anderen Jungen vor, dann zeigt Ihr ihm seinen Schlafplatz! Sir John, es war mir ein Vergnügen, aber nun müsst Ihr mich entschuldigen.« Und damit ging er mit großen Schritten zu den Jungen hinüber, die sich im Schwertkampf übten, und schalt sie für ihre Ungeschicklichkeit.
Als John seinen Bruder den anderen vorstellte, hielt zwar jeder für einen Augenblick widerwillig ein, um ihn zu begrüßen, wandte sich dann aber sofort wieder seiner Aufgabe zu. Gregory, Hugh, Charles, Edgar ... Namen und Gesichter zogen an Will vorbei. Keiner sah ihn richtig an, kein Einziger lächelte.
Nun kletterten sie wieder über die Leitern. Bei den Stallungen auf der anderen Seite angelangt, gingen sie direkt zu den Mannschaftsquartieren. Dort sah es nicht viel anders aus als im Schlafsaal von Godstone, nur dass es weniger Kreuze gab. Wie in Godstone auch waren die Jungen in einem separaten Raum untergebracht.

»Jetzt richtest du dich hier ein«, sagte Sir John, »und dann ziehst du zum Essen einen sauberen Rock und saubere Beinkleider an. Ich werde mich inzwischen mit deinem Bruder unterhalten.«

Will kletterte über eine wacklige Leiter zur Schlafkammer der Jungen hinauf, wo er auf einer Pritsche seinen Bogen und den Pfeilköcher vorfand. Man hatte seine hölzerne Truhe, auf der sich ein Muster aus Stechpalmenblättern um seine Initialen rankte, von Blindley Heath hergebracht und sie stand nun am Fuß seines Bettes. Er öffnete sie und holte einen sauberen Rock, ein Hemd und Beinkleider hervor. Beim Umkleiden hielt er das Bündel mit der Honigwabe aus Blindley Heath einen Augenblick lang in der Hand, bevor er es in die Truhe legte. Was für eine weite Reise es gewesen war von zu Hause bis hierher! So viele Jahre hatte er darauf gewartet, in die Welt der Männer einzutreten. Und nun sah er, welch langer Weg bis zur Ritterschaft noch vor ihm lag. Seines Bruders ärgerliche Stimme schallte von unten herauf und riss ihn aus seinen Tagträumen.

»Wie könnt Ihr das ernsthaft wollen?«, hörte er John.

»Jetzt beruhige dich. Er wird sich schon machen«, antwortete sein Vater. »Körpergröße ist nicht alles.«

»Ihr könnt doch gewiss nicht vorhaben ihn Ritter werden zu lassen?« Johns Stimme wurde lauter. »Will ist praktisch ein Zwerg!«

»Genug!« Sein Vater sprach leise, brachte seinen Sohn jedoch zum Verstummen. »Er wird seine Sache gut machen. Es ist deine Pflicht, ihm dabei zu helfen, seinen Weg zu finden. Sollte ich anderes hören, so werde ich dich zur Rechenschaft ziehen.«

»Ja, Sir«, sagte John, immer noch hitzig vor Zorn.
»Will!«, rief sein Vater.
»Sir!« Will beugte sich über die Einstiegsluke.
»John wird dich zum Essen in die große Halle geleiten.«
Will nickte. Er wechselte rasch die Kleidung und kletterte die Leiter hinunter in den Raum, wo John untergebracht war. Es gelang ihm nicht, seinen Bruder anzusehen. Auch das Atmen fiel ihm schwer.
»Es wird schon peinlich genug sein für mich, dich hier auf der Burg zu haben – mach es also nicht noch schlimmer!«, sagte John.
Wie kam es, dass John den eigenen Bruder so hasste? War es das, was er auf Burg Oxford gelernt hatte?
Will bohrte sich die Fingernägel in die Handflächen, bis der Schmerz Johns verletzende Worte übertönte. So Gott will, wird sich keiner für mich schämen müssen, dachte Will. So Gott will.

Ein Unfall?

Am Morgen nach Sir Johns Aufbruch begann Wills neues Leben als Page. Selbst solange sein Vater noch da war und seine schützende Hand über ihn hielt, war offensichtlich, dass Burg Oxford ihn nicht willkommen hieß. Und ab jetzt war er auf sich alleine gestellt. Nur die Anwesenheit von Lady Elaine machte es erträglich. Doch ihrem Einfluss auf der Burg waren Grenzen gesetzt.

»Aufstehen!« Schildknappe Wats Brüllen riss Will aus dem Schlaf. Dann zerrte er ihn am Ohr aus dem Bett. Es war noch lange hin bis zur Morgendämmerung und in den Unterkünften war es eisig kalt. Die anderen Jungen waren schon aufgestanden und angekleidet. Will zog hastig den in Himmelblau und Silber gehaltenen Rock Oxfords über, der an ihm hing wie ein großer Sack.

»Leert die Nachttöpfe in die Senkgrube hinter den Ställen!«, bellte der Knappe. »Anschließend scheuert Ihr sie mit Sand und Kalk!«

Er reichte Will eine langstielige Bürste und einen Topf Ätzkalk.

»Steht nicht da und haltet Maulaffen feil!«, brüllte er. *»Bewegt Euch!«*

Will hielt die Nachttöpfe so weit wie möglich von seiner Nase weg und stolperte die Leiter hinunter. Die Quartiere der Knappen waren verlassen. John und seine Kameraden waren auf die Jagd gegangen, wodurch ihm der Anblick seines kleinen Bruders bei dieser demütigenden Arbeit erspart blieb. Vielleicht war dies genau die Art von Peinlichkeit, vor der sich John fürchtete. Aber was blieb Will schon anderes übrig, als Schildknappe Wats Befehlen zu gehorchen?

»Für die Nachttöpfe ist immer der neueste Page zuständig«, erklärte ihm ein Unfreier, der an der Senkgrube tätig war und den Unrat mit Kalk und Erde abdeckte. »Schindknappe Wat meint auf diese Weise zeigen zu können, wer das Sagen hat.«

»Schindknappe Wat?«, wiederholte Will. »Das passt!«

»Sieh bloß zu, dass er dich nicht dabei erwischt, wenn du ihn so nennst!«, warnte der andere.

Will musste grinsen, und das half ihm dabei, zu tun, was getan werden musste. Nachdem alle Nachttöpfe sauber und von Schindknappe Wat inspiziert worden waren, schickte man ihn in die Küchen.

Giselle, die Köchin, hetzte die Jungen durch ein spärliches Frühstück aus altbackenem Brot und Bier. Dann schickte man sie mit Tabletts, die mit sehr viel besserer Kost beladen waren, zu den Unterkünften im Bergfried. Will sandte man ins Kindergemach. Gregory, der Lady Elaine bediente, zeigte ihm widerwillig den Weg. Die Kinder, ihre Ammen und die Gesellschaftsdamen von niedrigerer Herkunft schliefen in einem großen Raum hinter Lady Elaines Gemächern. Eine schmale, steile Stiege am hinteren Ende der großen Halle führte an den Räumen des Grafen vorbei zum Kindergemach. Wills Tablett war schwer beladen von abgedeckten Schalen mit warmer Milch, Krügen mit Wein und warmen, weichen, in Leinentücher gewickelten Brotlaiben. Sogar kleine Näpfchen mit Honig gab es da.

Will knurrte der Magen. Die köstlichen Gerüche standen in krassem Gegensatz zu denen seines eigenen Frühstücks. Es war zum Verrücktwerden die Kleinen bei einem Essen herumtrödeln zu sehen, das Will liebend gern hinuntergeschlungen hätte.

Die Tür öffnete sich und Lady Elaine trat ein. Das lange, locker geflochtene Haar schimmerte silbern auf ihrem blauen Morgengewand.

»Mutter!« Die Kinder rannten zu ihr. Es sah so aus, als würden sie Lady Elaine gleich umwerfen, so zierlich, wie sie war.

»Meine kleinen Entchen!«, rief sie und koste eins nach dem anderen. »Seid ihr auch schön brav?«

»Oliver hat mich gezwickt!«, klagte Bertrade.

Lady Elaine warf Oliver einen gestrengen Blick zu, was zu heißen Tränen und einer Entschuldigung führte.

»Ihr müsst alle lieb zueinander sein!«, befahl Lady Elaine und drückte ihren Sohn an sich.

»Sei gegrüßt, Will«, sagte die Lady dann. »Wie geht es dir an diesem Morgen?«

Will konnte nur lächeln und sich verneigen, denn etwas zu sagen wagte er nicht.

»Dame Catherine, könntet Ihr den Rock dieses Jungen richten? So, wie er ist, steht er ihm nicht gut zu Gesicht.«

Eine beleibte Dame ganz in Grün nahm ihn kritisch in Augenschein.

»Es erfordert nur ein paar Stiche, Milady.«

»Sei Dame Catherine gefällig und gib ihr deinen Rock, Will!«, bat Lady Elaine.

Will spürte, wie ihm das Blut ins Gesicht stieg. Er musste

der Aufforderung nachkommen, aber er konnte sich doch nicht vor den Augen der Lady entkleiden!
»Kommt mit ins Ankleidezimmer, mein Junge!«, forderte Dame Catherine ihn auf. »Dort seid Ihr ungestört.«
Während sie nähte, bestürmte sie ihn mit Fragen über Lady Alice und über die Reise, die hinter ihm lag. Will fühlte sich wohler, wenn er ihr dabei zuhörte, wie sie über die Güte ihrer Herrin, Lady Elaine, plapperte. Bis sie ihre Näharbeit fertig hatte, sein Rock ordentlich auf den Schultern saß und nicht mehr so weit über die Knie hinunterhing, hatten die Kinder ihr Frühstück beendet und Lady Elaine war in ihren Gemächern verschwunden. Will sammelte das Geschirr ein und beeilte sich in die Küche zurückzukommen.
Giselle begrüßte ihn mit einer Ohrfeige.
»Das wird Euch lehren, Euch auf der Treppe herumzudrücken!«, rief sie. »Und jetzt schert Euch auf den Hof!«
Will rannte, so schnell er konnte, doch hatten die Pagen sich schon vor Schildknappe Wat und Ranulf d'Artois zum Appell aufgebaut. Will glitt hinter Hubert, der groß und breit war und gute Deckung bot.
»Neuer Page nach vorn!«, brüllte Schildknappe Wat.
Will trat an Huberts Seite, wo er so kerzengerade und so hoch aufgereckt dastand, wie es ihm möglich war. Mochte es in seinem Inneren aussehen wie es wollte, zumindest würde er sich um eine tapfere Haltung bemühen.
»Zuspätkommen ist unentschuldbar!«, schnauzte Schildknappe Wat. »Ihr meldet Euch nach dem Abendbrot in den Ställen!«
Will nickte.

Knappe Wat trat vor und schlug Will ins Gesicht.
»›*Ja, Sir!*‹, heißt das!«
»*Ja, Sir!*«, sagte Will mit brennendem Gesicht.
D'Artois sah ungerührt zu. Genoss er diesen Auftritt? In Blindley Heath wäre Will niemals geschlagen worden, von niemandem.
Sie begannen mit dem Langbogen auf an der Burgmauer angebrachte Zielscheiben zu schießen. Inzwischen stand die Sonne schon ein gutes Stück weit am Himmel und wärmte den Hof. Beim Bogenschießen stellte sich Will ebenso geschickt an wie zu Hause. Pfeil um Pfeil fand ins Ziel. Zum ersten Mal seit seiner Ankunft auf Burg Oxford machte er etwas richtig.
»Seht euch das an, ihr Tölpel und Dummköpfe!«, bellte Schildknappe Wat und baute sich direkt hinter Will auf. »Dieser mickrige Lümmel ist ein besserer Bogenschütze als ihr alle zusammen!«
Mickriger Lümmel! Will kochte vor Wut. Sein nächster Pfeil prallte von der Zielscheibe ab und fiel zu Boden.
»Beherrschung, Beherrschung, kleiner Hase!«, sagte d'Artois. »Ein Ritter muss lernen sich zu beherrschen.«
»Kleiner Hase!« Schildknappe Wat johlte. »Passt genau! Samt rosa Näschen und dem ganzen Rest!«
Ringsum wurde gekichert. Das war es, wovor sich Will am meisten gefürchtet hatte. Er hatte gehofft auf Burg Oxford würde man ihn Will, Page oder sogar Dummkopf nennen. Alles, nur nicht »kleiner Hase«. Aber von nun an würde ihm dieser Kosename aus seiner Kindheit erhalten bleiben.
Als Will seine verschwitzte Hand am Rock abwischte, um

einen neuen Pfeil anzulegen, spürte er Simons Kreuz unter dem Gürtel. Das ließ ihn ruhiger werden. Er würde nicht zulassen, dass ihn d'Artois, Schindknappe Wat oder ein Kosename aus seiner Kindheit aus der Ruhe brachten. Er würde ein Ritter werden, würdig an König Arthurs Seite zu stehen. Trotz allem. Er legte einen Pfeil an, zielte und traf mitten ins Schwarze.

»So ist es besser!«, meinte d'Artois und ging weiter, um Godfreys Haltung zu berichtigen.

Das Breitschwert bereitete Will viel mehr Probleme als der Bogen, konnte er es doch kaum heben. Es waren richtige Schwerter, wenn auch mit stumpfen Klingen und abgedeckter Spitze. Die Jungen hatten dick gepolsterte Kleidung angezogen, die vor Verletzungen schützen sollte. Trotzdem war es alles andere als spaßig, davon getroffen zu werden.

Will bekam den riesenhaft über ihm aufragenden Hubert als Partner zugeteilt. Wills einziger Vorteil war seine Behändigkeit, und die nutzte er, um den Schlägen auszuweichen, die auf ihn herunterfielen. Sein eigenes Schwert, das er die halbe Zeit mit der Spitze am Boden hinter sich herschleifte, kam kaum zum Zug.

Es dauerte nicht lange, bis Will klar wurde, dass sich Schildknappe Wat, d'Artois und alle anderen Pagen um ihn versammelt hatten und sich auf seine Kosten halb tot lachten. Das heißt, alle lachten, außer d'Artois. Wenigstens musste John das nicht miterleben.

»Will Belet!«, sagte d'Artois mit einer Stimme, kalt wie Stahl. »Steht Euren Mann und kämpft!«

Will blieb abrupt stehen. Schindknappe Wat hatte ihm absichtlich Hubert als Partner zugeteilt und dieses Schauspiel inszeniert, um ihn lächerlich zu machen. Will wurde fuchsteufelswild. Und sein Zorn gab ihm die Kraft, das Schwert zu heben und Hubert einen solchen Schlag zu versetzen, dass er der Länge nach hinschlug.

»Ihr habt das Schwert zu niedrig geführt«, kritisierte d'Artois. »Und zu lange gezögert.«

»Ja, Sir«, sagte Will, ohne seinem Blick zu begegnen.

Schildknappe Wat wischte sich Lachtränen vom Gesicht, während er zu Will herkam.

»Für heute habt Ihr genug«, sagte er. »Ihr geht jetzt zum Gelass des Kellermeisters, damit Ihr lernt Euren Pflichten bei Tisch nachzukommen.«

»Ja, Sir!«, antwortete Will und schoss davon, bevor er sich klar machte, dass er nicht die geringste Ahnung hatte, wo das Gelass des Kellermeisters war.

Will machte kehrt. »Wo, bitte, befindet sich das Gelass des Kellermeisters?«

»Heiliger Strohsack!«, knurrte der Knappe. *»Godfrey!* Bringt den kleinen Hasen zu Alfred, dem Kellermeister, und stellt sicher, dass er sich den Weg dorthin merkt! *Beeilt Euch!«*

»Sir!«

Godfrey flog an Will vorbei, die Leiter hinauf und über die Brustwehr. Will folgte, das laute Gelächter der Jungen im Rücken.

Will und Godfrey durchquerten gerade den inneren Burghof, als die Jäger durch das Torhaus hereingedonnert kamen.

Will blieb stocksteif stehen. John, sein Bruder, lag schlaff auf dem Rücken eines Pferdes. Ein Pfeil ragte aus seinem Rücken, sein Wams war mit Blut getränkt.

Die Männer waren von ihren Pferden gesprungen und schrien dem herbeieilenden Gesinde Befehle zu.

»Holt eine Trage!«

»Schickt nach dem Bader!«

»Macht vorwärts, ihr Tölpel!«

»Bringt ihn zu Lady Elaine!«

John wurde von seinem Pferd gehoben, auf eine Trage gelegt und zum Bergfried geschafft.

»Jagdunfall«, sagte Godfrey nur. Er klang nicht im Mindesten beunruhigt oder überrascht.

Aber Will war wie gelähmt vor Schreck. War John tot oder lebendig? Was war geschehen? Wie auch immer, er musste ihm helfen! Er rannte den Männern hinterher und die Treppe hinauf zu Lady Elaines Gemächern.

Dame Catherine war schon dabei, Johns Wams und Rock aufzuschneiden, um die Wunde freizulegen. Lady Elaine erteilte den Männern und ihren Damen Anweisungen.

»Holt meine Arzneien! Bringt Binden! Rasch! Wir müssen die Blutung stillen!«

Nun kam der Bader an, beladen mit einer Schüssel und einer Tasche, die sein Handwerkszeug enthielt. Er goss Branntwein über die Wunde und wies dann zwei der Männer an John festzuhalten, während er ein Skalpell ansetzte und vorsichtig die mit Widerhaken versehene Pfeilspitze herausschnitt. John stöhnte erbärmlich.

Er lebte! Aber die Wunde sah schlimm aus und er verlor zu viel Blut!

»Will!«

Lady Elaine, die ihn bemerkt hatte, winkte ihn herbei.
»Hast du schon einmal zugesehen, wie Lady Alice eine derartige Wunde behandelte?«
»Ja, Milady.«
»Dann bleib und hilf mir!«
Sie schickte die anderen hinaus, dann machten sie sich daran, John Belet zu retten.
Der Pfeil war durch sein dickes Lederwams gebremst worden, dennoch war die Wunde tief. Er musste aus kurzer Entfernung getroffen worden sein.
Dame Catherine setzte sich neben John, flößte ihm in kleinen Schlucken Branntwein ein, wischte ihm die Stirn ab und sprach tröstende Worte, als wäre er ein kleines Kind. John war ein Mann, fast schon ein Ritter, aber auch ohne sein Gesicht zu sehen, wusste Will, dass er weinte.
Will bebte. Auch er hätte am liebsten geweint. Aber seine Hände blieben ruhig. Er half mit, als Lady Elaine und der Bader die Wunde reinigten und das Blut stillten. Nach den Anweisungen des Baders bereitete Will einen Breiumschlag, dann legten sie John einen Verband an, während Lady Elaine einen Schlaftrank bereitete.
»Habt Dank, Bader«, sagte Lady Elaine. »Mein junger Knappe hat gute Behandlung erfahren!«
»Es ist von Nutzen, wenn man so fähige Unterstützung hat«, gab der Bader zurück.
Lady Elaine nahm Wills eiskalte Hände in die ihren.
»Wird John wieder gesund werden?«, flüsterte er.
Lady Elaine führte die beiden in eine entfernte Ecke.
»Was meint Ihr, Bader?«
»Er hat eine gute Chance«, antwortete er. »Ich glaube, der

Pfeil wurde von den Muskeln und den Knochen aufgehalten. Die wichtigen Organe sind unversehrt.«

»Wir müssen auf Gott vertrauen.«

»Ja, Milady, es ist in Seinen Händen.«

»Was ist denn da vorgefallen?«, rief d'Artois, der eben hereinkam.

»Ein Jagdunfall«, erklärte Lady Elaine. *»Noch* ein Unfall auf Burg Oxford.«

»Gab es Zeugen?«, erkundigte sich d'Artois.

»Natürlich nicht!«

Lady Elaines Stimme war kalt vor Zorn und harte Linien hatten sich in ihr schönes Gesicht gegraben. Was sagten die beiden da? Was war John *wirklich* zugestoßen? War es das, was die Ritter am Themseufer prophezeit hatten? Steckte der Graf hinter diesem »Unfall«?

Das Kindergemach

Der Unfall krempelte Wills Leben auf Burg Oxford um, denn er wurde mit John zusammen im Kindergemach untergebracht.

»Ihr könnt mich doch nicht zu den Frauen und den kleinen Kindern stecken!«, wehrte sich John.

»Doch, das kann ich«, widersprach Lady Elaine. »Hier werdet Ihr bleiben, bis der Bader und ich es Euch gestatten, in die Mannschaftsquartiere zurückzukehren.«

»Der Graf wird es nicht zulassen!«

»*Ich* bin dafür verantwortlich, dass Ihr wieder gesund werdet«, sagte Lady Elaine. »Und ich möchte Euch in meiner Nähe haben.«

»Milady«, meinte Will. »Könnte nicht wenigstens ich in den Mannschaftsunterkünften schlafen?«

»Will, ich brauche dich hier, damit du deinen Bruder versorgst. Meine Damen können nicht beides tun, John pflegen und auf die Kinder achten.« Lady Elaines Blick bohrte sich in ihn. Wie konnte er ihr etwas abschlagen?

»Ja, Milady.«

Über den Unfall wurde nur wenig gesprochen. Aus den Bemerkungen zu schließen, die Will aufgeschnappt hatte, schien es ein recht alltäglicher Vorfall gewesen zu sein.

»Solche Dinge geschehen eben.«

»Da kann man keinem einen Vorwurf machen.«

Der Graf hatte, soweit Will wusste, gar nichts dazu gesagt. In den vier Tagen seit dem Unfall hatte er sich nicht die

Mühe gemacht, nach John zu sehen. Aber vielleicht schickte es sich für den mächtigen Herrn nicht, das Kindergemach zu betreten. Sir John spielte oft mit seinen Kindern, sogar mit den kleinen Mädchen. Aber Wills Vater hatte ja auch nicht ganz Oxfordshire und die nördlichen Grenzgebiete unter sich.

Von den Damen abgesehen, war d'Artois Johns einziger Besuch. Sein schlimmes Bein hinter sich herziehend, kam er jeden Tag die Stiege herauf. Dann setzte er sich auf eine Truhe und erzählte John, meist mit finsterer Miene, von Jagden und Schlachten.

Will wollte daran glauben, dass es ein Unfall gewesen war. Aber dann sah er d'Artois' Gesichtsausdruck vor sich und hörte den Klang von Lady Elaines Stimme, als sie gesagt hatte »*Noch* ein Unfall!«. John hatte Glück gehabt. Die Wunde war sauber und eiterte nicht. Der Pfeil war tatsächlich von seinem Wams gebremst und von einer Rippe aufgehalten worden. Die Rippe war angebrochen, aber nicht gesplittert. Der Bader sagte, es würde wieder heilen. Will fragte sich, ob der eigentliche Unfall in Wirklichkeit nicht Johns Überleben war.

Wills Unterrichtung auf dem Hof ging nur langsam voran und Schindknappe Wat machte sich so manchen Spaß auf seine Kosten. D'Artois hatte weiterhin an allem, was Will tat, etwas auszusetzen. Die üblen Scherze des Knappen demütigten Will nur oder machten ihn wütend, unter d'Artois' kritischem Blick jedoch lernte er dazu. D'Artois konnte ihm jedes Mal genau erklären, was er falsch machte, sei es nun beim Abschießen eines Pfeils, beim Üben an der Stechpuppe oder sogar beim Stemmen dieses unmöglichen Breitschwerts. Beim nächsten Versuch gelang es Will, d'Artois ein zufriedenes Knurren zu entlocken. Er lernte die Ritterkünste, auch wenn er ein kleiner Hase war. Zur Essensstunde wurde er zu Alfred, dem Kellermeister geschickt, der ihn lehrte, Lady Elaine als Mundschenk zu dienen. Die übrige Zeit verbrachte er mit seinem Bruder und den Kindern im Kindergemach.

John war ein schrecklicher Patient. Er jammerte und wütete und wollte nicht still liegen, trotz seiner Schmerzen. Zweimal öffnete sich die Wunde erneut, was zu einem Fieber führte, das Will und Lady Elaine mit heilenden Kräuterauszügen behandelten. Es fiel Will zu, John zu beruhigen und abzulenken, damit die Wunde eine Chance zum Heilen hatte.

Lady Elaine half mit, indem sie ihnen ein kostbares Buch brachte, geschrieben und illuminiert von den Mönchen des Klosters von Osney. Es trug den Titel *Historie der Könige von Britannien* und war eine Sammlung wundersamer Geschichten. Will las laut daraus vor, übersetzte das Latein vom Blatt. Von kühnen Königen und ihren großen Taten erzählte das Buch und allen, sogar John, gefielen die Geschichten um König Arthur am besten. Sie berichteten von dunklen, verzweifelten Zeiten. Doch unter König Arthurs Herrschaft setzten sich sämtliche Barone des Reiches dafür ein, nicht nur ihre Ländereien zu beschützen, sondern auch den Schwachen und Hilflosen beizustehen. Jetzt kämpften die Barone nicht mehr, um Ehre zu gewinnen, sondern die Habgier trieb sie und ganz England musste darunter leiden.

»Du wirst nie ein Ritter werden, kleiner Bruder«, sagte John. »Aber ihre Geschichten liest du gut.«
Glücklicherweise schlief John viel. Will hegte den Verdacht, dass Lady Elaine seine Medizin mit einem Schlaftrank mischte. Während John schlummerte, war Will hilflos den Kindern ausgeliefert. Es waren sechs Mädchen und zwei Jungen. Nur Oliver, Anne und Gwyneth gehörten Lady Elaine. Die anderen waren verwaiste Edelkinder, die unter dem Schutz des Grafen standen, bis sie mündig waren und ihre Titel erben konnten. Des Grafen ältester Sohn aus erster Ehe war schon ein junger Ritter und stand in Kaiserin Matildas Diensten.
»Erzähl uns noch einmal von König Arthur!«, schmeichelte Gwyneth.
»Erzähl den Teil, wo er die sächsischen Fürsten in Stücke haut!«, befahl Harold.
»Nein!«, widersprach Oliver. »Erzähl uns, wie er die Gallier in Stücke haut!«
Will konnte kaum glauben, dass er eine so weite Reise unternommen hatte, nur um sich im Kindergemach wieder zu finden. Die letzten zwei Wochen kamen ihm wie eine halbe Ewigkeit vor.
»Will«, sagte Dame Catherine eines Morgens, »seid so gut und geht zum Gemach der Milady, um mir meine Spindel zu holen!«
Will ging durch die Kammer, die Lady Elaines Gemach von der Kinderstube trennte, und wollte gerade eintreten, als ihn Lady Elaines Stimme zögern ließ.
»Abgesehen davon, alle beide nach Blindley Heath zurückzuschicken, habe ich mein Möglichstes getan«, sagte sie gerade.

»Vergebt mir, Milady«, entgegnete d'Artois. »Ich bin nur wütend auf mich selbst, weil ich meinem Herrn nicht besser gedient habe.«

»Ihr hättet den Unfall nicht verhindern können«, widersprach Lady Elaine. »Doch nun können wir ihn zu unseren Gunsten nutzen. Wir beide werden uns verbünden.«

»Ihr könnt Will und John nicht ewig in die Kinderstube sperren«, sagte d'Artois.

»Es muss ja nicht für ewig sein«, gab Lady Elaine zurück. »Nur lange genug, bis wir andere Vorkehrungen getroffen haben.«

Als d'Artois sich in die Richtung der offenen Kammer wandte, drehte sich Will rasch um und kehrte in den anderen Raum zurück.

»Nun?«, sagte Dame Catherine. »Wo ist meine Spindel?«

»Verzeiht«, antwortete Will. »Aber ich habe sie nicht gefunden.«

»Zu dumm! Ich muss wohl selber danach suchen.«

Was für einen Plan schmiedeten Lady Elaine und d'Artois? Nie erfuhr man etwas, solange man noch nicht erwachsen war. Aber John war alt genug, um auch ein Wörtchen mitzureden, vor allem wenn in Erwägung gezogen wurde, sie alle beide nach Blindley Heath zurückzuschicken.

Will musste bis nach dem Abendessen warten. Erst nachdem man die Kinder zu Bett gebracht hatte und die Damen sich um Lady Elaine kümmerten, konnte er allein mit seinem Bruder reden. Die Medizin, die er ihm eigentlich hätte verabreichen müssen, hielt er zurück, damit John nicht einschlief.

»Warum sperrt man uns wohl hier ins Kindergemach? Was meinst du?«, fragte er dann.

Zum ersten Mal, seit Will in Oxford angekommen war, sah ihn John an wie eine Person und nicht wie ein Insekt.
»Ich weiß nicht«, sagte er. »Du?«
Will zuckte die Achseln.
»Was, wenn es gar kein Unfall war?«
»Sei doch kein Narr!«, gab John zurück. »Jagdunfälle gibt es laufend.«
»In Blindley Heath nicht«, widersprach Will.
»Nun, hier aber schon.«
»Ja?«
»Ja!« Ein Schauder schien John zu durchlaufen, während er seinen Bruder ansah. »Weshalb fragst du?«
Will sah sich um und vergewisserte sich, dass die Kinder schliefen und dass keine der Damen hereingekommen war.
»Ich hörte zufällig zwei von Graf Aubreys Rittern sagen, den Grafen würde es nach Blindley Heath gelüsten und wir stünden ihm im Weg«, flüsterte er.
»Lächerlich! Der Graf mag kein großer Freund unseres Vaters sein, aber das bedeutet nicht, dass er ihm Blindley Heath wegnehmen würde. Außerdem gehören ihm Oxford und all die Ländereien an der Nordgrenze.«
»Für mich macht es auch keinen Sinn«, bekannte Will. »Aber ich glaube, dass d'Artois hier ist, um uns zu beschützen.«
»Da hat er seine Sache aber wirklich gut gemacht!«, höhnte sein Bruder.
»John, wäre es *möglich*, dass der Graf Blindley Heath wirklich begehrt?«
»So klein unser Besitz auch sein mag, so ist er doch wert-

voll.« John trommelte mit den Fingern auf seine Zudecke, versuchte sich auf die Seite zu drehen und stöhnte.
»Jedenfalls wäre es keine schlechte Beute für den jüngsten Sohn des Grafen.«
»Für Oliver?«, sagte Will. »Er ist ja noch ganz klein!«
»Eines Tages wird er erwachsen sein. Dann braucht er eigene Ländereien. Blindley Heath stünde ihm gut zu Gesicht. Und dem Grafen käme es auch zupass, da es keinem Treue schuldet, außer dem König.«
Es ergab also doch einen Sinn. Der Erstgeborene des Grafen würde Oxford bekommen, samt allen Pachtgütern. Die anderen Kinder bekämen nichts davon. Ihnen konnte nur hinterlassen werden, was der Graf zu seinen Lebzeiten erworben oder sonst wie bekommen hatte. Blindley Heath hätte als Besitz für Oliver gerade die richtige Größe und käme dem stolzen Baron sehr gelegen.
Blindley Heath. Aber Blindley Heath war für John bestimmt!
»Möglich, dass uns Lady Elaine wieder nach Hause schickt«, seufzte Will.
»Kann sie nicht«, widersprach John. »Das würde Vater nicht gestatten. Es würde die Dinge nur noch schlimmer machen.«
»Wie könnten sie noch schlimmer werden?«
John warf ihm einen wütenden Blick zu. Noch schlimmer wäre es, wenn Blindley Heath Schaden nähme. Aber seiner Stiefschwester würde der Graf doch nichts zu Leide tun. Oder?
»Mir wird es d'Artois nicht erzählen«, sagte Will. »Aber du könntest herausfinden, was vor sich geht.«

»Denkst du, mir würde er es sagen?«
»Du bist ein Mann!«
John lachte, dann zog er eine Grimasse, weil es so wehtat.
»Du hast noch viel zu lernen, kleiner Bruder«, entgegnete er mit einem Lächeln.
Will seufzte.
»Aber wie auch immer, du scheinst eine ganze Menge zu wissen, ohne dass man dir etwas erzählt hat. Sperr die Ohren weiterhin auf und halte mich auf dem Laufenden«, bat John. »Und sprich zu keinem davon.«
»Wem sollte ich es auch erzählen? Außer den Kindern redet keiner mit mir.«
»So ist es hier«, war Johns Antwort. »Freundschaften werden nicht ermutigt. Gib mir jetzt meine Medizin. Ich will schlafen.«
Der Schlaftrank schenkte John einen gesunden Schlummer. Will hatte nicht dieses Glück. Er verbrachte die Nächte damit, sich um John, Blindley Heath und sein eigenes Geschick Sorgen zu machen. Zu König Arthurs Zeiten schien alles viel einfacher gewesen zu sein. Der Weg zum Rittertum war geradliniger gewesen. Konnte er es trotzdem schaffen? Konnte er, mit seiner geringen Begabung und einem Weg, der von Verrat gesäumt war, so ein tapferer Ritter werden wie Sir Gawain?
Tagsüber versuchte er seine Ängste zu ignorieren. Besonders schwierig war es jedoch, sein Versprechen zu erfüllen und an seine Mutter zu schreiben. Was konnte er ihr mitteilen, ohne ihr Angst zu machen? Er versuchte Johns Verwundung herunterzuspielen, wies auf Lady Elaines und

des Baders Heilkünste hin und betonte, dass es langsam bergauf ging mit ihm. Da er befürchtete, er könnte seine eigenen Ängste offenbaren, widmete er sich lang und breit dem Wetter, denn der strahlende Herbst ging gerade in einen trostlosen, frühen Winter über.

Als John endlich Gelegenheit fand, mit d'Artois allein zu sein, um ihn zu fragen, ob es den Grafen, seiner Meinung nach, möglicherweise nach Blindley Heath gelüste, erlitt er einen völligen Misserfolg.

»Er hat so getan, als wäre ich nicht ganz richtig im Kopf. Bist du sicher, dass du dir das Ganze nicht ausgedacht hast?«, sagte John an diesem Abend und blickte Will wütend an.

Was konnte Will sagen? Hatte er sich das Ganze ausgedacht? Nein!

»*Nein!* Ich habe gehört, was ich gehört habe!«

John schien nicht überzeugt.

Zwei lange Wochen vergingen, bis John wieder auf den Beinen war, die Wunde war fast geschlossen und die angeknackste Rippe heilte. Er war immer noch ein schwieriger Patient, verbrachte aber weniger Zeit damit, sich zu beklagen. Manchmal half er sogar die Kinder zu unterhalten.

Eines Morgens, drei Wochen nach dem Unfall, kam Lady Elaine ins Kindergemach.

»John«, sagte sie, »der Bader meint, Ihr wärt nun so weit wieder in Eure Unterkünfte zurückzukehren.«

John sah aus, als wäre er am liebsten sofort losgestürzt.

»Heute, Milady?«

»Ja. Ihr müsst jedoch dieses Korsett tragen, um Eure Rippe

zu schützen. Legt es über Eurem Hemd an, dann wird es Euch bei der Erfüllung Eurer Pflichten vor Schaden bewahren.«

Das Korsett bestand aus dem leichtesten, geschmeidigsten Leder- und Kettengeflecht, das Will jemals gesehen hatte.

»Was immer Ihr wünscht, Milady.«

»Will, du sorgst dafür, dass John es stets trägt und dass es ordentlich zugeschnürt ist!«

Sie sah ihn eindringlich an und ihre blauen Augen waren so ernst, dass sie fast schwarz wirkten.

»Ja, Milady. Ich werde sicherstellen, dass er es trägt«, versprach Will.

Als sie an diesem Morgen den Burghof überquerten, wurde Will langsamer und sah sich um, bevor er leise zu sprechen begann.

»Das ist der Beweis für das, was ich sagte«, meinte er und stieß John in die Seite.

»Was?«

»Noch nie hat jemand wegen einer gebrochenen Rippe ein Korsett getragen, das so sehr einem Panzerhemd gleicht«, sagte Will. »Es ist Teil von Lady Elaines Plan, dich vor weiteren ›Unfällen‹ zu schützen.«

John ging ein paar Schritte, bevor er sprach.

»Was ist mit dir? Was wird dich schützen?«

Will zuckte die Achseln.

»Wenn wir in den Quartieren oder auf dem Hof sind, ist es das Beste, wenn ich dich ignoriere. Aber wenn du mich jemals brauchst, dann gib mir so Signal!« John schlug ein Kreuz über der Brust.

Will nickte und lächelte. Es war gut, auf Burg Oxford jemanden zu haben, auf den man zählen konnte.

Jetzt unterstand Will wieder der Herrschaft von Schindknappe Wat.

»Kleiner Hase!«

»Ja, Sir?«

»Morgen bei Sonnenaufgang kümmert Ihr Euch um die Latrinen! Und wenn Alfred der Kellermeister nach dem Essen fertig ist mit Euch, dann meldet Ihr Euch in den Ställen!«

»Ja, Sir.«

Beim Appell auf dem Hof tauchte ein neuer Page neben Will auf. Er war fast so groß wie Hubert und schien eigentlich zu alt zu sein, um die Ausbildung zu beginnen. Knappe Wat nannte ihn Schildkröte, was ihn, wie es aussah, zusammenzucken ließ. So bald wie möglich wollte sich Will nach seinem richtigen Namen erkundigen.

D'Artois teilte sie zusammen am Breitschwert ein, was fast ebenso lächerlich war wie Hubert als Partner zu bekommen. Aber Schindknappe Wat schien es zu genießen.

»Recht so, kleiner Hase, zieh der lahmen Schildkröte eins über!«

Will hob sein Schwert vom Boden an und es gelang ihm tatsächlich, den anderen damit zu berühren. Es war ein leichter Schlag, der seinen Gegner lediglich am Rücken streifte. Aber plötzlich ging dieser zu Boden und landete zu Wills Füßen.

»Ha! Ich glaub's nicht! Unser kleiner Hase kann es tatsächlich mit der Schildkröte aufnehmen!«

Will war verdutzt. Unmöglich, dass dieser Schlag seinen Gegner hatte umwerfen können!

»Aufgestanden! AUFGESTANDEN!«, brüllte Knappe Wat. »Weiter geht's!«

Schildkröte kam langsam auf die Beine und warf Will dabei einen kurzen Blick zu. Und obwohl es Will seltsam vorkam, hätte er schwören mögen, dass ihm der andere zugezwinkert hatte.

Wallingford

Schildkröte sprach nicht viel. Er teilte Will nur mit, sein richtiger Name sei Torrence und er sei im Westen des Landes, in der Nähe des Waldes, zu Hause. Einmal ertappte ihn Will dabei, wie er mit fünf bunten Bällen jonglierte, die er dann rasch verschwinden ließ. Schildkröte konnte sich so geschickt von einem Pferd fallen lassen und gleich wieder aufsitzen, dass Will kaum mit den Augen folgen konnte. Und anschließend blickte er zu Will hin, als teilten sie ein Geheimnis. Nur dass Will nicht so recht wusste, wo das Geheimnis lag.

Egal, was Will tat oder wohin er ging, Schildkröte war mit dabei. Vielleicht war er ein oder zwei Schritte hinter ihm, vielleicht war er gar nicht zu sehen, aber *da* war er *immer.* Will überlegte sich, dass er lieber Johns Korsett getragen hätte als unentwegt Torrence auf den Fersen zu haben.

»Nein, würdest du nicht!«, widersprach John. »Ich kann mich fast nicht rühren und bekomme kaum Luft!«

»Nun, vorerst wirst du ihm nicht entkommen«, sagte Will. »Genauso wenig wie ich Schildkröte entkommen kann.« Und Schindknappe Wat, d'Artois, dem Putzen der Nachttöpfe, dem Ausmisten der Ställe und den abendlichen Lateinstunden bei Gervase, dem Schreiber.

Es dauerte viele Wochen, bis Will Gelegenheit fand, dem Versprechen nachzukommen, das er Simon gegeben hatte, und nach Wallingford zu reiten. Schließlich, an einem Nachmittag Mitte Dezember, war Will frei von allen Pflichten und Strafarbeiten. Schindknappe Wat ließ Torrence gerade rostige Rüstungen mit Sand scheuern, als sich Will in die Stallungen schlich. Er sattelte seine Stute so schnell und so leise er konnte und brach auf.

Sobald Will den Schatten von Burg Oxford hinter sich gelassen hatte, war er frei! Zum ersten Mal seit Wochen war er sicher vor Verschwörungen und Intrigen. Er war in Sicherheit vor Schildkröte, Schildknappe Wat und d'Artois. Die zwölf Meilen nach Wallingford waren längst nicht weit genug. Er hätte ewig weiterreiten können.

Sonnenlicht wärmte die winterlichen Felder, die nun, abgesehen von Stoppel- oder Schneeflecken, gänzlich kahl dalagen. Will wurde von dem guten wollenen Umhang gewärmt, den ihm Lady Elaine an Michaelis geschenkt hatte. Der Umhang war in Silbergrau und Blau gehalten, den Farben des Grafen, was ihm sichere Passage durch Oxfordshire gewährleistete. Er trug Simons Karte im Ärmel und hatte wie immer das hölzerne Kreuz unter den Gürtel gesteckt.

Der Weg war hart gefroren und bot den Hufen seiner Stute guten Tritt. Sie schien sich ebenfalls zu freuen draußen zu sein. Auf Burg Oxford waren ihre Ausritte auf gelegentliche kurze Strecken von einer Wiese zur anderen beschränkt. Jetzt warf sie schnaubend den Kopf und sandte dabei kleine Dampfwölkchen in die kalte Luft. Schon bald waren sie an der Brücke angelangt, wo sie über die Themse mussten. Als Will nach dem Brückenwart rief, versuchte er ebenso hochmütig zu klingen wie alle anderen, die im Dienst des Grafen standen.

»Lass mich hindurch!«, befahl er. »Ich bin in Geschäften

meines Herrn, Aubrey de Vere, Graf von Oxford, unterwegs!«
»Ihr braucht nicht zu schreien! Ich bin nicht taub!«, gab der Brückenwart zurück. Er musterte Will aus wässrigen Augen. »Ich sehe, dass Ihr ein Mann des Grafen seid. Geht also hin und dient Ihm, so wie ich meinem diene!«
Ein Mann des Grafen! Will setzte sich aufrechter in den Sattel. Selbst wenn der Unfreie halb blind war, er hatte ihn einen *Mann* des Grafen genannt.
Schon bald überquerte er die Felder, die an den Besitz von Simons Vater grenzten. Der Torwärter ließ Will auf den inneren Hof und rief einen jungen Burschen, damit er Lady Margaret, Simons Mutter, von Wills Ankunft unterrichtete.
Will wurde durch die große Halle und eine schmale Stiege hinauf zum Privatgemach geführt. Das Landgut von Wallingford war, was Größe und Ausstattung betraf, Blindley Heath ganz ähnlich. Obwohl alles neu war für ihn, fühlte er sich hier gleich wie zu Hause.
Lady Margaret unterbrach ihr Spinnwerk und erhob sich, um ihn zu begrüßen.
»Seid willkommen, William Belet!«
Sie hatte Simons dunkle Augen und seine Grübchen beim Lächeln. Lady Margaret stellte Will ihren Gesellschaftsdamen und Simons Schwester Edith vor. Alle hatten dunkle, blitzende Augen, Grübchen und rote Backen.
»Eure Augen täuschen Euch nicht, Master Will«, sagte Lady Margaret. »Wir ähneln uns alle wie Erbsen in einer Schote.«
Alle die dunkeläugigen Damen lachten, nur Edith lachte nicht mit.

Nachdem Lady Margaret in der Küche Bier und Käse bestellt hatte, luden sie Will ein sich auf die Kleidertruhe zu setzen, während alle anderen gegenüber auf dem Bett Platz nahmen. Lady Margaret stellte höfliche Fragen, was ihn selbst und Burg Oxford betraf.

»Und jetzt erzähl uns von Simon!«, fiel Edith ein. »Seine Briefe aus Godstone klingen irgendwie nicht nach ihm. Glaubst du, die können wirklich einen Mönch aus meinem Bruder machen?«

»Edith!«, mahnte Lady Margaret. »Glaubst du, *wir* werden jemals aus dir eine *Dame* machen können?«

Ediths dunkle Locken waren wirr und ihr Überrock war nicht allzu sauber. Jetzt zog sie eine finstere Miene und Will musste sich auf die Lippe beißen, um ein Grinsen zu unterdrücken.

»Simon kommt im Kloster gut zurecht«, erzählte er, »trotz der Ordensregeln.«

»Du meinst, er befolgt sie nicht«, gab Edith zurück. »Genau, wie ich es mir dachte. Sie werden ihn noch vor Weihnachten – spätestens bis zur Fastenzeit – zu uns zurückschicken.«

»Ich glaube nicht, dass die Mönche so leicht aufgeben«, widersprach ihre Mutter.

»Möglicherweise hat er den Wunsch, zu bleiben«, mutmaßte Will. »Simon hat eine Gabe.« Er zog die Karte hervor und reichte sie Lady Margaret.

»Mein kleiner Schurke hat lange genug still gesessen, um das da zu zeichnen?«, fragte sie erstaunt.

Edith sah ihr über die Schulter, ebenso wie die anderen Damen.

»Ein Wunder!«, rief Edith. »Seht, Mutter, da ist sogar der gefleckte Schäferhund des alten Tom, und das da muss Simon selbst sein, wie er im Fischteich schwimmt.«
Da hatte Will diese Karte so oft betrachtet, und das war ihm nie aufgefallen!
»Bitte behaltet sie!«, bat Will.
»Habt herzlichen Dank«, sagte Lady Margaret und drückte Will die Hand.
»Mutter, darf ich Master Will zum Eislaufen mitnehmen? Der Fischteich ist seit fast einer Woche völlig zugefroren.«
»Darfst du«, antwortete Lady Margaret. »Wenn Master Will es ebenfalls will.«
»Eis laufen?«, fragte Will.
»Ich habe Schienbeinknochen von Tieren gesammelt«, erklärte Edith. »Der Schmied hat sie für mich geschärft und mit Lederbändern versehen . . . du bist wohl noch nie Eis gelaufen?«
»Nein.«
»Ich bin sicher, es wird dir gefallen!« Edith strahlte Will mit blitzenden Augen an.
Er konnte nicht anders, als ihr Lächeln zu erwidern, welche Narretei sie auch immer im Sinn haben mochte.
Ein grauhaariger Ritter betrat das Gemach, zog seine Reithandschuhe aus und warf seinen Umhang beiseite. Dann begab er sich geradewegs zu Lady Margaret und küsste sie auf die Wange.
»Was ist denn hier los?«, fragte er. »Ein Gast und kein Bier – nichts zu essen?«
»Das ist Master William Belet«, stellte Lady Margaret vor, »Page bei Sir Aubrey de Vere.«

»Page beim Grafen, soso.«
»Mein Gatte, Sir Brian FitzCount«, sagte Lady Margaret.
Will verneigte sich.
»Sir Johns zweiter Sohn?«
»Ja, Sir.«
»Ihr seid also endlich gekommen? Willkommen! Willkommen!« Er umarmte Will, dann sah er sich noch einmal um. »Wo sind die Getränke? Die Speisen?«
»Schon unterwegs, mein Gebieter«, beruhigte ihn Lady Margaret.
»Aber wir wollen doch Eis laufen gehen!«, rief Edith.
»Du würdest den Sohn meines besten Freundes in die Kälte hinausschicken ohne einen Schluck Bier, um ihn zu wärmen?«, erkundigte sich Sir Brian.
»Na gut«, gab Edith nach. »Soll er einen Becher trinken.«
»Und etwas essen!«, kam von Sir Brian.
»Aber dann gehört er mir!«
»Ihr beiden!«, mahnte Lady Margaret. »Was wird William Belet denken?«
Alle sahen Will an. Was sollte er sagen? Leute wie diese FitzCounts hatte er noch nie getroffen.
Schließlich brach Edith die Stille.
»Er hält uns für übergeschnappt«, sagte sie.
Alle lachten. Gerade wurde das Bier gebracht, dazu feines Weißbrot, harter gelber Käse und gewürzte Birnen.
»Nun sagt mir, Master Will, was Aubrey de Vere hinsichtlich des Grafen von Chester zu unternehmen gedenkt!«, forderte ihn Sir Brian auf.
»Verzeiht, Herr«, antwortete Will. »Ich verstehe die Frage nicht.«

»Der Graf von Chester, bislang einer der Männer des Königs, hat sich von Stephen abgewandt. Zur Stunde wird er auf seiner Burg in Lincoln von den Truppen des Königs belagert.« Als Sir Brian seinen Becher leerte, füllte ihn Edith wieder auf.

»Wird Graf Aubrey Chester zu Hilfe kommen?«

»Das weiß ich nicht«, sagte Will.

»Das wisst Ihr nicht? Von Pagen erwartet man, dass sie über das Trachten ihrer Gebieter Bescheid wissen. Es ist wichtig, junger Mann. Chester ist ein verschlagener Hund und man kann ihm nicht gänzlich trauen. Aber seine Unterstützung könnte von größter Bedeutung sein für Englands Wohl. Würde er für den rechtmäßigen Thronfolger kämpfen, könnte Matilda bis Ostern ihrem Sohn, Prinz Henry, die Krone gesichert haben.«

»Ich kann versuchen herauszufinden, was er plant«, versprach Will.

»Gewiss könnt Ihr das«, sagte Sir Brian. »Haltet Augen und Ohren offen. Englands Wohl hängt von Männern wie Chester ab. Sollte er Matilda unterstützen, gibt es noch Hoffnung. Bringt mir Neuigkeiten, wann immer Ihr könnt. Sollte der Graf gen Lincoln reiten, werde ich es ebenfalls tun.«

Will wurde gedrängt zu essen und zu trinken, so viel er mochte. Aber bevor es ihm möglich war, Sir Brian noch weiter nach Graf Chester zu befragen, zerrte ihn Edith zum Fischteich davon. Zwei Diener folgten ihnen mit heißen Steinen und wollenen Decken.

Edith zeigte Will, wie man die Schienbeinknochen mit durch Bohrlöcher gefädelten Lederbändern an den Stiefeln befestigte. Dann half sie ihm auf und zog ihn rück-

wärts gleitend auf den Teich hinaus. Doch im selben Augenblick, als sie seine Hände losließ, glitten seine Füße in verschiedenen Richtungen davon und er schlug aufs Eis.
»So doch nicht!«, rief Edith lachend.
Sie half ihm auf, nahm ihn wieder bei den Händen und zog ihn herum.
»Lehn dich jetzt ein bisschen nach vorn und beug die Knie!«, befahl sie. »Ja. Genau. Gut. Sehr gut!«
»Ja, ich glaube, jetzt habe ich begriffen«, sagte Will. Doch als ihn Edith losließ, kam er ins Wanken, rutschte weg und landete flach auf dem Rücken.
Edith lachte so schallend, dass sie das Gleichgewicht verlor und ebenfalls stürzte.
»Sonderlich geschickt bist du noch nicht«, sagte sie. »Aber mach dir keine Sorgen. Beim ersten Mal ist das keiner.«
Will machte sich nichts daraus, dass sie ihn auslachte. Es war so anders als das verächtliche Lachen der Pagen auf der Burg. Außerdem lachte Edith am lautesten, wenn sie selber stürzte.
Schließlich gelang es Will, für eine ganze Runde um den Teich auf den Füßen zu bleiben. Edith versuchte kunstvolle Drehungen, die jedoch die halbe Zeit dazu führten, dass ihr Hinterteil mit dem Eis Bekanntschaft machte. Nach einem Weilchen nahm sie Will wieder an den Händen und sie liefen zusammen. Edith fuhr rückwärts und half ihm dabei, das Gleichgewicht zu behalten.
»Gefällt es dir, Will?«, fragte sie.
»Ja, das Eislaufen gefällt mir!«
»Und Burg Oxford und die Ausbildung zum Ritter?«
»Eines Tages will ich so gut sein wie die Ritter, die Karl

dem Großen dienten. Bloß scheint mir das noch weit in der Ferne zu liegen«, seufzte Will. »Ich wollte, beim Erwachen morgen früh wäre ich ein Ritter und könnte mir Ruhm und Ehre erringen.«

»Ja, ist es nicht grässlich, auf Dinge warten zu müssen?«, fragte Edith. »Ich bin fast zwölf und immer noch ist nicht entschieden, was aus mir werden soll.«

»Was würdest du dir wünschen für morgen früh?«, erkundigte sich Will.

»Ich weiß nicht recht«, sagte Edith. »Na ja, dass ich mit meinem eigenen Ehemann, einem Landgut und Kindern erwache. Oder vielleicht als Äbtissin von Fontevrault. Was ich mir wirklich wünsche, wäre als Ritter zu erwachen, unterwegs, um gegen die Ungläubigen in Jerusalem zu kämpfen.«

Selbst ein Wildfang wie Edith würde niemals Ritter werden können.

»Irgendwann einmal könntest du eine Pilgerfahrt in die Heilige Stadt machen«, schlug Will vor.

»Was für ein guter Gedanke! In Wahrheit interessiert mich das Kämpfen nicht. Aber – oh! – ich möchte so gern die Welt außerhalb von Wallingford sehen!«

Selbst die Demütigungen und Sorgen auf Burg Oxford waren besser als herumzusitzen und darauf zu warten, dass das Leben begann. Als Will den Kopf hob, sah er die Sonne im Westen schon tief am Himmel stehen.

»Gott helfe mir!«, rief er. »Es wird langsam Abend. Ich muss mich auf den Rückweg machen!«

»Du solltest erst mit hineinkommen und dich aufwärmen, bevor du losreitest«, widersprach Edith. »Du wirst dich verkühlen.«

»Mir wird nichts zustoßen«, sagte Will. »Solange mich Schildknappe Wat nicht dabei erwischt, dass ich zu spät komme.«

»Du wirst uns doch wieder besuchen?«, fragte Edith.

»Ja, werde ich. Ich gebe dir mein Wort.«

Edith lächelte.

»Sag Sir Brian, wenn ich das nächste Mal komme, werde ich ihm Antworten auf seine Fragen bringen. Und entschuldige mich bitte bei deiner Frau Mutter und danke ihr für ihre Gastfreundschaft.«

»Werde ich tun«, gelobte Edith. »Aber komm bald wieder! Vaters Lieblingshündin wird demnächst werfen. Du kannst mir helfen den Welpen Namen zu geben.«

Auf dem Nachhauseritt nahm Will seine Stute hart her. Während er mit dem dunkler werdenden Himmel um die Wette ritt, dachte er darüber nach, was Sir Brian gesagt hatte. Egal, was für Intrigen auf Burg Oxford im Gange waren, ein Page musste sich auskennen in den Geschäften seines Herrn. Wenn Graf Aubrey dem Grafen von Chester zu Hilfe kam, um die Belagerung von Burg Lincoln zu durchbrechen, bekämen Kaiserin Matilda und Prinz Henry einen mächtigen Verbündeten. Mit Chesters Hilfe könnte König Stephen gestürzt werden und England Frieden finden. Das war es, was für Wills Vater und Graf Aubrey am meisten zählte. Will war immer so damit beschäftigt gewesen, über Torrence und d'Artois nachzudenken oder Schindknappe Wat aus dem Weg zu gehen, dass er den wichtigen Dingen in dieser Welt zu wenig Aufmerksamkeit geschenkt hatte. Er hatte die vergangenen Jahre damit verbracht, sich nach der Welt draußen zu sehnen.

Nun, jetzt war er hier, wo er hatte sein wollen, und nun benahm er sich wie ein verängstigter kleiner Hase. Es war Zeit, den sicheren Bau zu verlassen.
Will hörte die Glocken zum Vespergottesdienst läuten, als er über die Themsebrücke ritt. Bis er in der Burg angekommen war und seine Stute in den Stall gebracht hatte, war der Gottesdienst gewiss schon vorüber. Schindknappe Wat würde merken, dass Will den Kirchgang versäumt hatte, und es ihn büßen lassen. Irgendwie musste Will es anstellen, dass die zu erwartende Strafe seinem Versprechen, Wallingford gelegentlich wieder einen Besuch abzustatten, nicht in die Quere kam. In Zukunft würde auch Schildkröte noch viel wachsamer sein. Es würde also noch schwieriger werden, ihm zu entwischen. Und doch musste er es tun.

Die Drohung

Zuerst dachte Will, seine Abwesenheit beim Vespergottesdienst wäre niemandem aufgefallen. Knappe Wat knuffte ihn zwar im Vorbeigehen aufs Ohr, aber das war nichts Besonderes. Vielleicht hatte Sankt Christopherus die Hand über Will gehalten. Er sprach ein stilles, dankbares Gebet.

In dieser Nacht passte Will seinen Bruder vor den Unterkünften ab, als gerade keiner in der Nähe war. John zog ihn in die dunklen Stallungen und zu einer Box ganz in der Ecke. Die Pferde wieherten leise und bliesen kleine Dampfwölkchen in die süße, nach Heu duftende Luft.

»Wird Graf Aubrey nach Burg Lincoln reiten, um dem Grafen von Chester beizustehen?«, flüsterte Will.

»Es gibt allerlei Gerüchte«, antwortete John. »Aber Genaues weiß ich nicht. Warum?«

»Es wird uns auch betreffen, sollte er nach Burg Lincoln ziehen, oder nicht?«

»Uns beide würde er gewiss nicht mitnehmen, falls du das meinen solltest«, gab John zurück. »Nicht bei meiner Verletzung und wo du doch ... gerade erst mit deiner Ausbildung begonnen hast.«

»Wäre es für Blindley Heath von Bedeutung?«

»Gewiss. Du hast wohl damit angefangen, über deine Nasenspitze hinauszublicken, kleiner Bruder? Ja, schlüge sich Chester auf die Seite der Kaiserin, könnte das den Ausschlag geben. Und das beträfe uns alle.«

Als jemand in den Stall kam, schloss sich Johns Hand über Wills Arm, damit er sich still verhielt. Es war das erste Mal, dass ihn John seit seiner Ankunft auf Burg Oxford berührte. Es fühlte sich fast genauso an wie Sir Johns kraftvoller und zugleich liebevoller Griff.

Wer es auch immer war, der in den Stall kam, er erledigte rasch, was er dort zu tun hatte, und ging wieder hinaus.

»Jetzt, wo du eine Frage hast, wirst du auch eine Antwort finden«, sagte John. »Achte auf den Grafen, während du Lady Elaine bei Tisch aufwartest.«

Sie verließen die Stallungen getrennt. John schickte Will als Ersten los, damit er nicht zu spät ins Bett kam.

Später lag Will auf seiner Pritsche und hörte dem schweren Atmen der anderen Pagen zu. Nur Schildkröte schlief leise, falls er überhaupt schlief. Will war es gar nicht in den Sinn gekommen, er und John könnten Graf Aubrey nach Burg Lincoln begleiten. Aber Johns Bemerkung, man nähme sie gewiss nicht mit, hatte ihn zum Nachdenken gebracht: Warum eigentlich nicht? Es wäre seine erste wirkliche Gelegenheit, an einer Schlacht teilzunehmen. Auch wenn er mit dem Breitschwert und der Lanze nicht sonderlich gut war, mit dem Bogen zumindest stellte er sich geschickt an. Außerdem trugen nur die Ritter und Knappen Waffen. Wenn Pagen mit in die Schlacht zogen, dann um zu kochen, Verwundete zu pflegen und Besorgungen zu machen. Aber im Verlauf einer Schlacht konnte vieles geschehen. Vielleicht konnte er einen Weg finden, sich einen kleinen Anteil am Ruhm zu sichern. Vielleicht brachte ihn das der Ritterwürde näher. Arthur, der erst fünfzehn gewesen war, als er König der Briten wurde, musste zu diesem Zeitpunkt schon einige Schlachten miterlebt haben. Vielleicht ergab sich ja doch ein Weg, Graf Aubrey nach Lincoln zu begleiten.

Am nächsten Morgen bestellte ihn Lady Elaine in ihre Gemächer.

»Master Will Belet!«, begann sie mit strenger Stimme und blitzenden Augen. »Wie kannst du es wagen, Burg Oxford ohne Erlaubnis zu verlassen?«

»Vergebt mir bitte, wenn ich Euch gekränkt habe«, sagte Will und kniete sich nieder.

»Gekränkt hast du mich nicht«, erwiderte Lady Elaine. »Nein, ich habe mir große Sorgen gemacht. Ebenso wie Torrence.«

Es wäre besser gewesen, Schildknappe Wat hätte ihn erwischt. Lieber hätte er in den Stallungen eine Tracht Prügel bezogen als das Wohlwollen von Lady Elaine einzubüßen.

»Ohne meine Erlaubnis und ohne die Begleitung von Torrence von Cornwall wirst du in Zukunft nirgendwo mehr hingehen!«

Will beugte den Kopf. Es war ihm unmöglich, ihr zu widersprechen. Es würde also doch kein Wiedersehen mit Edith geben.

»Und jetzt sag mir, wo du warst!«, fuhr sie mit weicherer Stimme fort.

»In Wallingford«, antwortete Will. »Um ein Versprechen einzulösen, das ich Simon FitzCount gab.«

»Ohne Zweifel hat man dich willkommen geheißen. Sir Brian und Lady Margaret haben sich über den Besuch eines Sohnes von John Belet bestimmt sehr gefreut.«

»Ja. Sie waren überaus freundlich.«
»Schön«, sagte Lady Elaine. »Du magst deine Bekanntschaft mit den FitzCounts pflegen. Deinem Vater würde es gefallen, hättest du Sir Brian zum Verbündeten.«
»Danke, Milady«, antwortete Will. »Auch Ihr seid überaus freundlich zu mir.«
»Will, dein Vater hat großes Vertrauen in mich gesetzt. Ich brauche deine Hilfe, um ihn nicht zu enttäuschen.«
Will nickte. Ihr und seinem Vater zu Gefallen würde er tun, was immer sie wollte. Selbst wenn es bedeutete, dass er Torrence auf ewig im Nacken haben würde.
»Milady, wer ist dieser Torrence eigentlich?«
»Ein Bursche aus Cornwall. Mehr brauchst du nicht zu wissen.«
Ihre Stimme war fest. Das Thema war abgeschlossen. Will versuchte es von einer anderen Seite.
»Wird Graf Aubrey nach Lincoln ziehen, um dem Grafen von Chester beizustehen?«
»Ja, ich glaube, das wird er tun. Nach den Weihnachtfeierlichkeiten.«
»Kann ich ebenfalls mitkommen?«, fragte Will.
»Natürlich nicht! Mein Gemahl kann doch keinen Pagen, der sich noch nicht bewährt hat, in den Kampf mitnehmen! Wenigstens in dieser Hinsicht kann ich ruhig sein.«
Aber Will konnte es nicht. Wenn er in Oxford bleiben musste, blieb er für alle Zeiten der kleine Hase. Aber vielleicht irrte sich Lady Elaine. Nicht einmal sie konnte genau wissen, was der Graf plante.
Die nächsten paar Wochen rasten vorbei. Die ganze Burg stand mit den Vorbereitungen fürs Weihnachtsfest Kopf.

Zusätzlich zu ihren regulären Pflichten mussten die Pagen nun dem Gesinde zur Hand gehen. Alle Lehnsleute Graf Aubreys würden sich einfinden, um ihm ihre Ehrerbietung zu zeigen und ihren Treueschwur zu erneuern, begleitet von ihren Damen, Rittern und Gefolgsleuten. Burg Oxford bereitete sich darauf vor, sie alle zu beherbergen und für ihre Unterhaltung zu sorgen.
Will half mit, die auf dem Fußboden liegenden Binsen gegen frisches, süß duftendes Heu auszutauschen. Dann wurde er mit den anderen Pagen in den Wald geschickt, um Tannenzapfen und Stechpalmenzweige zu sammeln. Daraus flochten die Gesellschaftsdamen Girlanden, die von den Pagen rund um die große Halle und in allen Gemächern aufgehängt wurden. Schon bald roch jede Ecke der Burg so frisch und rein wie der Königsforst. Und es war auch fast ebenso kalt darin, trotz der Feuer, die in jeder Feuerstelle brannten. Die große Halle war nur dort warm, wo der Graf saß, nahe bei den Flammen. Vielleicht schlossen sich prachtvolle, riesige Räumlichkeiten und warme Behaglichkeit gegenseitig aus. Zu Hause in Blindley Heath war die Halle groß genug, um alle willkommen zu heißen, aber klein genug, damit auch der Geringste unter den Unfreien sich wärmen konnte. Ohne Zweifel galt Behaglichkeit dem Grafen wenig, dafür umso mehr der äußere Schein. Je länger Will seinen Onkel beobachtete, desto mehr begriff er, dass der Graf großen Aufwand um die äußeren Zeichen seiner Macht und seines Ansehens betrieb. Das Wohlergehen jener jedoch, die ihm dienten, vor allem das der Unfreien, die schwere Fron für ihn leisteten, kümmerte ihn nicht im Geringsten.

In Vorbereitung auf die Festlichkeiten wurde jeder Krug, jede Schüssel, jede Platte und jeder Becher mit Salz und Essig poliert, bis alles schimmerte und funkelte. Giselle, die Köchin, kam aus dem Zorn gar nicht mehr heraus und Will lernte sich zu ducken, bevor sie nach ihm schlug.

In der Woche vor Weihnachten schickte Lady Elaine Will und Schildkröte mit einem Brief für Lady Margaret nach Wallingford. Will erzählte Sir Brian, was er über die Pläne des Grafen in Erfahrung hatte bringen können. Von dem abgesehen, was ihm Lady Elaine erzählt hatte, war es nicht viel. Will konnte zwar den Charakter seines Onkels studieren, doch zeigte ihm das nicht, welche Pläne er in seinem Kopf bewegte. Beim Abendessen in der großen Halle sprach der Graf nur selten. Und auch seine Ritter behielten ihre Meinung für sich.

Edith ließ den beiden Jungen nicht viel Zeit, bevor sie sie zum Eislaufen auf dem gefrorenen Teich schleppte. Sie nahm Will wieder bei den Händen und zog ihn mit sich aufs Eis, Torrence jedoch brauchte keine Hilfe. Er beherrschte das Eislaufen hervorragend und zog Kreise rings um Will und Edith.

Will wusste immer noch fast nichts über ihn, obwohl er ihm auf Schritt und Tritt folgte. Eines wusste er jedoch: dass Schildkröte von sämtlichen Spitznamen wohl der unpassendste für ihn war. Wenn Torrence allerdings in der Nähe von Schildknappe Wat, dem Marschall oder dem Grafen war, wirkte er plötzlich langsamer und begriffsstutziger und sein Gesicht wurde so kalt und ausdruckslos wie das eines Reptils, abgesehen von seinen wachen Augen.

Edith mochte ihn gut leiden.
»Wo hast du das Eislaufen gelernt, Torrence?«, wollte sie wissen.
»In London.«
»Du bist wirklich gut!«
Schildkröte nickte.
»Kannst du mir deine kunstvollen Drehungen beibringen?«
Schildkröte zuckte die Achseln.
Als es Zeit zum Aufbruch wurde, schenkte Edith jedem von Ihnen ein Paar Schienbeinknochen mit daran befestigten Lederriemen.
»Ihr könntet das nächste Mal von Burg Oxford aus einen Teil des Weges auf Gleitkufen machen«, schlug sie vor. »Folgt einfach der Themse und überquert dann die Felder. Will, ich werde dir ein Loch in der Hecke zeigen, das zu einer Geheimtür hinter den Stallungen führt.«
»Wir sind vollauf damit beschäftigt, alles für die weihnachtlichen Festlichkeiten vorzubereiten. Ich glaube nicht, dass uns Lady Elaine vor dem neuen Jahr noch einmal herschicken wird«, wandte Will ein.
»Aber wir werden uns trotzdem noch vorher sehen!« Ediths Augen blitzten und ihre Wangen waren rot.
»Was meinst du damit?«, fragte Will.
»Wir werden Vater zu den Weihnachtsfeiern auf Burg Oxford begleiten, Mutter und ich! Ist es wahr, dass drei Gauklertruppen aus London kommen?«
»Und zwanzig Pfeifer, ein Tanzbär und ein Zauberer aus dem Morgenland!«, ergänzte Will.
Schildkröte schnaubte.

»Es stimmt!«, behauptete Will. »Und man sagt, dass der Zauberer seine Gestalt wechseln und die Zukunft vorhersagen kann!«
Schildkröte rollte mit den Augen, was Edith jedoch nicht zu bemerken schien.
»Ich fürchte, man wird uns ganz unten an die Tafel setzen«, seufzte sie. »Weit weg von den besten Leckerbissen und den Geschichten der fahrenden Leute.«
»Vielleicht kann Lady Elaine dafür sorgen, dass ihr einen guten Platz bekommt«, sagte Will. »Sie schätzt deine Familie sehr.«
Während Torrence bei den Pferden wartete, zeigte Edith Will die geheime Tür und das Loch in der Hecke. Zum Abschied drückte sie ihm die Hand und Will spürte dabei ein angenehmes Kribbeln.
»Wirst du dort, auf dieser großartigen Burg, noch mit deiner Freundin vom Land sprechen?«
Will lachte. Edith wusste nicht, wie wenig er auf Burg Oxford galt.
»Vielleicht kann mich Lady Elaine entbehren, damit ich deiner Familie aufwarten kann«, meinte er.
Ediths Augen glitzerten und ihre wilden Locken tanzten, als sie noch einmal seine Hand drückte.
»Master Will!«, mahnte Schildkröte. »Wir dürfen uns nicht verspäten!«
Auf dem Weg zurück nach Oxford dachte Will an Ediths dunkle Augen und den warmen Druck ihrer Hand. Vielleicht ergab sich ja an Weihnachten eine Möglichkeit, ihre Hand noch einmal zu halten. Als sie auf der Burg anlangten, brachte Schildkröte die Pferde in den Stall, während

Will sich rasch zu Lady Elaines Gemächern begab, um Lady Margarets Antwort zu überbringen.
Dame Catherine hielt ihn an der Tür zurück, als er in den Raum rannte. Will nahm seine Kappe ab. Der Graf und d'Artois waren bei Lady Elaine. Keiner schien Will zu bemerken. Lady Elaine und der Graf hatten heftigen Streit. Dame Catherine bedeutete Will, er solle schweigen und zog ihn zu sich her.
»Ihr könnt doch keinen unerfahrenen Pagen und einen Invaliden zu diesem Feldzug mitnehmen!«, hörte man von Lady Elaine.
»Ich kann tun, was immer mir beliebt!«, gab der Graf zurück.
Er und John sollten ihn also doch nach Lincoln begleiten! Der Graf wollte, dass sie mitkamen und Lady Elaine wollte, dass sie blieben. Dies war Wills Chance, an einer wirklichen Schlacht teilzunehmen – vielleicht, um sich zu beweisen. Und somit war er dieses eine Mal auf der Seite des Grafen.
Lady Elaine und ihr Gemahl sprachen leise, aber wie zornig sie aufeinander waren, konnte man an ihrer angespannten Körperhaltung und ihren bösen Blicken ablesen.
»Mein Gebieter . . .«, begann Lady Elaine.
»Ja«, sagte der Graf. »Euer *Gebieter!* Und ich werde nicht zulassen, dass Ihr Euch weiterhin in meine Angelegenheiten mischt!«
Lady Elaines Gesicht war totenblass. Zwei leuchtend rote Flecke lagen auf ihren Wangen.
»Es geht nicht an, dass Ihr mich bedroht«, erwiderte sie. »Ich bin hier in Oxfordshire nicht allein und ohne Freunde! Es ist nicht wie bei Eurer ersten Gattin.«

»Seid Euch Eurer Freunde nicht so sicher!«, kam vom Grafen. »Sollte es sich als nötig erweisen, findet Ihr Euch im Handumdrehen hinter Klostermauern wieder!«
Damit verließ er den Raum.
D'Artois trat näher zu Lady Elaine und bedeutete ihr zu schweigen. So standen sie alle still und horchten den sich entfernenden Schritten nach.
»Milady, bringt Euch nicht wegen dieser Angelegenheit in Gefahr!«, mahnte d'Artois. »Ich werde die beiden beschützen. Und Torrence kommt ebenfalls mit.«
»Im *Augenblick* werde ich keinen Bruch mit dem Grafen provozieren«, sagte Lady Elaine. »Möglicherweise fände ich mich ebenso machtlos hier auf Burg Oxford wie einst die erste Gattin meines Gemahls.«
Lady Elaine war immer noch totenbleich und ihre Hände zitterten. Als sie zur Tür sah, entdeckte sie Will.
Er ging zu ihr, verneigte sich tief und reichte ihr die Pergamentrolle von Lady Margaret.
»So, Will«, sagte sie. »Du wirst also mit deinem Gebieter in eine ruhmvolle Schlacht ziehen.«
»Ich werde für Euch kämpfen, Milady!«
»Nein! Du wirst nach Lincoln mitreiten, aber kämpfen wirst du nicht. Du bist noch kein Krieger. Dir obliegt nur eine einzige Pflicht: lebendig zurückzukommen!«
Will nickte. Er unterstand ihrem Befehl. Doch wenn er Gelegenheit finden sollte, in Lincoln ein kleines Maß an Ehre zu erringen, würde er ihren Befehl missachten und zugreifen.

Nach Lincoln!

Während der zwölf Tage andauernden Festlichkeiten kamen Ritter auf weißen Streitrössern in die große Halle geritten, beladen mit Platten, auf denen sich die erstaunlichsten Speisen befanden, die Will jemals zu Gesicht bekommen hatte. Da wurden Pfauen serviert, die man gerupft, gebraten und dann wieder in ihr Gefieder gekleidet und deren Schnäbel und Klauen man vergoldet hatte. Giselle hatte großartige Fabelwesen geschaffen, indem sie ans Hinterteil eines Kapauns einen Schweinskopf mitsamt den Schultern nähte und das Vorderteil des Kapauns an die hintere Hälfte des Schweins.

Aber die Edelleute sprachen von wenig anderem als der Situation in Lincoln. Am meisten wurde darüber diskutiert, ob Graf Aubrey Chester zu Hilfe kommen würde.

Will hörte aufmerksam zu und fragte sich, ob er dem, was er hörte und sah, trauen konnte. Vielleicht hatte es sich der Graf anders überlegt. Niemand schien sicher zu sein, was er plante.

»Man sagt, der Stiefbruder der Kaiserin, Robert von Gloucester, wolle gen Lincoln reiten.«

»Meiner Meinung nach sollte er sich da heraushalten. Chester ist ein gefährlicher Freund. Seht, wie er den König verrät, obwohl er ihm den Treueid geschworen hat!«

»Ich finde, ein Winter-Feldzug steht unter einem ungünstigen Stern.«

»Wenn Robert von Gloucester Chester beisteht, dann

sollten alle, die auf der Seite der Kaiserin sind, dasselbe tun!«

»Nein, dies ist Chesters Schlacht.«

»Gut möglich, dass sie zu der unseren wird. Alles hängt von Graf Aubrey ab.«

»Der junge Prinz Henry sollte vom Festland zurückkommen. Es wird Zeit, dass er an der Seite seiner Mutter ist.«

»Ja, seine Stunde wird bald kommen, da ist es besser, er hält sich hier in England auf.«

Was, wenn die Schlacht um Burg Lincoln die Waage zu Gunsten von Kaiserin Matilda und dem Prinzen neigte? Bei all den erstaunlichen Dingen, die es bei den Festlichkeiten zu sehen gab, und all den Gesprächen der Edelleute, bei denen er etwas aufzuschnappen versuchte, hatte Will große Mühe, seine Pflichten nicht zu vernachlässigen.

D'Artois und John wurde die Ehre zuteil, an der erhöhten Tafel Lady Elaine aufzuwarten. So konnte Will helfen die FitzCounts zu bedienen. Lady Elaine hatte dafür gesorgt, dass sie einen guten Platz an der Tafel zugewiesen bekamen, und Will brachte ihnen die leckersten Speisen. Aus London hatte man eigens einen besonderen Koch hergeholt, damit er Marzipan- und Zuckerskulpturen schuf. Eines seiner Kunstwerke war das perfekte Abbild von Burg Oxford, bunt bemalt und mit echtem Silber und Gold verziert.

Will war vom ersten Hahnenschrei bis zur Abendandacht auf den Beinen. Nachts fiel er auf seine Pritsche – zu müde, um sich ordentlich auszuziehen, zu müde zum Träumen. Es machte ihm jedoch gar nichts aus. Er war voll und ganz eingebunden in das große Schauspiel, das den edlen Herren und Damen geboten wurde. Schade war nur, dass er sehr wenig Gelegenheit hatte, Zeit mit Edith zu verbringen. Abends, wenn man die Tafel aufgehoben hatte, Tischplatten und Böcke weggeräumt worden waren und die Gäste zu den Weisen der Pfeifer aus London tanzten, ging er zu ihr.

»Du hast einen neuen Rock!«, rief Edith.

»Und neue Beinkleider. Und beides passt sogar. Ist das ein neues Kleid?«

Edith drehte sich im Kreis, dass ihre purpurroten Röcke sich zu einer Blüte bauschten. Ihr Haar war von einer schneeweißen leinenen Haube bedeckt und ihr seidenes Überkleid wirkte sehr vornehm.

»Gefällt es dir?«, fragte sie.

Will nickte. Er wusste nicht, was sagen. Edith war plötzlich so damenhaft geworden! Es war viel einfacher, mit ihr zu reden, wenn sie wie ein Wildfang aussah.

Das größte Fest von allen jedoch war das am Vorabend des Dreikönigstages. Vor dem letzten Gang wurde eine riesige Pastete von zwölf, in grünen Brokat gekleideten Rittern hereingetragen. Der Verwalter des Grafen schritt mit einem goldenen Schwert voraus. Als Graf Aubrey die Hand hob, verstummte alles. Nun hob der Verwalter sein Schwert hoch in die Luft, und als der Graf die Hand fallen ließ, fiel auch die Waffe und schnitt die Pastete entzwei. Sechs Akrobaten, mit Perlen besetzte goldene Äpfel jonglierend, kamen herausgesprungen. Alle schnappten nach Luft, dann brandete Applaus auf. Dass die Männer dieses schreckliche goldene Schwert überlebt hatten, war noch erstaunlicher als ihre Kunst.

Nach dem letzten Gang wurden die Tische zurückgeschoben und die Bänke so aufgestellt, dass alle zum Grafen blickten. Einer um den anderen kamen dann die Lehnsherren herbei und knieten sich vor ihm nieder. Die Hände in demütiger Geste gefaltet, legten sie sie in die des Grafen Aubrey und stellten damit sich selbst und ihre Familie unter seinen Schutz. Als Gegengabe für das Lehen, das jeder für den Grafen hielt, gelobten sie Beistand in Krieg und Frieden. Es war sehr feierlich. Keine Musik wurde aufgespielt in der Halle, niemand sprach.

Der Graf gebot den Herren sich zu erheben, dann überreichte er einem jeden von ihnen ein prachtvolles Geschenk – kostbare Gewänder, wertvolle Juwelen, mit Edelsteinen besetzte Waffen. Die Übergabe der Geschenke war ebenso feierlich wie der Eid.

Als Sir Brian FitzCount an der Reihe war, erneuerte er zum Dank für das Lehen Wallingford sein Gelöbnis und erhielt ein Schwert aus feinstem Stahl, Scheide und Knauf geschmückt mit Einlegearbeiten in Gold und Perlmutt.

»Meinen Dank, Euer Gnaden«, sagte Sir Brian mit schallender Stimme. Als er stolz sein Geschenk forttrug, hielt er es hoch über dem Kopf, damit alle es sehen konnten.

Doch keiner sah so stolz aus wie der Graf selbst. Nur die höchsten Fürsten konnten solche Geschenke machen. Seine Großzügigkeit vermochte sich mit der von Königen zu messen. Seine mit Grauwerk abgesetzte Robe aus mitternachtsblauem Samt war die vornehmste in der Halle. Sein Gesicht, kalt und streng wie immer, schien angemessen für seine Rolle. Er wirkte wie der edelste aller Edlen im Reich. Und all die vielen Menschen, die sich hier versammelt hatten – es waren hunderte – legten ihr Leben in seine Hände. Wenn Will nur hätte glauben können, dass sein Onkel wirklich der edelste Fürst von England war!

Lady Elaine, gekleidet in smaragdgrünen, mit Pelz besetzten Samt, saß an seiner Seite unter dem himmelblauen Baldachin. Will war sicher, dass sie selbst Königin Guinevere, König Arthurs Gemahlin, in den Schatten gestellt hätte. Und keinen Augenblick lang verrieten ihr Gesicht oder ihr Betragen, dass zwischen ihr und Graf Aubrey nicht alles zum Besten stand. Ihr Schicksal, mehr noch als das der versammelten Edelleute, ruhte in der Hand ihres mächtigen Gatten.

»Dieser Mann ist zu allem fähig!«, hatte Dame Catherine gesagt, als Will sie gefragt hatte, ob der Graf Lady Elaine etwas zu Leide tun würde. »Wenn es ihm so gefällt, wird er sie, ohne lang zu fackeln, in ein Kloster sperren«, sagte sie. »Genau wie er es schon mit seiner ersten Gemahlin tat.«

Und dann, was konnte Will dann tun, um ihr zu helfen?

Als der letzte der Edelmänner seinen Treueschwur geleistet und sein Geschenk erhalten hatte und an seinen Platz zurückkehrte, blieb der Graf einen Augenblick schweigend stehen. Dann hob er mit seiner tiefen Stimme, die durch die ganze Halle schallte, zu sprechen an.

»Der tapfere Graf von Chester hält in Lincoln seine Burg gegen König Stephen. Jetzt ist unsere Gelegenheit gekommen, Graf Chester für die Sache Kaiserin Matildas und die rechtmäßige Nachfolge Prinz Henrys zu gewinnen. Graf Robert wird nach Lincoln reiten, um für Chester zu kämpfen. Und ich sage, wir reiten mit ihm. Was sagt ihr?«

Wie aus einer Kehle riefen alle Männer: »AUF NACH LINCOLN!«
Und wieder schrien sie es und wieder, bis selbst die Steine der Burg erbebten.
»AUF NACH LINCOLN! AUF NACH LINCOLN! AUF NACH LINCOLN!«
Will schrie so laut er konnte, seine Stimme war Teil des mächtigen Schreis. Die Schlacht um Lincoln würde auch die seine werden.
Graf Aubrey und Graf Robert würden den Belagerungsring um Lincoln durchbrechen und den Grafen von Chester für die rechtmäßige Sache der Kaiserin gewinnen – und er würde mit dabei sein.
»Hurra!«, schrie er. »HURRA!«
Sir Brian FitzCount schlug ihn auf den Rücken.
»Das ist wahrer Kampfgeist, mein Junge! So ist es recht!«
Will grinste. Doch als er des grimmigen Blicks gewahr wurde, den ihm d'Artois zuwarf, sank sein Überschwang in sich zusammen.

Winter-Feldzug

Es blieben ihnen nur zwei Wochen, bis sie zu Graf Roberts Truppen stoßen sollten, um gegen Lincoln zu ziehen. Jeder auf der Burg arbeitete, was das Zeug hielt, um die riesige Armee und den dazugehörigen Tross bereitzumachen. Will polierte Waffen und Rüstungen mit Sand, bis ihm die Knochen schmerzten und seine Hände voller Risse waren. Als alles zu Schindknappe Wats Zufriedenheit funkelte und schimmerte, wurde Will zum Burgvogt geschickt, um beim Beladen des Versorgungstrosses zu helfen. Es gab keinen Unterricht, keine Mahlzeiten. Will aß nebenher und oft schlief er dort, wo er sich gerade befand. Die Burg selbst schien schon im Takt der Trommeln zu marschieren und fast alle blieben im Schritt. In den stilleren Ecken der Burg jedoch hörte Will auch Murren.

»Auf das schlechte Wetter wird keine Rücksicht genommen«, sagte einer. »Nur Toren ziehen über gefrorene Felder, wo es nichts für die Pferde und noch weniger für die Männer zu nagen gibt.«

»Die Bauern haben doch immer reichlich Vorrat, auch wenn sie ihn versteckt halten mögen«, antwortete ein anderer.

»Ganz recht, lasst die Bauern nur verhungern. Wer wird dann im Frühling die Aussaat machen?«

»Das soll nicht deine Sorge sein.«

Die Kleinbauern von Blindley Heath konnten immer nur gerade so viele Vorräte anlegen, damit sie bis in den Frühling hineinreichten – und das auch nur in einem guten Jahr. Sir John verteilte oft Lebensmittel aus seinen eigenen Lagern, damit sie es überhaupt schafften. Hungrige Truppen zu versorgen konnten sie sich nicht leisten. Aber vielleicht galt für Will dasselbe: Es sollte nicht seine Sorge sein.

Wenn jemand die Vorbereitungen für den Feldzug genoss, dann Schindknappe Wat.

»Zu den Stallungen! Zum Schmied! Schärft mir diesen Dolch! Springt, Hase, SPRINGT!«

Und Will sprang. Er tat alles, was man ihm auftrug. Und er hörte immer aufmerksam zu, wenn über den kommenden Marsch und die Schlacht gesprochen wurde. Er wollte so viel wie möglich erfahren. Er würde sich nicht überraschen lassen und dann Angst bekommen wie damals im Königsforst. Er würde bereit sein für das Blut, das auf dem Schlachtfeld fließen würde. Er würde seinen Mann stehen. Er würde etwas überaus Mutiges tun. Nur was?

Er sorgte sich um John. Nach den großen Festen und der zusätzlichen Arbeit war er blass und hatte purpurne Ringe um die tief liegenden Augen. Er beklagte sich nie, aber die Wunde musste ihn immer noch schmerzen. D'Artois humpelte wie zuvor, doch nun schien er neue Kraft geschöpft zu haben. In den hintersten Ecken der Burg, in die Will ab und an geschickt wurde, stieß er oftmals auf d'Artois, der energisch seine eigenen Vorbereitungen traf. Der Einzige, der von der wilden Hast ringsum gänzlich unberührt blieb, war Schildkröte. Er schien sich zu bewegen, als wäre er unter Wasser. Jede Bewegung war so langsam und besonnen, dass es Knappe Wat wahnsinnig machte.

»Heiliger Strohsack, Schildkröte, ich habe gesagt, Ihr sollt spucken und polieren, was das Zeug hält!«

»Ja, Sir!«, sagte Schildkröte, beugte sich wieder über die Rüstung und polierte weiter, ebenso langsam wie zuvor, doch mit einem kleinen Lächeln in den Augenwinkeln.

Will fand keine Gelegenheit, vor ihrem Aufbruch nach Wallingford zu reiten, um sich ordentlich von Edith zu verabschieden. Ihr Abschied nach den Festlichkeiten war von einer seltsamen Verlegenheit geprägt. Hätte ihr Haar in wirren Locken heruntergehangen, wären ihre Wangen rot gewesen vom Eislaufen, hätte sich Will nicht gescheut ihr von seinen Plänen und Sorgen zu erzählen. Aber Edith in festlicher Seide gekleidet und mit leinener Kopfbedeckung machte ihn nervös.

»Leb wohl«, murmelte er.

»Pass auf dich auf!«, antwortete sie. »Ich werde auf dich warten.«

»Nun denn, leb wohl.«

Er hätte ihr gern etwas geschenkt, hätte gern etwas von ihr erhalten, das er als Talisman mitnehmen konnte. Sie beugte sich vor und küsste ihn so leicht auf die Wange, dass ihm war, als streiften ihn Mottenflügel.

»Gott sei mit dir, Will!«

Am Vorabend des Aufbruchs ließ Lady Elaine nach Will schicken. Dame Catherine brachte ihm eine dampfende Schale mit Brei und Rahm, überzogen mit Honig.

»Setz dich, iss und hör gut zu, was ich dir zu sagen habe!«, bat ihn Lady Elaine.

So ernst, dass ihre Augen sich verdunkelten, saß sie Will gegenüber.

»Ihr müsst aufeinander aufpassen! Torrence hat Befehl, sich *niemals* von deiner Seite zu rühren. Das Durcheinander einer Schlacht liefert reichlich Gelegenheit für Missetaten. Bleibt also wachsam! Behalte Johns Rücken im Auge und achte auf deinen eigenen! D'Artois' Befehlen gehorchst du augenblicklich! Du gehorchst, als wäre es dein Vater. Hast du verstanden?«
Will schluckte einen Mund voll heißen Haferbrei.
»Ja, Milady.«
Bevor sie ihn entließ, reichte sie ihm ein Kettenhemd aus einem Geflecht so fein und geschmeidig wie Stoff, dazu einen Beutel mit vielen kleinen Täschchen. Auf jedem der Täschchen war eine winzige Blume aufgestickt, die das Heilkraut zeigte, das es barg.
»Trag das Kettenhemd und häng dir den Beutel an den Gürtel! Ich fürchte, du wirst beides brauchen können«, sagte sie und nahm seine Hände in die ihren. »Komm unversehrt zurück, Will!«
Das würde er tun und mehr. Irgendwie würde er mithelfen der Sache der Kaiserin und des Prinzen Henry zu dienen. Er würde seinem Namen Ehre machen.
Im strömenden, eiskalten Regen brachen sie bei Tagesanbruch auf. Es war ein riesiger Zug, angeführt von Graf Aubrey und zweihundert Rittern und Knappen. Die höchst gestellten unter ihnen ritten in der Nähe des Grafen. D'Artois, John und die anderen jungen Knappen befanden sich ziemlich weit hinten im Zug, während Brian FitzCount sich näher zur Mitte einreihte. Auf seinem mächtigen Streitross konnte man ihn noch vom Versorgungstross aus erkennen, der ganz am Ende kam. Der Federbusch auf sei-

nem Helm wedelte wild im Wind und Regen. Will, Schildkröte und die anderen Jungen ritten neben dem Proviant her und wurden scherzhaft die Küchengarde genannt. Hinter den Berittenen und den Lasten marschierten vierhundert Fußsoldaten. Zur Hälfte waren es geübte Bogenschützen, die anderen trugen Äxte, Piken, Schilder und Keulen; einige der Ärmsten hatten nur eine Sense oder eine Harke. Schwere Umhänge, mit Pelzen reich gefüttert, hielten die Edelleute trocken und warm. Die Pagen und die meisten Fußsoldaten trugen Umhänge aus brauner Ölhaut über ihren wollenen Kleidern. So wurde zwar ein Großteil des Regens abgehalten, doch kleine Rinnsale liefen trotzdem an Wills Genick hinunter und der Schneeregen peitschte ihm ins Gesicht.

»Sieht aus wie der Marsch der Braunmönche«, feixte Schildknappe Wat und spuckte auf den Boden.

Er irrte. Das Aufgebot des Grafen war wirklich großartig. Eine große Standarte in den Farben von Oxford und mit dem auf den Hinterbeinen stehenden Löwen im Zentrum wurde vor dem Grafen hergetragen. Der Löwe war König Henrys Wappen gewesen und wurde nun von Kaiserin Matilda und ihrem Sohn geführt. Die Vasallen des Grafen wie Sir Brian FitzCount und seine Männer ritten unter ihren eigenen Bannern. Von dem Rot, Grün und Goldgelb auf Schilden und Standarten ging ein seltsames Leuchten aus an diesem dunklen Morgen. Unter dem Klang der Hörner setzte sich der Heerbann in Bewegung. Es war noch wunderbarer als das Fest zum Dreikönigstag! Jenes war Kurzweil gewesen – dies hier war der Krieg. Und er, Will, war mit dabei!

Lady Elaine stand mit ihren Damen auf der Brustwehr und sah ihnen beim Aufbruch zu. Und obwohl ihr Blick dem Grafen folgte, sah er kein einziges Mal zu ihr hoch. Dame Catherine winkte Will und lenkte Lady Elaines Aufmerksamkeit so auf den Versorgungstross. Lady Elaine schenkte ihm ein Lächeln, und das war sein letzter Blick auf sie.

Der Marsch nach Lincoln war ein Alptraum aus Schneeregen und Schlamm. Klagen wurden laut, wie närrisch es doch sei, eine Winterkampagne zu führen.

»Im Januar sollte ein Mann mit einem Krug Bier an seinem Feuer sitzen. Im Frühling und Sommer ist noch genug Zeit zum Kämpfen.«

Immer wieder blieb der Tross im Schlamm stecken. Will verbrachte einen Großteil der Zeit damit, Steine zu schleppen um die Schlammlöcher zu füllen. Trotz des schlechten Wetters schafften sie fast fünfzehn Meilen am Tag.

Zwei Tagesritte vor Lincoln begannen sie die Verwüstung zu sehen, die König Stephens Armee hinterlassen hatte. Er war nach Lincoln gekommen, um den Grafen von Chester zu bestrafen und hatte mit dessen Bauern begonnen. Dorf um Dorf hatte man geplündert und niedergebrannt. Keine Menschenseele war in Sicht.

»Ist denn keiner mehr übrig?«, fragte Will.

»Wahrscheinlich haben viele überlebt«, meinte Schildkröte. »Aber sie verstecken sich tief in den Wäldern.«

»Wir sind doch gekommen, um ihnen zu helfen!«, meinte Will. »Eigentlich sollten sie uns freudig begrüßen!«

»Ha!«, kam es von Torrence, doch ohne jegliche Heiterkeit. »Sollen sie den Schakal willkommen heißen, sobald der

Wolf abgezogen ist? Wir werden ihnen den Rest dessen, was ihnen geblieben ist, auch noch wegnehmen.«

Es stimmte. Die Kundschafter trieben gemeinsam mit anderen Männern die wenigen noch frei herumlaufenden Tiere zusammen und ernteten, was noch auf den Feldern war.

»Die Bauern werden verhungern«, sagte Will.

Schildkröte zuckte die Achseln.

»So ist es, wenn die edlen Herren Krieg führen. Die Bauern sterben.«

Wenn König Arthur ins Feld zog, dachte Will, dann ging es gegen die Feinde Englands. Er führte keinen Krieg gegen Bauern. Und Wills Vater teilte die Vorräte von Blindley Heath mit seinen Bauern, um ihnen über den Winter zu helfen.

Graf Aubreys Männer würden gewiss nicht Hungers sterben. Sie waren für den Marsch in Richtung Norden gut versorgt, außerdem wurden auf jedem Gut und in jedem Dorf Vorräte requiriert. Wie mochte es den Dorfbewohnern und den Bewohnern der Güter ergehen, wenn die Truppen des Grafen die so sorgfältig gelagerten Vorräte mitnahmen?

Doch so waren Gottes Wege. Das hatte der Dorfpriester gesagt und Wills Vater hatte es viele Male erklärt: »Die Geistlichen beten für alle, die Ritter kämpfen für alle und die Bauern arbeiten für alle. Jeder hat seinen Platz im göttlichen Plan.« Wills rechtmäßiger Platz war an der Seite der Männer des Grafen. Alles war, wie es sein sollte. Und doch . . . Schildkröte hatte Recht. Sie waren tatsächlich wie die Schakale und fraßen den Bauern auch noch die letzten Krumen weg. Dabei sollten die Ritter die Schwachen doch beschützen, wie es vormals König Arthur tat. Und heute Sir John Belet. Es brauchte den wahren Erben auf Englands Thron, um die Dinge wieder in Ordnung zu bringen.

Zusätzlich zu den in Dörfern und Lehnsgütern beschlagnahmten Nahrungsmitteln wurde von im Morgengrauen ausgesandten Kundschaftern und Jagdgruppen frisches Fleisch herbeigeschafft. Die Bauern allerdings, die sich in den Wäldern verbargen, riskierten den Galgen, wenn sie jagten.

John und d'Artois ritten oft mit den Jagdgruppen aus. Will sah weniger von seinem Bruder als auf Burg Oxford. Es war schwierig, Lady Elaines Befehl zu befolgen und auf ihn aufzupassen, wenn er ihn nur abends am Feuer kurz zu Gesicht bekam.

Wann immer er konnte, wann immer Schindknappe Wat nicht hinter Will her war, damit er etwas besorgte, auslieferte oder putzte, setzte er sich in die Nähe von John und den anderen jungen Knappen und lauschte ihren Gesprächen. Wie immer war Schildkröte an seiner Seite, obwohl er sich für Kriegsgeschwätz nicht sehr zu interessieren schien.

»Sie sagen, der König hätte ein großes Aufgebot in Lincoln stehen. Und der Graf von Essex sei im Begriff, ihm Verstärkung zu bringen«, meldete Percival.

»Essex kann keinen Mann erübrigen – sie sind doch alle damit beschäftigt, sich schlecht verteidigte Ländereien einzuverleiben«, höhnte d'Artois.

Das rief grimmiges Gelächter hervor. Alle hatten Grund,

sich um ihr Zuhause zu sorgen, während sie nordwärts nach Lincoln marschierten.

»Nachdem wir die Truppen des Königs in die Flucht geschlagen haben, sollten wir gleich mit Essex kurzen Prozess machen, sage ich. Lasst uns sämtliche Schurken ausrotten!«, rief Reynard.

»Große Worte«, sagte d'Artois. »Sofern Ihr ihnen entsprechende Taten folgen lasst, müssten wir in Lincoln eine kleine Chance auf Erfolg haben.«

»Ihr seid ein ewiger Schwarzseher!«, beklagte sich Manfred.

»Es ist einfacher, vom Sieg zu reden, als ihn auch zu erringen«, erklärte d'Artois. »England wird entzweigerissen, während junge Heißsporne von Ruhm und Ehre reden.«

Die jungen Knappen lachten d'Artois aus, alle außer John.

»Sir Ranulf hat auf vielen Schlachtfeldern gekämpft«, mahnte er. »Zollt ihm die Achtung, die ihm gebührt!«

Johns ernste Worte brachten die höhnischen Stimmen zum Verstummen. Wenn Wills Vater mit seinen Männern sprach, war es ganz ähnlich.

»Hat einer von uns schon auf dem Schlachtfeld seinen Mann gestanden? Wir kennen nur eines: Jungenspiele. Werden wir noch so anmaßend sein, wenn die Spiele zu tödlichem Ernst werden?«

Alle schwiegen jetzt. Mit großer Wahrscheinlichkeit würde manch einer von ihnen nicht aus Lincoln zurückkehren. Will nahm John in Augenschein. Er hatte etwas an sich, was ihn viel älter erscheinen ließ als die anderen Knappen.

Und d'Artois! Obwohl nur einige Jahre älter als John, wirkte er wie ein wahrhaftiger Graubart neben ihnen. Beide waren dem Tod nur knapp entronnen, und das hatte sie verändert.
Plötzlich begriff es Will in seiner ganzen Tragweite – in Lincoln lauerte der Tod.

Die Schlacht

Um Mitternacht des zehnten Tages erreichten sie, zwei Stunden von Burg Lincoln entfernt, den Weiler Metheringham, oder dem, was noch davon übrig war. Dort stießen sie zu den Truppen Robert von Gloucesters und des Grafen von Bedford. Insgesamt befehligten sie um die fünfzehnhundert Mann. Will suchte nach einem vertrauten Banner oder Schild, doch keiner der Ritter aus Surrey schien gen Lincoln zu reiten. Im Lager wurden nur wenige Feuer angezündet und sie mussten sich mit kalten Speisen begnügen, da der Graf hoffte, so die Größe ihrer Streitmacht geheim zu halten.

Endlich hatte es aufgehört, zu regnen. Sterne funkelten an einem klaren Himmel und der zunehmende Mond schimmerte. Will kam eilig seinen Pflichten nach und suchte dann nach John. Nicht weit von dort entfernt, wo die Pferde angepflockt waren, hörte er das Gelächter der jungen Knappen. Will schlüpfte hinter seinen Bruder und verharrte außerhalb des Ringes der jungen Männer.

Der Graf hatte zusätzliche Rationen Met austeilen lassen, damit dieser, an Stelle der fehlenden Feuer, die Männer wärmte. Gerade als Will sich niedersetzte, kam der Krug bei John an. John nahm einen Schluck und reichte ihn dann seinem Bruder.

»Hier, Bruder! Wärm dich auf!«

»Ich?«, fragte Will. Gewöhnlich ignorierte ihn John, wenn er bei den Knappen saß.

»Habe ich außer dir noch einen Bruder?«

Will griff nach dem Krug und nahm einen tiefen Schluck. Ein Feuerstrom schoss seine Kehle hinab und in seinen Magen. Dieser Met war viel stärker als alles, was auf Burg Oxford gereicht wurde. Will hustete und spuckte.

»Er trinkt wie ein Mädchen!«, spottete Reynard.

»Oder wie ein kleiner Hase«, fügte d'Artois hinzu. Und alle lachten.

Will nahm noch einen großen Schluck, diesmal ohne zu husten. Was noch mehr Gelächter hervorrief.

Graf Aubrey, flankiert von seinem Marschall und Sir Godfrey von Bedford, kam auf sie zu.

»Ich freue mich, dass es Grund zur Fröhlichkeit gibt unter meinen jungen Kriegern«, sagte er und augenblicklich erstarb das Gelächter.

»Der morgige Tag mag Eure Lehrzeit beenden. Dient Euren Rittern gut und gehorcht ihnen, damit der Eifer der Jugend Euch nicht in einen närrischen Tod führt.«

Der kalte Blick des Grafen ruhte kurz auf John, als er von einem närrischen Tod sprach. John zuckte nicht mal mit der Wimper, aber Will kam nicht gegen ein Schaudern an.

»Wir kämpfen für Kaiserin Matilda und Prinz Henry, den rechtmäßigen Erben Englands. Sollten wir Erfolg haben, erwartet uns reicher Lohn. Kämpft mit Herz und Seele und verdient euch morgen in Lincoln Eure Sporen!«

»Hurra!«, riefen sie. »Für Matilda! Für Henry! Für England!«

Der Graf öffnete einen zweiten Krug, trank und reichte ihn weiter, bevor er ging. Kurz darauf forderte d'Artois sie auf sich schlafen zu legen.

Will kehrte zum Versorgungstross zurück, wo er neben Schildkröte sein eigenes Lager richtete.
Aber er konnte nicht schlafen.
John würde mit d'Artois unter Bedfords Standarte kämpfen, ganz außen an der rechten Flanke. Will fand es seltsam, dass sein Bruder nicht mit Graf Aubreys Männern reiten würde. Aber weder d'Artois noch John sprachen es an, also ließ auch Will es auf sich beruhen. Sein Befehl lautete, beim Versorgungszug zu bleiben. Wie konnte er auf John aufpassen oder Gelegenheit finden, Ruhm zu erlangen, wenn er bei den Vorräten blieb? Sobald der Kampf begann, würde er sich zur vordersten Linie durchschlagen müssen.
Will fiel in einen ruhelosen Schlaf, voller Träume vom Grafen, der höhnisch grinsend das Schwert zog und wieder und wieder »närrischer Tod«, sagte, bis die Worte ihre Bedeutung verloren hatten.
Schildknappe Wat weckte ihn mit einem Fußtritt.
»AUF, KLEINER HASE! Tränkt die Pferde und holt ihr Futter!«
Will erhob sich wie betäubt. Gerade graute der Tag und es war eisig kalt. Mit steifen Gliedern schlurfte er zu den Pferden. Wie konnte ein Tag des Ruhms so unrühmlich beginnen?
Nachdem er die Pferde getränkt und gefüttert hatte, besorgte sich Will im Küchenzelt einen Haferkuchen und einen Schöpfer Bier und ging dann John suchen.
Unter den aufgepflanzten Standarten der drei Fürsten wurde gerade ein Feldgottesdienst abgehalten.
Der Graf selbst, all seine Ritter, ihre Knappen und ein Teil

der Söldner knieten mit gebeugten Köpfen rund um den Priester aus Oxford. Als Will seinen Bruder und d'Artois entdeckte, stellte er sich neben sie, während der Priester ein Schutzgebet sprach.

Du, oh Gott, der du gerecht bist und mächtig,
Steh uns bei im Angesicht des Feindes.
Oh Herr der himmlischen Heerscharen, kämpfe für uns,
Auf dass wir dich lobpreisen können.
Oh Herr, hilf uns und errette uns in Deinem Namen.

Als der Priester zu Ende kam, schlugen d'Artois und viele der anderen ein Kreuz, bückten sich und nahmen etwas Erde in den Mund.

»Was hatte denn das zu bedeuten?«, fragte John, als sie weggingen, um ihre Waffen an sich zu nehmen.

Will wollte es auch wissen – es war so eine demütige Geste für Männer wie d'Artois –, aber *er* hätte nicht zu fragen gewagt.

»Es bedeutet«, erklärte d'Artois, »dass ich Tod und Grab, die mich in Lincoln möglicherweise erwarten, akzeptiert habe.«

John und Will schwiegen. Selbst wenn die Schlacht gut lief, würden viele Männer sterben. Sollte an diesem Tag jedoch König Stephen den Sieg davontragen, würden sie mehr verlieren als die Hoffnung, Matilda als Königin von England zu sehen. Der König würde keinen verschonen, der gegen ihn geritten war. Nur die Reichsten würde man bis zur Zahlung eines Lösegeldes als Geiseln nehmen. Viele, viele andere würden einen unehrenhaften Tod erleiden, hingeschlachtet wie Vieh.

John half d'Artois, sich für die Schlacht zu rüsten. Über dem leinenen Unterzeug trug der Ritter ein wattiertes Wams zum Schutz vor dem Kettenhemd darüber. Über dem Kettenhemd trug er den Wappenrock in den Farben des Grafen. Seine Beine umwickelte John mit Lederstreifen, dann legte er ihm die Sporen an und half ihm beim Aufsetzen des Helms. Anschließend war Will seinem Bruder mit dem Kettenhemd, dem Bein- und dem Kopfschutz behilflich.

D'Artois trug eine Lanze für den ersten Ansturm und ein Schwert für den darauf folgenden Nahkampf, dazu einen großen, dreieckigen Schild. John war mit einem langen Dolch bewaffnet, in seinem Gürtel steckte eine Streitaxt, außerdem führte er einen kleineren, runden Schild.

Met wurde ausgegeben, Krüge machten die Runde. John wollte gerade zum Trinken ansetzen, aber d'Artois hielt ihn zurück.

»Der verleiht nur Narrenmut, Knappe John. Heute werdet Ihr einen klaren Kopf brauchen!«

John sah d'Artois durchdringend an.

»Ihr habt Recht«, sagte er dann und gab den Krug an Reynard weiter. Die anderen jungen Männer hatten dem Met schon kräftig zugesprochen und begannen zu taumeln und zu prahlen.

»Ich werde zwanzig Mann niederstrecken und den Grafen von Sheffield als Geisel nehmen!«

»Ich nehme mir Norwich, denn der ist doppelt so viel wert!«

»AUFSITZEN!«

»AUFSITZEN!«

Der Befehl raste durchs Lager wie Feuer.
»Pass gut auf dich auf, Bruder!«, rief John.
»Wird gemacht. Und du auch!«
John zog eine Grimasse und knuffte Will leicht gegen das Ohr.
Will rannte zum Versorgungstross zurück, bevor er von Knappe Wat Prügel bezog. Als die Schildknappen gingen, um ihre Pferde und die der Ritter zu holen, verhedderten sich die Leinen der angepflockten Tiere und Will lief schnell hin, um seine Stute aus dem Gewirr zu retten. Schildkröte saß schon auf seinem Rotschimmel mit Wills Bogen und Pfeilköcher in der Hand und wartete auf ihn.
Das Durcheinander bei den Pferden legte sich und es kam wieder Ordnung auf. Die Ritter hatten unter den Standarten von Bedford, Gloucester und Oxford Aufstellung genommen. An den Flanken und zwischen den Schwadronen der Berittenen marschierte je ein Zug Bogenschützen, gefolgt von den Fußsoldaten.
Sie marschierten steten Schrittes und hielten die Formation. Atemwölkchen, die süß nach Met rochen, verfärbten sich golden in den ersten Sonnenstrahlen. Pferde wieherten und schnaubten, doch die Männer hatten wenig zu sagen.
Nach einer Stunde Marsch sah man über der Ebene die Türme von Burg Lincoln aufragen. Als sie näher rückten, zog sich die Formation in die Breite, da die Männer für die erste Attacke nachrückten. Der Lastentross, der auf dem ganzen Marsch das Ende des Zuges gebildet hatte, schloss nun auf, während sie sich der Burg näherten. Will fand sich etwa dreißig Schritt von den Standartenträgern entfernt

wieder. Hatte die Schlacht erst einmal begonnen, würde es nicht schwierig sein, sich bis ganz nach vorn durchzuschlagen zu d'Artois und John.

Schildknappe Wat würde sich dem ersten Angriff der Ritter anschließen. Jetzt brüllte er den Söldnern, die während der Schlacht Vorräte und Gepäck bewachen sollten, Befehle zu.

»Sperrt eure Augen auf und achtet auf Plünderer!«, befahl er. »Ein fehlendes Stück Silber und ich werde dafür sorgen, dass eure Köpfe rollen!«

»Und Ihr«, fuhr er an Will und Schildkröte gewandt fort, »Ihr helft die Gefangenen entwaffnen und versorgt die Verwundeten. Der Teufel soll Euch holen, wenn ihr den kämpfenden Männern in die Quere kommt!«

Robert von Gloucester ließ anhalten, als sie in Bogenschussweite der königlichen Truppen angekommen waren, die links von der Burg, gleich neben einem Wald, einen Hügel hielten. Will hatte einen klaren Blick auf sie; es waren mehr Männer, als er jemals für möglich gehalten hätte. Sie bildeten eine weit auseinander gezogene, waffenstarrende Reihe – Sonnenlicht funkelte auf Helmen und Schilden. König Stephen war gut gerüstet, um seine Position vor der Burg zu behaupten. Will klapperten die Zähne, doch es kam nicht von der Kälte. Wie sollten sie gegen eine solche Übermacht gewinnen?

Ruhe herrschte, während sich Bogenschützen und Ritter bereitmachten. Viele sprachen ein letztes Gebet oder tranken einen letzten Schluck Met. Will griff nach dem in seinem Gürtel steckenden Kreuz – Simons Geschenk – und betete um Mut. Aus der Ferne, von Burg Lincoln her, erklang Jubel, der jedoch schnell von einem Windstoß davongetragen wurde.

Robert von Gloucester gab das Signal und die Kriegshörner begannen zu rufen.

»Krieg!«, riefen sie. »Krieg! Krieg! Krieg!«

Dann, als sich beide Seiten in den Kampf stürzten, erklang ein mächtiger, Furcht erregender Schrei.

Die Krieger von Gloucester, Oxford und Bedford senkten ihre Lanzen und preschten in vollem Galopp auf die nahenden Ritter von König Stephen zu. Die Bogenschützen schossen eine Salve weit über die eigenen Männer hinweg und ein Pfeilhagel regnete auf die Soldaten des Königs herab. Die Antwort der Bogenschützen des Königs ließ nicht auf sich warten. Das Klirren von Stahl auf Stahl erklang, entsetztes Wiehern verwundeter Pferde – dann, als die Rösser in der Mitte des Schlachtfeldes aufeinander prallten, erhob sich ein gewaltiges Getöse. Viele der Berittenen wurden aus dem Sattel geworfen, Pferde stolperten über sie und warfen dabei ihre eigenen Reiter ab.

Will war weit genug entfernt, um das ganze Schlachtfeld zu überblicken – und nah genug, um die erbitterte Schlacht zu sehen, in der Männer kämpften und starben. Es war wie der Kampf im Königsforst, nur ins Tausendfache vergrößert. Und obwohl er es mit eigenen Augen sah, konnte er nicht glauben, dass es so etwas Entsetzliches gab.

Will saß auf seiner Stute und fühlte sich durch und durch wie ein verängstigter kleiner Hase. Was, im Namen des Himmels, konnte er in diesem schrecklichen Durcheinander ausrichten? All seine Hoffnung, in dieser Schlacht durch eine ruhmvolle Tat wirklichen Einfluss zu nehmen, war nichts als ein Knabentraum, ein Hasentraum. Er konnte sich glücklich schätzen, wenn er keine Schande über sich brachte, indem er in Ohnmacht fiel.

Der Kampf nahm an Härte zu. Lanzen wurden beiseite geworfen, Schwerter gezogen – jetzt kämpfte Mann gegen Mann. Blut fleckte die winterlichen Felder.

Nichts, gar nichts vermochte er da draußen auszurichten. Und doch, sosehr die Angst ihn auch erfüllte, er musste es wagen. Klarer als jemals zuvor erkannte er die Gefahr, in welcher John sich befand. Denn wer würde bei diesem Getümmel einen Mord erkennen? Er hatte schon viel zu lange gezögert.

Will drängte seine Stute vorwärts und arbeitete sich auf der Suche nach John bis zum Rand des Schlachtfelds vor, wo Bedfords Standarte flatterte.

»Idiot!«, schrie Schildkröte. »Du hast Befehl, dich nicht von der Stelle zu rühren! Wir werden beide getötet werden!«

»Ich muss John finden!«

Schildkröte warf ihm einen grimmigen Blick zu. »Bleib wenigstens unseren Bogenschützen aus dem Schussfeld!«

Will nickte. Sie ritten an der rechten Flanke entlang, und als sie dort d'Artois entdeckten, stürzten sie sich ins Getümmel.

Die Ritter, gepanzert von Kopf bis Fuß, sahen kaum mehr wie Menschen aus. Ihre Gesichter und Namen wurden durch die bunten Symbole auf ihren Schilden und Wappenröcken ersetzt. Sie hätten Kriegsmaschinen sein können, wäre da nicht das Blut gewesen, das von Häuptern und Gliedern floss und der Gestank nach Schweiß und Exkrementen.

Die meisten Männer kämpften zu Fuß mit Schwertern, Piken und Äxten. Schon jetzt lagen überall tote und verwundete Menschen und Pferde, und die Erde war schlüpfrig von Blut und Eingeweiden. Die Soldaten kämpften auf engem Raum und immer wieder kam es vor, dass sie über ihre gefallenen Kameraden stolperten.

Will fasste sich und beruhigte seine Stute – ohnmächtig wäre er John keine große Hilfe – und stieß weiter vor. So gefährlich es auch war, Will und Schildkröte bewegten sich einigermaßen unbehelligt zwischen den kämpfenden Männern, denn mit dem Töten so junger Burschen war keine Ehre zu erringen.

»Will!«, rief Schildkröte mit drängender Stimme über das Getöse hinweg und deutete nach links. Waren sie zu spät gekommen?

D'Artois, zu Pferd, focht gegen einen Ritter des Königs. John war abgestiegen und wehrte den Angriff von vier Söldnern ab. Aber . . . das waren doch keine Männer des Königs! Will war sich sicher, zumindest einen dieser Schurken im Lager des Grafen von Bedford gesehen zu haben. Meuchelmörder!

»D'Artois!«, schrie Will. »D'ARTOIS!«

Noch bevor sein Schrei verklungen war, schoss er dem Schurken, dessen Axt sich über Johns Kopf erhob, einen Pfeil in den Rücken.

D'Artois versetzte dem Ritter des Königs einen tödlichen Streich und riss sein Pferd zu Johns Angreifern herum. Sein mächtiges Schwert fuhr zwischen sie und brachte Tod und Verderben, Blut und Pein.

Will und Schildkröte schoben sich näher. John hatte eine

Wunde am Schildarm empfangen und sein Gesicht war blutüberströmt. D'Artois kämpfte gerade den letzten der Söldner nieder, als einer von König Stephens Rittern sich auf ihn stürzte. Und im nächsten Augenblick lag d'Artois am Boden und Blut strömte aus ihm heraus.

Sein Angreifer, getroffen von Schildkrötes Pfeil, stürzte in den blutgetränkten Schlamm.

Will sprang von seiner Stute, kniete neben d'Artois nieder und nahm ihm den Helm ab.

»Ah, kleiner Hase«, hauchte d'Artois mit seinem letzten Atemzug. Und dann war er tot.

»Wir müssen John zum Tross bringen! Komm her und hilf mir!«, rief Schildkröte und glitt von seinem Pferd. John, der einen Augenblick zuvor noch um sein Leben gekämpft hatte, war nun zu Boden gesunken.

Will ließ d'Artois im Schlamm liegen und half seinen bewusstlosen Bruder auf Schildkrötes Rotschimmel zu heben. Sie fanden einen Weg durch das Entsetzen und irgendwie gelang es ihnen, lebendig den Tross zu erreichen.

Schaler Sieg

»Du hast getan, was du konntest«, sagte Schildkröte.

»Gar nichts habe ich getan.«

»Du hast deinem Bruder das Leben gerettet.«

»D'Artois hat ihn gerettet und jetzt ist er tot.«

»Jeder Ritter, der in die Schlacht zieht, tut es in dem Wissen, dass er möglicherweise den Tod finden wird«, gab Schildkröte zu bedenken.

»D'Artois war überzeugt davon, dass er die Schlacht nicht überleben würde.«

Darauf wusste Schildkröte nichts zu sagen.

»Dein Pfeil hat einen von Johns Angreifern getötet«, meinte er dann. »Kam dir dieser Halunke auch irgendwie bekannt vor?«

»Du hast es also bemerkt?«

Schildkröte nickte. »Meuchelmörder. Es war, wie Lady Elaine befürchtete. Wenigstens haben wir es überlebt.«

Will hatte Johns Wunden versorgt und verbunden. Der Schildarm würde wieder heilen. Was ihm viel mehr Sorge bereitete, war die Kopfverletzung, denn John brauchte lange, bis er zu sich kam und auch dann blieb er verwirrt.

Doch hatte Will nur wenig Zeit, sich Sorgen um seinen Bruder zu machen. Die Schlacht wütete weiter und es war unmöglich zu sagen, welche Seite im Vorteil war. Will wusste nur noch von den Nöten der verwundeten Männer, die er mit dem Feldscher zusammen versorgte. Nur die, denen geholfen werden konnte, wurden zu dem Behelfslager hinter dem Lastentross geschafft. Jene mit schweren Kopfverletzungen oder Bauchwunden starben oft genug dort, wo sie gefallen waren und wurden in den Hecken begraben.

Als der Tag zur Neige ging und der Kampf ruhte, wurden Schildkröte, Will und ein paar kräftige Söldner aufs Schlachtfeld geschickt, um diejenigen zu holen, die noch lebten und für die es noch Hoffnung gab. Verwundete Edelleute, vornehmlich jene aus dem feindlichen Lager, die ein fettes Lösegeld versprachen, hatte man schon während der Schlacht vom Feld getragen und sofort versorgt, damit sie nicht starben, bevor das Lösegeld erbracht worden war.

Will ließ Edlen wie Unedlen die gleiche Behandlung angedeihen und tat sein Bestes. Hundert Mal pries er Lady Elaines Geschenk. Der Feldscher war, was das Richten gebrochener Knochen betraf, sehr geschickt, aber von den Kräutern und deren Heilkraft hatte er nicht viel Ahnung und er hatte auch nur wenige mitgebracht.

Es war eine grauenhafte Arbeit, grauenhafter als alles, was sich Will jemals hätte vorstellen können. Als er sich in dieser Nacht schlafen legte, verfolgten ihn die Schreie der Verwundeten und die Qualen der Sterbenden. Glücklich all jene, die der Tod rasch ereilte, jene, die tot waren, bevor das Entsetzen des Sterbens sie ergriff. Will sah einige der mutigsten Krieger zu greinenden Säuglingen werden, während ihr Lebensblut davonfloss. Wie kam es, dass die Barden von glorreichen Schlachten sangen, wo es doch in Wirklichkeit so eine erbarmungslose und elende Angelegenheit war?

Am Abend des zweiten Kampftages fanden Will und

Schildkröte Schildknappe Wat zerquetscht unter einem toten Pferd auf. Es war kaum noch Leben in ihm. Offensichtlich hatte er schon eine schlimme Wunde davongetragen, bevor das Pferd auf ihn stürzte.

»Hilf mir, kleiner Hase!«, flehte er. »Rette mich!«

Er würde die Nacht nicht überleben und es gab andere, die Wills Hilfe dringender brauchten. Aber er konnte Schindknappe Wat nicht so einem schrecklichen Tod überlassen, allein auf dem gefrorenen Boden.

»Ich werde tun, was ich kann«, versprach Will und ließ Wat von drei Söldnern ins Lager tragen.

Dort bereitete er ihm einen starken Trank, der seine Schmerzen betäubte und ihn friedlich dahinziehen ließ ins... wohin? Einem Ritter, der im Kampf für eine gerechte Sache fiel, war ein Platz im Paradies gewiss, aber Schildknappe Wat war kein Ritter. Will hoffte, dass er – sollte er in die Hölle kommen – für eine Weile Nachttöpfe würde putzen müssen.

Früh am dritten Tag wurde Baron Ickworth von Newmarket, den Graf Aubrey zum Gefangenen genommen hatte, zu Will gebracht. Er hatte eine tiefe Wunde an der Schulter. Will versorgte sie und bereitete einen Trank, der den brennenden Schmerz linderte.

»Wo hast du das gelernt, Bursche?«

»Meine gute Mutter hat mich unterwiesen, Lady Alice von Blindley Heath. Und Lady Elaine von Burg Oxford.«

»Sie haben dich gut geschult«, lobte der Baron. »Ich bin dankbar, dass ich in deine Hände gefallen bin.«

Will verbeugte sich und ging dem Feldscher dabei helfen, an einem amputierten Bein den Stumpf zu vernähen.

Sir Brian FitzCount kam jeden Abend, um nach Will sehen. Bis jetzt hatte er die Schlacht unversehrt überstanden.
»Ich bin ein zäher alter Hund«, verkündete er. »Und Glück habe ich auch.«
»Wie steht die Schlacht, Sir?«, erkundigte sich Will.
»Schwer zu sagen«, gab Sir Brian zur Antwort. »Der König ist uns zahlenmäßig überlegen, aber ich denke, wir haben die besseren und ausdauernderen Krieger.«
Sir Brian warf Will einen durchdringenden Blick zu. »Ihr seht elend aus, Will – esst etwas und ruht Euch dann aus.«
Will versuchte es. Aber er konnte nur wenig bei sich behalten. Vor allem Fleisch brachte ihn zum Würgen.
»Warum bereitest du dir denn keinen Heiltrunk?«, wollte Schildkröte wissen. »Hast du denn kein Kraut dabei, das den Magen beruhigt?«
Will trank Kamille- und Minzetee, aber das, woran er litt, konnte er damit nicht kurieren. In der Zwischenzeit ging der Waffengang und das Versorgen der Verwundeten weiter.
Aber am vierten Tag der Schlacht, am zweiten Februar, an Maria Lichtmess, widerfuhr ihnen gewaltiges Glück. Es gelang, König Stephen von seinen Rittern wegzudrängen und Graf Robert von Gloucester und seine Männer nahmen ihn gefangen.
»Es wird gemunkelt, der König sei von seinen eigenen Rittern verraten worden«, berichtete Schildkröte.
Dass Stephen von Blois nun ihr Gefangener war, bedeutete augenblicklichen Sieg. Da war es, das Wunder, das England aus dem ewigen Zwist erlösen konnte. Durch König Stephens Gefangennahme war der Thron verwaist. Da war

er nun, der lang ersehnte Sieg, nun waren Kaiserin Matilda und Prinz Henry im Vorteil. Das überstieg alle Erwartungen, die sie bei ihrem Aufbruch nach Lincoln gehegt hatten.

Der König, dem man – anders als bei den anderen Gefangenen von hoher Geburt – den Helm abgenommen und die Hände gefesselt hatte, wurde auf sein Ross gesetzt. Umringt von ihren Rittern geleiteten die Grafen von Bedford, Gloucester und Oxford den Gefangenen zur Burg. Die Tore wurden weit aufgerissen und die Belagerten schwärmten auf das Schlachtfeld hinaus, wo sie auf die übrigen Männer des Königs Jagd machten. Die Glocken der Burgkapelle läuteten das Tedeum und Triumphgeschrei erfüllte die Luft.

Will hörte alles von weitem. Aber der Sieg vermochte nicht die Schreie der Verwundeten zu übertönen, die unter seiner Obhut standen, noch brachte er Johns Verstand zurück, ebenso wenig wie er d'Artois wieder zum Leben erweckte. Alles, was sich Will für England erhofft hatte, war Wirklichkeit geworden. Gut möglich, dass die Schlacht von Lincoln den ewigen Streit in England beendete. Aber Will würde diese Schlacht immer an sein Versagen erinnern. D'Artois war tot, John schwer verletzt. Vielleicht hätte er wirklich etwas *tun* können, hätte er nur schneller gehandelt. Jetzt musste er zurückkehren und sich Lady Elaines Trauer und Enttäuschung stellen. All seine Hoffnungen waren zu Asche geworden.

Am Tag nach Mariä Lichtmess wurde in der riesigen Halle von Burg Lincoln ein Siegesfest abgehalten. Der Graf von Chester und sein Bruder, William von Roumare, saßen an der hohen Tafel, umringt von den Edelsten Englands, einschließlich der mächtigen Barone, die sie gefangen hatten und für die man ein Lösegeld fordern würde. Obwohl sie Gefangene waren, speisten sie mit den anderen. Will und Schildkröte wurden aufgefordert beim Servieren mitzuhelfen. Die außergewöhnlichen Leckerbissen und phantasievollen Gerichte bereiteten Will noch mehr Übelkeit, als es der Gestank auf dem Schlachtfeld getan hatte. Er hielt die Platten so weit von seiner Nase entfernt wie möglich, und indem er die Zähne fest zusammenbiss, konnte er es verhindern, dass er sich übergeben musste und noch mehr Schande über sich brachte.

Als Will Baron Ickworth und Graf Aubrey, die sich ein Speisebrett teilten, eine Platte reichte, auf der ein mit Ingwer gewürzter Karpfen lag, sagte der Baron: »Aus dem wird mal noch etwas werden, Graf Aubrey. Ihr müsst Euch seiner Dienste glücklich schätzen.«

Der Graf betrachtete Will so kalt wie eh und je, umso überraschender war seine Antwort.

»Will Belet hat mir immer gut gedient«, sagte der Graf. »Und er soll bei unserer Rückkehr nach Oxford reichen Lohn dafür erhalten.«

Die Züge des Grafen zeigten keinerlei Wohlwollen, während er dies sagte. Trieb er seinen Spott mit Will? Wollte er ihn bedrohen? Schildkröte musste ihn kneifen, damit er sich verneigte und weiterging.

»Was hat er damit gemeint?«, fragte Will später, als keiner in der Nähe war.

Schildkröte zuckte die Achseln.

»Warte ab und sieh, was geschieht«, gab er zur Antwort.

»Der Graf könnte Hofnarr oder Priester sein; beide vermögen hervorragend zu verbergen, was in ihrem Innern vor sich geht.«

In dieser Nacht plagte das Bild des Grafen mit seinem eisigen Blick Will ebenso sehr, wie die Bilder der Schlacht, die er nicht vergessen konnte.

Zwei Tage später, als Männer und Pferde gut ausgeruht waren, begann die siegreiche Heimkehr nach Oxford. Trotz seiner Proteste wurde John auf einer Pritsche im Karren des Kochs transportiert. Will hoffte, dass die holprige Fahrt ihm nicht noch zusätzlich schadete. Graf Robert von Gloucester schaffte den König in Fesseln nach Bristol, wo er eingesperrt werden sollte. Kein Lösegeld wäre groß genug, um Stephen auszulösen. Jetzt hatte Kaiserin Matilda ihre Chance, den Thron zu gewinnen.

Graf Aubrey kehrte nach Burg Oxford zurück, ein mächtigerer Fürst als eh und je. Er hatte einen großen Sieg errungen.

»Und die Kaiserin wird dankbar sein«, sagte Schildkröte. »Wenn sie die Regentschaft übernimmt, bis Prinz Henry den Thron besteigt, wird der Graf für seine Mühen reich belohnt werden.«

»Er hat für ihre Sache gekämpft.«

»Ja, und für ein gutes Stück der riesigen königlichen Ländereien.«

Schildkröte lächelte grimmig. War das der wahre Grund für Graf Aubreys Feldzug nach Lincoln? Ging es ihm weniger darum, der Kaiserin zu helfen, als um eine Vergrößerung seiner eigenen Ländereien?

Die Männer des Grafen kehrten alle reicher als zuvor von

der Schlacht zurück. Sie hatten, was unterwegs zu plündern war, geplündert und bald würden noch die Lösegelder der gefangenen Edelleute dazukommen. Selbst für die Niedrigsten unter den Unfreien fiel noch etwas ab – ein neues Paar Stiefel vielleicht oder das Schwert eines toten Mannes. Die Männer prahlten mit ihrer Beute und waren stolz für den Grafen gedient zu haben. Graf Aubrey hatte Grund, zufrieden zu sein – wenn man davon absah, dass ein Fünftel der Männer, die nach Lincoln aufgebrochen waren, nicht mehr zurückkehrte.

Und Will hegte den Verdacht, dass es sein Onkel bedauerte, dass John Belet noch unter den Lebenden weilte.

Das Wetter blieb klar, wenn auch bitterkalt. Alle waren erschöpft, sehnten sich jedoch auch nach ihrem Zuhause. Also drängten sie vorwärts und schafften so an die zwanzig Meilen am Tag. Je näher sie Oxford kamen, desto mehr graute es Will davor, Lady Elaine unter die Augen zu treten. Sie hatte ihm vertraut und nun war John halb tot und d'Artois lag auf dem Friedhof von Lincoln begraben. *Sagen* würde sie nichts, aber Will fürchtete sich vor der Trauer in ihren Augen.

So stetig wie auf dem Marsch nach Norden der Heerzug des Grafen angewachsen war, so stetig schrumpfte er jetzt zusammen, da sich die Ritter und ihre Truppen unterwegs von der Kolonne trennten, um zu ihren Landgütern zurückzukehren.

Einen halben Tagesritt von Oxford entfernt fiel Sir Brian zum Tross zurück, um sich von Will zu verabschieden.

»Ihr seid immer noch zu blass, Will«, sagte er. »Sobald Euer Dienst es erlaubt, kommt Ihr nach Wallingford. Wir werden dafür sorgen, dass Ihr wieder rote Backen bekommt.«

Sir Brian umarmte ihn und Will hätte fast geweint, war der kräftige Griff doch dem seines Vaters so ähnlich. Er sehnte sich nach der willkommen heißenden Wärme seines Zuhauses, obwohl er auch froh darüber war, nicht der Bote zu sein, der die Kunde von d'Artois' Tod und Johns neuerlicher Verwundung überbrachte. Sie würde seine Eltern sehr erschüttern.
Als sie in der Abenddämmerung durch Oxford ritten, hallten die Straßen vom Jubel der Stadtleute wider. Frauen lehnten aus den Fenstern der oberen Stockwerke und das Kerzenlicht umgab ihre Hauben mit einem goldgelben Schimmer. Kleine Buben tanzten neben den Rittern her bis zu den Toren der Burg.
Die Unfreien kamen aus ihren Hütten geströmt, manche mit dem halb aufgegessenen Abendbrot in der Hand, um die siegreiche Rückkehr ihres Herrn zu bejubeln. Doch gab es nicht nur Jubel – es war auch das laute Klagen der Frauen und Mütter zu hören, deren Männer und Söhne nicht heimkommen würden.
Auf dem Hof der Burg herrschte schon großes Gedränge, bis Wills Stute schließlich durchs Torhaus ritt. Diener rannten herbei, um den Kriegern behilflich zu sein. Giselle, die Köchin, schwenkte ihren hölzernen Schöpflöffel und schrie »Hurra!«.
Doch irgendetwas stimmte ganz und gar nicht, trotz all des Jubels und der Geschäftigkeit. Will sah über den Hof zu der Stelle, wo damals bei seiner Ankunft auf der Burg Lady Elaine gestanden hatte, um ihren Gemahl zu Hause willkommen zu heißen. Jetzt war ihr Platz leer!
Vielleicht war sie näher herangekommen, um den Grafen

zu begrüßen und wurde jetzt nur von all den großen und kräftigen Rittern verdeckt. Will stellte sich in seine Steigbügel und machte einen langen Hals. Nein. Sie war nicht da. Und auch keine von ihren Damen.

Der Graf schien ihre Abwesenheit nicht zu bemerken. Hatte er sie weggeschickt? War sie eingesperrt? Lebte sie noch? Will drehte sich zu Torrence.

»Schweig!«, befahl Schildkröte. »Und lass dir nichts anmerken. Ich werde es dir später erklären.«

Später! Wie konnte er auf später warten? Er wollte gerade auf einer Antwort beharren, als er den Blick des Grafen einfing. Er war prüfend. Und eine Frage lag darin.

Will bohrte die Nägel in die Handflächen und tat sein Bestes, um Sorge und Angst aus seinem Gesicht zu bannen.

Gefährliches Spiel

Wo ist Lady Elaine?«

»Pst!« Schildkröte brachte ihn zum Schweigen, dann glitt er lautlos an der Brustwehr entlang. Er wollte sich wohl überzeugen, dass sie auch wirklich alleine waren.

Will, der es kaum mehr erwarten konnte, sah zum Himmel empor. Mond und Sterne waren von einer dicken Wolkenbank verhüllt. Bis zum Morgen würde bestimmt ein wenig Schnee fallen. Die Geräusche des trunkenen Festes aus der großen Halle wurden von der Nacht und der schweren Luft gedämpft.

»Also gut«, sagte Schildkröte, als er zurückkam. »Für den Augenblick sind wir alleine.«

»Wo ist Lady Elaine?«

»In Somerset bei ihrem Onkel, dem Erzbischof von Wells.«

»Und die Kinder und all ihre Damen hat sie mitgenommen?«

»Sie wollte niemand zurücklassen und damit dem Zorn des Grafen aussetzen.«

»Was ist geschehen, dass sie ihren Gatten jetzt so fürchtet?«, erkundigte sich Will.

»Darüber weiß ich nicht Bescheid.«

Es gab keinen Grund, warum Schildkröte in alle Geheimnisse der Lady eingeweiht sein sollte. Aber Will spürte, dass er ihm etwas verschwieg. Er machte noch einen Versuch.

»Aber warum hat sie alle Kinder mitgenommen? Kann eine

Dame ihren Gemahl verlassen und ihm noch dazu den Sohn wegnehmen?«

»*Sie* hat es jedenfalls getan. Und bist du nicht ihr Freund, um sie weit weg von hier zu wünschen?«

Natürlich war er ihr Freund. Er wollte, dass sie in Sicherheit war. Aber davonlaufen sollte eine Dame nicht.

»Warum hat sie mir nicht Bescheid gesagt?«

»Sie wollte nicht, dass du sie verrätst.«

»Ich würde doch nie meine Lady an den Grafen verraten!«, empörte sich Will.

»Nicht wissentlich.« Schildkröte legte die Hand auf Wills Schulter. »Es war ihre Art, dich zu schützen.«

Will befreite sich mit einem Ruck, stürmte hinüber zur Mauer und starrte hinaus auf die dunkle Stadt. Schützen wollte sie ihn! Als wäre er ein Kleinkind. Lady Elaine hatte also doch nicht so viel Vertrauen in ihn gesetzt und nun war sie fort. D'Artois war tot. Und John war nur noch die Hälfte dessen, was er beim Aufbruch nach Lincoln gewesen war. Warum hatte Lady Elaine die Burg verlassen? Solange sie noch da gewesen war, hatte sie versucht Will und John zu schützen, doch es war ihr nicht gelungen. War ihr Weggehen ein Versuch, sie auf andere Weise zu beschützen? Oder war es vielmehr *sie*, die Schutz brauchte und sich deshalb zu ihrem Onkel, dem Erzbischof geflüchtet hatte?

»War das die Belohnung, die mich, wie der Graf sagte, in Oxford erwartet?«, fragte Will.

»Ich weiß nicht, was im Grafen vor sich geht«, sagte Schildkröte. »Er muss in Lincoln Nachricht erhalten haben, dass Lady Elaine abgereist ist. Aber mit der ›Belohnung‹, von der er sprach, mag er durchaus etwas anderes im Sinn gehabt haben.«

Will seufzte. Er verspürte große Erschöpfung. Eigentlich hatte ihm ja vor der Rückkehr nach Oxford gegraut, er hatte sich davor gefürchtet, die Enttäuschung seiner Lady zu sehen. Aber dass sie nun gar nicht auf der Burg weilte, war noch viel, viel schlimmer.

»Geh zu Bett!«, befahl Schildkröte. »Der neue Tag wird vielleicht enthüllen, was der Graf plant.«

»Zuerst will ich noch nach John sehen«, sagte Will. »Vielleicht braucht er einen Trunk, damit er besser schlafen kann.«

»Er sollte nicht allzu tief schlafen an diesem Ort«, gab Schildkröte zu bedenken.

Viele der Verwundeten waren in Lincoln geblieben, um dort wieder zu Kräften zu kommen. Jene, die man mit nach Oxford genommen hatte, brachte man in einen an die Kapelle angrenzenden Raum, wo sie vom Infirmarius des Klosters von Osney und zwei der dortigen Laienbrüder gepflegt wurden. Will betrat den düsteren, von einer einzigen rauchenden Fackel erleuchteten Raum. An die vierzig Verwundete lagen auf ordentlich aufgereihten Pritschen, einige Laienbrüder saßen dösend herum.

John war hellwach.

»Hast du Schmerzen?«, fragte Will.

»Mir geht es gut«, antwortete sein Bruder. »Ich kann nur noch nicht schlafen.«

»Soll ich dir einen Schlaftrunk bereiten?«

»Nein. Ich werde das, was mir an Verstand noch geblieben ist, dringend brauchen. Aber bleib noch einen Moment bei mir, Will!«

John sah sich um, dann zog er Will nah zu sich heran und flüsterte ihm ins Ohr.
»Schick Vater eine Nachricht, dass ich nicht mehr hier bleiben kann!«
Zum allerersten Mal sah Will Angst in Johns Augen. Will nickte. Irgendwie würde er es schaffen, Sir John eine Nachricht zukommen zu lassen.
»Ich bleibe noch ein Weilchen«, sagte Will. »Ich bin auch noch nicht bereit fürs Bett. Aber du musst ausruhen. Jetzt wird nicht mehr geredet.«
Als John lächelte, glätteten sich die Sorgen- und Angstfalten in seinem Gesicht und Augenblicke später war er eingeschlummert.
Auf dem kalten Fußboden sitzend, sah Will seinem Bruder die halbe Nacht beim Schlafen zu. Sie hatten alle beide Grund, hier, auf Burg Oxford, um ihr Leben zu fürchten. Ihm oder John das Lebenslicht auszublasen wäre kein großer Aufwand. Bisher hatte sich Will so viel Sorgen um seinen Bruder gemacht, dass für Gedanken an seine eigene Sicherheit keine Zeit gewesen war. Aber hatte man John erst mal aus dem Weg geräumt, würde sich der Graf rasch auch des jüngeren Belet entledigen wollen. Ebenso gut könnte Graf Aubrey erst einmal Will beseitigen lassen. Anschließend hätte er sogar noch weniger Mühe, John zu erledigen. Allzu viel, um das sich Will sorgen musste. An erster Stelle stand jedoch die Nachricht, die er seinem Vater zukommen lassen musste. Obwohl Wills Kopf ganz schwer wurde, hielten ihn seine Sorgen wach. Nach dem Mitternachtsgottesdienst wollte ihn einer der Mönche aus der Krankenstube verscheuchen. Aber sosehr Will sich auch

nach seinem eigenen Bett sehnte, er konnte seinen Bruder nicht alleine lassen. Schließlich tauchte Schildkröte auf und versprach den Rest der Wache für ihn zu übernehmen. Will stolperte zur Unterkunft, fiel auf seine Pritsche und schlief auch schon.

Mit der Morgendämmerung begann auf der Burg das normale Leben wieder. Und doch war alles anders. Schildknappe Oderic trat an die Stelle von Schindknappe Wat. Als strenger und harter Lehrmeister bekannt, fand er jedoch keine Freude an Gemeinheiten. Die unangenehmsten Pflichten wurden nun gerecht unter den Pagen aufgeteilt und Will und Schildkröte waren endlich vom Nachttopfdienst befreit. Da das Kindergemach nun verwaist war, wurde Will zu den Verwundeten geschickt, um dem Heilkundigen zu helfen. Schildkröte kam ebenfalls mit, denn wie immer folgte er Will wie ein Schatten, nur dass es diesen inzwischen nicht mehr störte.

Bruder Jocelyn, der Infirmarius, zeigte sich nicht sonderlich erfreut, als sie sich bei ihm meldeten.

»Ich brauche Männer! Männer mit Erfahrung! Und was schicken sie mir? Halbwüchsige!«

»Bitte, Sir . . .«, sagte Schildkröte.

Schildkröte ergriff unaufgefordert das Wort! Will konnte es kaum glauben.

»Was wolltet Ihr sagen?«

»Mein Freund ist der, den man den Hasen nennt«, sagte Schildkröte.

Warum, zum Teufel, musste er *das* jetzt anbringen? Will warf Schildkröte einen wütenden Blick zu, was diesen jedoch nicht zu kümmern schien.

»Soso«, sagte Bruder Jocelyn nur, ohne dabei zu lachen oder zu feixen und sah sich Will genauer an. Will wurde es unter dem Blick dieser alten grauen Augen ausgesprochen unbehaglich. Er schien jeden Makel seines Leibes oder seiner Seele aufzuspüren.

»Nun, Hase, es gibt viel zu tun«, sagte Bruder Jocelyn dann mit wärmerer Stimme als zuvor. »Schildkröte, Ihr geht mit Bruder Jason. Er wird Euch in Eure Pflichten einweisen. Will, Ihr kommt mit mir.«

Alle Wundverbände mussten gewechselt werden. Bruder Jocelyn, der überaus geschickt und sanft vorging, zeigte Will, wie er es gemacht haben wollte. Will sah ihm genau zu und gab sich Mühe, ebenso viel Geschick und Sorgfalt an den Tag zu legen. Da sechs der Männer an Wundfieber litten, zeigte ihm Bruder Jocelyn, wie man aus Nieswurz ein Mittel bereitete, das die üble Laune aus den Wunden zog. Dann forderte er Will auf, das Rezept noch einmal zu bereiten, während sein strenger Blick, dem nichts entging, auf ihm lag.

»Ja, Hase, genauso wird es gemacht!« Seine Stimme wurde im Lauf des Vormittags freundlicher und Will verlor einen Teil seiner Anspannung. Da Bruder Jocelyn jedoch selbst den kleinsten Fehler aufspürte, gab Will sich weiterhin große Mühe, alles richtig zu machen.

Jetzt, bei Tageslicht, war John eher er selbst, obwohl Will, der den ganzen langen Vormittag über tätig war, wenig Gelegenheit fand, mit ihm zu reden. Zu Mittag ließ Bruder Jocelyn Essen aus der Küche kommen. Wills Dienste in der großen Halle wurden ja nun, wo seine Lady fort war, nicht mehr benötigt. Nachdem Bruder Jocelyn das Brot gesegnet hatte, setzten sie sich an einen behelfsmäßigen Tisch in einer kleinen, an den Krankensaal angrenzenden Kammer, um zu essen.

»Seid Ihr die beiden Nachtwachen, die sich von meinen Laienbrüdern nicht verjagen ließen?«, erkundigte sich der heilkundige Mönch.

»Ja, Bruder«, sagte Will. »Wisst Ihr, John . . .« Was durfte er Bruder Jocelyn anvertrauen? Dass sein Bruder aus gutem Grund um sein Leben fürchtete? Nein. Unmöglich. Der Blick des Alten ruhte schwer auf ihm.

»Nun, Ihr beiden könnt nicht die halbe Nacht wachen und mir am Morgen eine Hilfe sein wollen«, sagte Bruder Jocelyn. »Richtet Schildknappe Oderic von mir aus, ich würde Euch auch in der Nacht hier brauchen.«

Er sah von Schildkröte zu Will. »Ihr könnt eure Pritschen zu beiden Seiten von John Belet aufbauen, falls das Eurem Schlaf förderlich ist.«

»Danke, Bruder.« Damit war Will eine Last von der Seele genommen. Aber es gab noch immer viele Stunden, wo John unbeaufsichtigt blieb. Er musste unbedingt seinem Vater Nachricht geben. Bald. Konnte er den frommen Bruder bitten es für ihn zu tun? Nein, bestimmt würde es der Graf erfahren. Er musste eine andere Möglichkeit finden.

Am Nachmittag schickte man Will und Schildkröte zu den anderen Pagen, damit sie sich mit ihnen in den Kampfkünsten übten. Die Kälte draußen fühlte sich gut an nach der stickigen Luft im Krankensaal. Neuerlicher Schnee hatte den Burghof mit einer weißen, sauberen Decke überzogen.

Es war wie ein Spiel, für den Krieg zu üben – ein Spiel, das jedoch ernst genommen werden wollte. Für Unentschlossenheit gab es auf dem Schlachtfeld keinen Platz – ebenso wenig wie für kleine Hasen. Um sich aufzuwärmen, begannen sie mit einem Ringkampf. Die Kämpfe auf Leben und Tod, die Will auf dem Schlachtfeld von Lincoln gesehen hatte, gingen ihm durch den Kopf und als er mit seinem Kameraden Roger zu ringen begann, beherrschte die Erinnerung daran seine ganze Seele. Er kämpfte so, wie er, wäre es ihm möglich gewesen, gegen die Meuchelmörder gekämpft hätte, die seinem Bruder nach dem Leben getrachtet hatten.

»Hase, HASE! Das reicht!«, rief der Schildknappe und trennte Will von seinem Gegner.

Roger lag blutig und gänzlich erschöpft im Schnee. Keiner lachte. Die anderen Pagen wichen mit Angst und Respekt in den Augen vor Will zurück, jemand half Roger beim Aufstehen. Schildkröte nahm Will bei der Schulter.

»Master William!«, sagte er und schüttelte ihn. »Beruhige dich, Will!«

Will schauderte und seine Wut verebbte. Nach dem Aufwärmen ließ Knappe Oderic sie mit Kurz- und Langbögen antreten und auf Ziele am anderen Ende des Feldes schießen. Zwar fanden Wills Pfeile ins Ziel, die meisten jedenfalls, aber irgendwie fühlte sich sein Bogenarm verkrampft an. Er war insgesamt angespannt, schien auf etwas zu warten, ohne zu wissen, was es war.

»Beherrscht Euren Blick, Hase, dann werden Eure Pfeile immer das Ziel finden!«, mahnte Schildknappe Oderic.

»Ja, Sir«, sagte Will und bückte sich, um einen weiteren Pfeil in die Sehne zu legen.

Hase, Hase, Hase. Es lag jedoch weder Bösartigkeit noch Häme in Oderics Stimme wie vormals bei Schindknappe Wat oder d'Artois. Seit Wills Rückkehr hatte ihn keiner gehänselt, keiner hatte ihn grob behandelt. Und nun vermisste er es fast – die bissigen Bemerkungen, den beißenden Spott. Schildknappe Wat, sein stetiger Quälgeist, und d'Artois, Quälgeist *und* Beschützer, waren nicht mehr.

Der Hilferuf

Ruhig Blut!«

Will kam gerade noch rechtzeitig zu sich. Ohne Schildkrötes Zuruf wäre er ohnmächtig auf Geoffrey von Farnham gestürzt. Drei Tage waren seit ihrer Rückkehr nach Burg Oxford vergangen und er hatte die ganze Zeit über kaum geschlafen. Bruder Jocelyn hatte es zwar gut gemeint, aber dass Will seine Pritsche neben der seines Bruders hatte, bedeutete nicht, dass er ruhig schlafen konnte. Nein, er lag wach und sorgte sich. Er hatte noch keinen Weg gefunden, wie er seinem Vater eine Nachricht zukommen lassen konnte. Auch hatte er immer noch keine Ahnung, wie die »Belohnung«, aussah, die Graf Aubrey für ihn bereithielt. Immer wieder musste er daran denken, dass Lady Elaine ihm hätte raten können, was zu tun war, wäre sie nur da gewesen. Sie hätte ihm geholfen. Aber es war nicht an ihr, seine Probleme zu lösen. Sie hatte schon selbst genug. Und obwohl die Schlacht weit hinter ihm lag, so war doch die Erinnerung lebendig, vor allem bei Nacht.

Nur wenn Will auf dem Übungsfeld stand, fühlte er sich von seinen Sorgen befreit. Sein lebenslanger Traum von Ritterschaft war von dem, was er auf dem Schlachtfeld miterlebt hatte, besudelt worden. Er hatte zu viele Dinge gesehen, die mit Heldenmut und Ehre oder den Geschichten über König Arthur wenig zu tun hatten. Und doch war dies sein Weg. Selbst der Verrat seines Onkels hatte seinen Traum nicht zerstören können. Will war entschlossener denn je über den kleinen Hasen hinauszuwachsen und ein wahrer Ritter zu werden.

»Du solltest nach Wallingford reiten, damit dich Lady Margaret hochpäppelt«, meinte Schildkröte. »Wenn du isst, dann wirst du auch schlafen können und nicht mehr in Ohnmacht fallen wie eine Frau.«

»Wallingford!«, rief Will. »Genau!«

Warum war er nicht selber darauf gekommen? Sir Brian würde eine Nachricht für ihn nach Blindley Heath schicken. Aber wie und wann sollte er von hier wegkommen? Vom Morgengrauen bis zum Mittag war er im Krankenrevier tätig, nachmittags übte er bis zum Vespergottesdienst mit den anderen Pagen. Es gab keine Tageszeit, zu der man ihn nicht vermissen würde. Er musste Bruder Jocelyn um Erlaubnis bitten und John unbeaufsichtigt zurücklassen.

Will wartete, bis er mit dem Mönch alleine war.

»Bruder«, sagte er dann, »würdet Ihr mir freigeben, damit ich nach Wallingford reiten kann?«

»Ich kann Euch hier nicht entbehren, Hase. Das könnt Ihr doch gewiss verstehen.«

Bruder Jocelyn legte Mörser und Stößel beiseite und sah Will durchdringend an.

»Es ist Euch wichtig, habe ich Recht?«

»Ja, Bruder, ich *muss* nach Wallingford. Ich . . .«

»Nein, sagt es mir nicht«, bat Bruder Jocelyn. »Je weniger ich über Eure Angelegenheiten weiß, desto besser. Ich werde Schildknappe Oderic Nachricht zukommen lassen, ich bräuchte etwas Diptam aus Lady Margarets Kräutervorrat und er möge Euch und Schildkröte heute Nachmittag vom Unterricht befreien.«

»Danke, Bruder«, sagte Will. Doch nun musste er noch dafür sorgen, dass John während seiner Abwesenheit sicher war. »Bruder Jocelyn . . .«

»Was ist, Hase?«

»Es geht mir um meinen Bruder . . .«

»John Belet wird unter meiner Aufsicht stehen, bis Ihr wieder da seid«, versprach Bruder Jocelyn. »Sorgt Euch nicht um ihn.«

»Danke, Bruder, ich werde es beherzigen.« Will verneigte sich tief.

Als aus der Küche ihr Mittagessen gebracht wurde, wickelten Will und Schildkröte Brot und harten Käse in Tücher und gingen zu den Stallungen, um ihre Pferde zu satteln. Wills kleine Stute schnaubte zur Begrüßung und fraß gierig die Karotte, die er ihr mitgebracht hatte.

Sie nahmen ihre Reittiere hart heran und durchquerten schon bald das Torhaus von Wallingford. Man brachte sie in die Halle, wo Sir Brian über den Resten des Essens saß und mit seinen Männern sprach.

»Seid gegrüßt, Master Will!«, rief er. »Kommt her und setzt Euch zu mir!«

Man machte für Will Platz an der Haupttafel. Will errötete, als er die Blicke von Sir Brians Männern auf sich spürte. Sie mussten sich fragen, warum einem Jungen so eine Ehre zuteil wurde.

»Mein Dank, Sir Brian«, sagte Will. »Ich darf nicht lange bleiben. Man braucht mich auf der Burg.«

»Ja, damit Ihr Eure gute Arbeit fortsetzen könnt«, erwiderte Sir Brian. »Aber Ihr müsst etwas essen, während Ihr mir erzählt, was Euch zu uns führt. Ihr seid inzwischen sogar noch blasser als in Lincoln. Trinkt einen Becher Bier!«

Für Schildkröte wurde am Seitentisch zwischen den Rittern Platz gemacht. Während Sir Brian nach Speis und Trank für sie rief, sah sich Will nach Edith um. Möglicherweise war sie in den Privatgemächern oder rannte draußen auf den verschneiten Feldern herum.

Ein Page brachte Will einen Zinnbecher und ein voll gehäuftes Speisebrett mit Wild und gewürzten Äpfeln.

»Was führt Euch zu uns?«, erkundigte sich Sir Brian.

»Ich komme im Namen von Bruder Jocelyn, dem Infirmarius, um einen Gefallen von Lady Margaret zu erbitten«, sagte Will laut. Dann senkte er die Stimme und fügte hinzu: »Und im Namen der Belets von Blindley Heath erbitte ich einen Gefallen von Sir Brian.«

Sir Brian nickte. »Wie geht es Taroc, meinem Schildknappen?«

»Recht gut. Seine Wunden heilen und er wird schon bald seinen Dienst bei Euch wieder antreten können.«

»Und John Belet?«, fragte Sir Brian so leise, dass nur Will ihn hören konnte.

Will schüttelte den Kopf.

»Sobald Ihr Euch satt gegessen habt, sucht Ihr Lady Margaret auf, Ihr findet sie in den Wohngemächern. Sie wird für Euch tun, was immer Ihr braucht. Ihr könnt sie um *alles* bitten – für den Sohn des überaus tapferen Sir John Belet ist uns nichts zu viel. Und nun esst!«

Er schien mehr zu wissen, als Will ihm erzählt hatte. Und damit, dass er vor seinen Männern so lobende Worte für seinen Vater fand, gewährte er Will eine große Gunst –

fast war sie zu groß für jemanden, der dem Grafen von Oxford Lehnstreue schuldete. Will spießte ein Stück Fleisch mit seinem Messer auf. Zum ersten Mal seit dem Fest zum Dreikönigstag schmeckte ihm das Essen wieder. So griff er tüchtig zu und lauschte dabei den Männern, die über Kaiserin Matilda sprachen. Sie weilte gerade in London, um in der Stadt Unterstützung zu suchen.

»Mit ihrer Überheblichkeit verdirbt die Kaiserin alles, was wir für sie errungen haben«, meinte einer von Sir Brians Rittern.

»Ja, es sieht wirklich nicht gut aus«, bestätigte Sir Brian kopfschüttelnd. »Die Londoner werden sich nicht ihrem Hochmut beugen. Selbst König Stephen wusste sich zu benehmen, wenn er es mit dem Bürgermeister von London zu tun hatte.«

»Man sagt, sie hätte eine riesige Geldsumme von den Stadtbewohnern gefordert. Und jene, die sie in London erst willkommen hießen, sollen schon Pläne schmieden, um sie wieder loszuwerden.«

»Ja, Kaiserin Matilda hat eine Art, die der edlen und ersten Dame Englands nicht gut zu Gesicht steht«, bestätigte Sir Brian und leerte seinen Becher.

Zustimmendes Knurren erklang.

Will dachte an all die Toten von Lincoln. Sie hatten für die Kaiserin eine große Schlacht gewonnen und nun blieb nur zu hoffen, dass Matilda ihnen nicht den Sieg verdarb. Bei all diesen Gedanken war Will wieder einmal der Appetit vergangen. Als er Schildkröte einen Blick zuwarf, nickte dieser.

»Sir Brian«, sagte Will. »Ich danke Euch für Eure freundliche Aufnahme. Bitte erlaubt mir nun Lady Margaret aufzusuchen.«

»Unsere Gastfreundschaft ist Euch sicher, ebenso wie unsere Hilfe!«, erwiderte Sir Brian und griff nach Wills Hand.

Will und Schildkröte kletterten die steile Treppe zu den Wohngemächern hoch.

»Will! Schildkröte!«, rief Edith und warf ihren Hocker um, als sie aufsprang, um sie zu begrüßen.

Ihr Haar war unter einer Haube verborgen und trotz ihres Ungestüms wirkte sie noch damenhafter als bei den weihnachtlichen Festlichkeiten.

»Willkommen, Master Will«, rief Lady Margaret von ihrem Webstuhl her. »Ich freue mich, dass Ihr eine Möglichkeit fandet, uns zu besuchen. Bringt Ediths Hocker her und setzt Euch zu mir!«

»Ich komme im Auftrag von Bruder Jocelyn«, sagte er. »Könnt Ihr etwas von Eurem Diptam entbehren? Den könnten wir gut gebrauchen für die fiebernden Männer.«

»Gewiss«, erwiderte Lady Margaret. »Edith, hol mir meine Arzneitruhe!«

»Mache ich«, sagte Edith. »Aber redet über nichts Interessantes, bevor ich zurück bin! Torrence, willst du mir helfen? Die Truhe ist schwer.«

Schildkröte folgte ihr schweigend aus dem Raum. Als sie gegangen waren, sprach Will in Lady Margarets Ohr.

»Ich für meinen Teil habe auch einen Gefallen zu erbitten«, flüsterte er.

Lady Margaret fuhr nickend mit ihrer Webarbeit fort und veranstaltete so ein Geklapper, dass es Wills Worte übertönte.

»Mein Bruder John muss unbedingt nach Blindley Heath zurück. Ich . . . ich fürchte . . . ich muss meinem Vater Nachricht schicken, er soll ihn holen kommen.«
Lady Margaret nickte und ließ ihre Webarbeit im Stich, da Edith und Schildkröte gerade mit der Truhe beladen wiederkamen.
»Beeil dich!«, sagte Edith zu Will. »Und dann kommst du dir die Welpen ansehen. Für zwei von ihnen musst du einen Namen finden.«
»Ich bin noch nicht ganz fertig mit Master Will«, wehrte Lady Margaret lachend ab. »Ich möchte, dass er ein paar Worte an Simon für mich schreibt.«
Sie erhob sich vom Webstuhl und führte Will zu ihrer Kleiderkammer am anderen Ende des Raumes. Edith folgte mit Schildkröte auf den Fersen. Lady Margaret brachte Will einen Schreibkasten, eine Feder und einen Bogen Pergament.
Edith zündete eine Fackel an und befestigte sie in der Nähe von Will an der Wand.
»Schreib Simon, er solle mir ein Bild von Godstone zeichnen«, bat sie. »Und dann schreibst du ihm . . .«
»Edith!«, mahnte Lady Margaret. »Lass Will in Ruhe!«
»Tut mir Leid.« Damit trat Edith zurück in die Schatten.
Jetzt, wo die Gelegenheit da war, wusste Will nicht so recht, was schreiben. Er musste genug schreiben, damit Sir John rasch nach Oxford kam, aber nicht so viel, dass es Schwierigkeiten gab, falls der Brief in die falschen Hände geriet. Er würde den FitzCounts einen schlechten Dienst erweisen, sollte ihnen aus ihrer Hilfe Unheil erwachsen. Er tauchte die Feder in die Tinte und begann.

Sir John Belet von Blindley Heath, Surrey
Geehrter Vater,
bitte kommt so schnell wie möglich nach Oxford. John geht es nicht gut und er braucht Euch.
Euer gehorsamer Sohn,
Will

Will unterstrich »braucht Euch«, seufzte tief und versiegelte das Blatt mit heißem rotem Wachs.
Bevor ihn Edith mit sich ziehen konnte, trat Lady Margaret zu ihm und nahm den Brief entgegen. Gleichzeitig zog sie einen anderen aus ihrem Ärmel und reichte ihn Will. Er trug Lady Elaines Siegel.
»Lest ihn, wenn Ihr alleine seid«, flüsterte Lady Margaret, »und dann vernichtet ihn sofort.«
Am liebsten hätte Will gleich das Siegel gebrochen, stattdessen steckte er den Brief mit zitternden Händen unter seinen Rock.
»Und jetzt gehört er mir!«, verkündete Edith. »Schildkröte, du kommst ebenfalls mit.«
Bevor sie ihn die Treppe hinunterzog, wandte sich Will noch einmal an Lady Margaret.
»Mein Dank an Euch und Sir Brian.«
»Die guten Bande zwischen unseren Familien reichen bis in die Zeit Herzog Williams zurück und darüber hinaus«, sagte Lady Margaret. »Wir werden alles tun, was in unserer Macht steht, um zu helfen.«
Will verneigte sich und folgte Edith und Schildkröte die Treppe hinunter. Die Halle war verlassen, abgesehen von zwei an Knochen nagenden Jagdhunden.

»Die Welpen sind die meiste Zeit hier drinnen«, erzählte Edith und ging zum Gelass des Kellermeisters. »Da kann ihnen nichts passieren. Aber wenn ihr wollt, können wir sie nach draußen bringen zum Spielen.«

»Wir können nicht lange bleiben«, sagte Will. »Ich wollte, wir könnten es. Ich wollte, wir hätten Zeit zum Eislaufen.«

Edith zuckte die Achseln.

»Da kann man nichts machen«, antwortete sie. »Nächstes Mal.«

Als sie die Tür des Gelasses öffnete, stürzten sich sechs kläffende Welpen auf sie.

»Vater sagt, es wären die besten Jagdhunde, die er jemals gezüchtet hat.«

Edith kniete sich hin und ließ die Kleinen auf ihr Gewand krabbeln und sie mit ihren rosafarbenen, nassen Zungen küssen. Sie waren größer, als Will erwartet hatte. Aber seit ihrem letzten Besuch auf Wallingford war Zeit vergangen, so vieles war passiert.

»Hier.« Edith hielt zwei zappelnde Hündchen hoch. Das eine war gelbbraun, das andere weiß mit schwarzen Flecken. »Wie wirst du die beiden nennen?«

Will kniete sich auf die Binsen. Die Kleinen wedelten nicht nur mit ihren dicken kleinen Schwänzen, nein, der ganze Körper wackelte mit. Will lachte und reichte Schildkröte das Gefleckte.

»Ich kann nur eines nehmen«, sagte er.

»Vater hat gesagt, du hättest mit deiner Heilkunst viele Männer gerettet«, meinte Edith. »Er ist stolz dich seinen Freund zu nennen. Die beiden Welpen sind sein Geschenk an dich.«

Will spürte, wie ihm das Blut ins Gesicht schoss.
»Das ist zu viel!«, protestierte er. »Ich kann doch nicht ...«
»Für den Augenblick werden wir sie noch behalten«, fuhr Edith fort. »Aber trotzdem gehören sie von jetzt an dir.«
Will hatte noch nie einen eigenen Hund besessen. Und jetzt hatte er zwei. Zu viel. Er blickte zu Schildkröte hinüber, der gerade den Gefleckten liebkoste.
»Ich hoffe, dein Vater ist nicht gekränkt, Edith«, sagte Will. »Aber zwei Hunde sind mir zu viel. Den Gefleckten schenke ich Schildkröte.«
Torrence warf Will einen verdutzten Blick zu. Ausnahmsweise einmal war es Will gelungen, ihn zu überrumpeln. Und dann, zum allerersten Mal, überzog ein richtiges Lächeln Schildkrötes Gesicht.
»Und wie wollt ihr sie nun nennen?«, fragte Edith.
Schildkröte hob sein zappelndes Hündchen hoch.
»So ein hübsches kleines Mädchen«, sagte er. »Ein bisschen wild. Aber ich kann mir denken, wo sie das herhat.«
Schildkröte warf Edith von der Seite einen Blick zu und Will lachte.
»Wildfang«, sagte Schildkröte. »Wildfang werde ich sie nennen.«
Edith machte schmale Augen und warf dem immer noch lachenden Will einen Blick zu, der ihn zum Verstummen brachte.
»Nun ... äh ... dieses kleine Ungetüm wird ein mächtiger Anführer sein unter den Hunden.« Will hielt das weiche Tierchen hoch. »Ich taufe dich hiermit auf den Namen Uther Pendragon.«

Der Welpe wählte genau diesen Augenblick, um seine Blase zu entleeren. Fast hätte ihn Will fallen gelassen.
»Ha!«, machte Schildkröte. »Er zeigt schon jetzt, dass er ein echter Kerl ist!«
Alle lachten. Edith brachte Will ein Tuch, damit er seinen Rock abtrocknen konnte. Und dann war es Zeit zum Aufbruch.
Als sie auf dem Burghof Sir Brian begegneten, ließ sich Will vor ihm auf die Knie sinken.
»Ihr habt mir eine große Ehre erwiesen mit Eurem Geschenk«, sagte er. »Möge ich mich würdig erweisen.«
Sir Brian lächelte und bedeutete ihm, er solle sich erheben.
»Vorerst wird sich Edith um die Welpen kümmern«, sagte er. »Kommt her, so oft Ihr könnt, um ihr Einhalt zu gebieten, sonst werden Eure Hunde nichts als Dummheiten im Kopf haben.«
Ihre Pferde standen schon bereit zur Rückkehr. Auf dem langen, kalten Ritt hielt Will die wärmende Erinnerung an das zappelnde Hündchen wach, obwohl der Brief unter seinem Rock ihn schier verbrannte. Wären sie nicht so schnell geritten, hätte er ihn unterwegs gelesen. Nein. Er musste auf einen Augenblick warten, wo er ganz alleine war. Seine Lady war fortgegangen, aber sie hatte ihn nicht vergessen. Da, gegen sein Herz gedrückt, ruhten Worte von ihrer Hand. Egal, was Lady Margaret ihm aufgetragen hatte, Lady Elaines Brief würde er niemals zerstören können.
John hatte sich auf seiner Pritsche aufgesetzt, als Will zurückkehrte. Es war ihm gut ergangen unter Bruder Joce-

lyns Pflege, obwohl er sehr erleichtert schien, als er Wills ansichtig wurde. Will flüsterte ihm ins Ohr: »Sir Brian wird eine Nachricht nach Blindley Heath schicken.«

John legte sich auf seine Pritsche zurück und lächelte. »Dann wird alles gut«, sagte er.

Erst spät in dieser Nacht fand Will Gelegenheit, an Wallingford, Sir John oder Lady Elaine zu denken. Als alle schliefen, verließ er seine Pritsche, um im roten Leuchten der schwelenden Glut Lady Elaines Brief zu lesen.

Master William Belet

Mein lieber Will,

vergib mir, dass ich weggegangen bin, ohne mich zu verabschieden. Nachdem mein Gemahl mir sein Wohlwollen entzogen hat, kann ich nicht länger in Oxford bleiben. Nun hoffe ich, dass meine Abreise den Söhnen meines Vetters einen sichereren Aufenthalt auf der Burg gewährleistet. Versprechen kann ich es nicht, doch denke ich, dass der Graf von nun an den Belets von Blindley Heath Gerechtigkeit widerfahren lassen wird. Sei jedoch trotzdem auf der Hut vor ihm!

Solltest du jemals meine Hilfe brauchen, so wird Lady Margaret mir Nachricht geben.

Wie immer deine dich liebende

Lady Elaine

Will schlug das Herz bis zum Hals, als er den Brief wieder zusammenfaltete. Kein Wunder, dass ihm Lady Margaret aufgetragen hatte, ihn zu vernichten. Sollte er in die Hände des Grafen fallen . . . Will schauderte und ließ ihn in die Glut fallen. Er flammte rasch auf und war schon kurz darauf zu Asche geworden – der Brief, den er als Andenken an sie hatte behalten wollen. Aber nur aus diesem Wunsch heraus Lady Elaines Sicherheit aufs Spiel setzen, das durfte er nicht. Wie meinte sie das, durch ihr Weggehen seien er und John sicherer auf der Burg? So verstohlen, wie Will seine Pritsche verlassen hatte, suchte er sie wieder auf. War es richtig, dass er nach Sir John geschickt hatte? Würde es der Graf nicht als eine Beleidigung auffassen? Würde die Gefahr für sie alle nur noch größer werden?

Schließlich schlummerte Will ein, doch ein ruhiger Schlaf war ihm nicht beschieden.

Ein langer Sommer

Will wartete täglich auf Nachricht von Sir John, obwohl es mehrere Tage dauern würde, bis ein Bote nach Blindley Heath und wieder zurückgeritten war. Was, wenn sich sein Vater überhaupt nicht in Blindley Heath aufhielt und somit die Nachricht auch nicht erhalten hatte? Was würde in so einem Fall seine Mutter tun? Sie hatte auch so schon genug Sorgen. John schien mit jedem Tag ruhiger zu werden, Will dagegen wurde immer unruhiger. Er wagte es nicht, dem Blick des Grafen zu begegnen, aus Angst, Lady Elaines Geheimnisse preiszugeben oder seine eigenen.
Und dann, zehn Tage nach Wills Besuch in Wallingford, kam Sir John mit Peter von Redvers und einer gut bewaffneten Eskorte auf die Burg geritten. Will war so froh, dass er fast in Tränen ausgebrochen wäre. Auch John ging es gleich viel besser. So wach und entspannt wie jetzt war er seit der Schlacht von Lincoln nicht mehr gewesen.
Der Graf zeigte keine Verwunderung, als Sir John eintraf. Nein, wenn man sich ansah, wie angetan er sich zeigte von dem Plan, John nach Blindley Heath zurückzubringen, hätte man meinen können, es sei seine Idee gewesen, Sir John herzuholen. Sir John seinerseits ließ sich keine Verwunderung darüber anmerken, dass Lady Elaine die Burg verlassen hatte. Ob sie ihm wohl eine Nachricht hatte zukommen lassen? Hatte der Graf schon längst von Wills Brief nach Blindley Heath gewusst? Oder waren beide Männer

so geübt darin, ihre Gefühle zu verbergen, dass nichts sie darin zu erschüttern vermochte?
In den zwei Tagen, die Sir John auf Burg Oxford verbrachte, war Will nur ein kleiner privater Augenblick mit ihm vergönnt. Den verwundeten Männern ging es viel besser und Bruder Jocelyn hatte Will Urlaub erteilt, damit er mit seinem Vater und den Männern des Grafen auf die Falkenjagd gehen konnte. Ein sanfter Wind rührte die Bäume und brachte einen Hauch Frühling mit sich. Bald würden wieder die Felder gepflügt werden. Da und dort stachen die grünen Schösslinge von Schneeglöckchen durch den Winterteppich des trockenen Laubs.
Unterwegs führte Sir John seinen Sohn etwas abseits. Dort unterhielten sie sich rasch und im Flüsterton.
»Du könntest mit mir nach Blindley Heath zurückkehren«, schlug Sir John vor.
Konnte er das? Es wäre so einfach, nach Hause zurückzukehren, alle Sorgen und Ängste, die ihm hier aufgeladen worden waren, hinter sich zu lassen. Aber wenn er Burg Oxford jetzt verließ, würde er noch etwas anderes hinter sich lassen. In den langen Jahren seiner Erkrankung und sogar noch davor hatte er stets davon geträumt, Ritter zu werden. Wie konnte er diesen Traum nun so einfach verraten? Er würde hier bleiben, dem Grafen zum Trotz. Er würde Lady Elaine einen Beweis seiner Stärke geben.
»Wenn ich die Burg verlasse, werde ich nie ein Ritter werden«, sagte Will.
»Es gibt noch andere Straßen, die in diese Richtung führen.«
»Käme es nicht einem offenen Bruch mit dem Grafen

gleich, wenn ich nun ebenfalls ginge?«, wollte Will wissen.
Sir John schwieg einen Augenblick. Dann räusperte er sich.
»Es wäre das Beste, du bliebest«, bestätigte er. »Und ich glaube auch, dass du jetzt nichts mehr zu befürchten hast.«
»Dasselbe hat mir Lady Elaine in ihrem Brief geschrieben«, sagte Will.
»Ja?«
Will spürte, dass er errötete.
»Ja«, bestätigte er. »Aber ich habe nicht verstanden, was sie damit meinte.«
Sir John beugte sich über sein Pferd und sprach in Wills Ohr.
»Während du unter der Obhut des Grafen bist, ist sein Sohn unter der Obhut des Erzbischofs von Wells.«
»Als Geisel?«
»Pssst!«
»Aber Lady Elaine würde niemals zulassen, dass jemand zu Schaden kommt.«
»Natürlich nicht.« Sir John nickte. »Doch da ist sich der Graf ihrer nicht gewiss, weil er selbst nicht zögern würde jemandem Schaden zuzufügen, wenn es seinen Zielen dient.«
So fiel seine Heimtücke auf ihn selbst zurück.
»Will«, fuhr Sir John mit sanfter Stimme fort. »Was kannst du mir vom Tod meines Ritters d'Artois erzählen? Johns Geschichte war ganz wirr.«
Obwohl Will gewusst hatte, dass dieser Moment kommen

würde, war er immer noch nicht bereit von der Schlacht zu Lincoln zu sprechen. Tränen brannten in seinen Augen und er blinzelte sie weg. Als Sir John ermutigend nickte, schluckte Will und begann.

»Vier Söldner haben John attackiert. Während d'Artois sie niederkämpfte, stürzte sich ein Ritter auf ihn und versetzte ihm einen tödlichen Schlag. Ich hätte die beiden von Anfang an begleiten sollen! Ich hätte etwas tun sollen! Lady Elaine hat mir aufgetragen auf John aufzupassen! Ich hätte John viel früher helfen sollen, dann wäre d'Artois noch am Leben!«

»Aber du hast ihm doch geholfen!«, widersprach Sir John und legte schwer die Hand auf Wills Schulter. »Du und Torrence von Cornwall, ihr habt John *gerettet!* Und wenn Lady Elaine sagte, du solltest auf John aufpassen, dann hat sie damit nicht gemeint, du solltest an der Schlacht teilnehmen. Du hast mehr getan, als man von einem Jungen erwarten würde. Ich bin stolz dich als Sohn zu haben!«

Will hörte die Worte seines Vaters und freute sich. Aber sie änderten nichts. Die Schlacht von Lincoln hatte es ihm gezeigt: Er war immer noch der kleine Hase. Es gab nichts, was daran etwas hätte ändern können.

Am nächsten Tag brach John mit seinem Vater nach Blindley Heath auf und Will blieb auf Burg Oxford zurück. Er hatte seinem Bruder einen langen Brief an Lady Alice mitgegeben, in dem er ihr vor allem für die Fertigkeiten dankte, die sie ihm vermittelt hatte. Von den schrecklichen Dingen, die er gesehen hatte, sprach er nur wenig. Möglich, dass eine lange Zeit verstreichen würde, bevor er ihr wieder Nachricht zukommen lassen konnte.

Kurz darauf scharte Graf Aubrey fast all seine Männer um sich und brach auf, um eine Reihe von Besuchen zu machen und seine Ländereien im Grenzland zu inspizieren. Er nahm den gesamten Haushalt mit – Köche, Schreiber, Jäger, Jagdhunde und Falken. All das ergab einen Tross, der seinen Zug bei der Schlacht von Lincoln weit in den Schatten stellte.

Will und Schildkröte wurden mit der kleinen Garnison zurückgelassen, die Burg Oxford bewachen sollte. Die in der Schlacht Verwundeten brauchten keine ständige Pflege mehr, weshalb Bruder Jocelyn in das Kloster von Osney zurückkehrte.

Will und Schildkröte hätten nun ihre Pflichten als Pagen wieder aufnehmen können, aber da sich auf der Burg keine Edelleute mit ihren Damen mehr aufhielten, gab es für einen Pagen nur wenig zu tun. Es war eine Schande, zurückgelassen zu werden. Alle anderen Jungen waren mit Graf Aubrey unterwegs. Abgesehen von Will, Schildkröte und der Garnison blieben nur Unfreie und Gesinde zurück. Auf dem Hof fanden, unter Anleitung eines Knappen der Wache, weiterhin tägliche Waffenübungen statt. Will arbeitete hart. Aber die Wut, die ihn kurz nach ihrer Rückkehr aus Lincoln angetrieben hatte, war weitgehend verraucht. Dafür konnte er sich jetzt besser auf seine Fähigkeiten konzentrieren. Er stellte fest, dass er seine mangelnde Kraft durch die Art und Weise, wie er das Breitschwert hielt, ausgleichen konnte, ebenso wie durch die zeitliche Abstimmung, wenn er es führte. Und misslang ihm ein Pfeilschuss, konnte er fast hören, wie ihn d'Artois zurechtwies. Dann lauschte er der Geisterstimme und der nächste Pfeil traf ins Ziel.

Häufig hatten sie Gelegenheit, nach Wallingford zu reiten. Die Tage wurden länger und wärmer. Der Frühling breitete einen Teppich aus zartem Grün über das Land. Sie jagten mit den Welpen über die blühenden Hügel und durch die duftenden Wäldchen von Wallingford. Uther versprach seinem berühmten Namen alle Ehre zu machen und zeigte die Geschwindigkeit und die Kraft, die er als Jagdhund brauchen würde. Auch Wildfang stand ihrem Namen nicht nach und legte unerschöpfliche Ausdauer an den Tag. Obwohl Dame Emma schimpfte, rannte Edith ebenso ungehindert umher wie die Welpen und oft war sie es, die vorauslief.

Will und Schildkröte waren stets willkommen in Sir Brians Halle, wo sie sich bei ihren Besuchen immer eine Weile aufzuhalten pflegten, um die Neuigkeiten zu erfahren, die es im Land gab. Eines Nachmittags im Mai brachte Sir Gregory von Seherborne, der aus dem Westen kam, Kunde von den neuesten Ereignissen.

»Der Bischof von Winchester, König Stephens *eigener* Bruder, hat sich vom König losgesagt und Kaiserin Matilda und Graf Robert die Stadt Winchester übergeben!«

Winchester, Schatzkammer und Königssitz! Hielt Matilda Winchester, war sie in der Tat die Regentin Englands.

»Ein wirklicher Glücksfall für die Kaiserin und den jungen Prinz Henry«, sagte Sir Brian. »Das muss man sich vorstellen! Der eigene Bruder wendet sich gegen ihn!«

»Kaum in der Burg angelangt, hat sie die Krone verlangt.«

Sir Brian lachte und schüttelte den Kopf.

»Sie verliert keine Zeit, unsere Lady!«

»Doch an diesem Punkt nimmt meine Geschichte eine

schlechte Wendung«, fuhr Sir Gregory fort. »Denn nun kam Königin Maude, Stephens Gemahlin, und nahm die Stadt unter Belagerung!«
Will hörte das erste Mal von Königin Maude. Sie schien nicht minder eindrucksvoll zu sein als die Kaiserin.
»Und wie steht es jetzt?«, wollte Sir Brian wissen.
»Schlecht«, gab Sir Gregory zur Antwort. »Der Graf von Chester hat vergessen, was er Graf Robert schuldig ist und rührt keinen Finger, um ihm zu Hilfe zu kommen. Graf Aubrey, wie ihr wisst, kämpft an der schottischen Grenze um seine Besitzungen in Cumberland.«
Sir Gregory holte tief Luft und alle warteten schweigend ab, wie die Geschichte weiterging.
Sir Brian warf Will einen eindringlichen Blick zu. Graf Aubrey war offensichtlich nicht bereit, seine eigenen Ländereien aufs Spiel zu setzen, um der Lady von England zu helfen.
»Ich habe gehört, dass der Graf von Surrey gerade Truppen aushebt, um nach Winchester zu ziehen und Matilda zu befreien.«
Wieder sah Sir Brian Will an. Ja, er hatte verstanden. Sein Vater würde mit den Edelmännern aus Surrey reiten, unter dem Banner des dortigen Grafen.
»Dann werde ich mit ihnen gehen!«, rief Sir Brian und schlug mit der Faust auf den Tisch.
Genau das hätte Will gern gesagt und getan. Aber ohne die Erlaubnis des Grafen konnte er Oxford nicht verlassen. Und dieser hatte ihn in der fast menschenleeren Burg zurückgelassen, wo es nichts für ihn zu *tun* gab. Jetzt endlich verstand Will, wie die Belohnung aussah, von der der Graf

gesprochen hatte. Das musste es sein! Man würde Will nichts zu Leide tun; man würde ihn nicht fördern; man würde ihn zurücklassen, vielleicht für immer. Der Graf war nicht verpflichtet ihm das Vorankommen zu ermöglichen. Er konnte dafür sorgen, dass er Page oder Schildknappe blieb, bis er einen grauen Bart hatte. Er konnte dafür sorgen, dass Will nutzloser war als der niedrigste Leibeigene.

Es brauchte eine Woche, bis Sir Brian mit einem Großteil seiner Männer aufbrach, um sich den Truppen von Surrey anzuschließen. Bald danach zog sich Lady Margaret mit Edith und ihren Gesellschaftsdamen in die Abtei Woburn zurück, was man für sicherer hielt, als nur mit einer kleinen Wache in Wallingford zu bleiben.

Wäre Will, als es ihm sein Vater angeboten hatte, mit nach Blindley Heath zurückgekehrt, wäre er nun mit Sir John und den Edlen aus Surrey auf dem Weg nach Westen. Selbst wenn man ihn nicht hätte mitkämpfen lassen, so hätte er doch helfen können die Verwundeten zu verarzten, die Pferde zu versorgen oder die Kämpfer zu verpflegen. Alles wäre besser als der lange, leere Sommer, der vor ihm lag.

Wenn nur Edith dageblieben wäre! Arme Edith. Eingeschlossen in die Abtei würde auch sie einen langweiligen Sommer verleben. Bei ihrem Abschied hatte sie es herunterzuspielen versucht.

»Oh, ich werde den guten Schwestern eine Plage sein«, sagte sie. »Vielleicht fordern sie uns auf zu gehen.«

Sie sagte es lachend, aber ihre Augen waren schon überschattet von den hohen Mauern der Abtei.

Als Edith fort war, blieben nur Schildkröte und die Hunde

übrig. Wildfang und Uther Pendragon zogen nun auf der Burg ein. Uther schlief am Fuß von Wills Pritsche auf dem Fußboden, doch es kam oft vor, dass Will nachts erwachte und der Hund an ihn geschmiegt neben ihm lag. Es mochte lächerlich sein, das Bett mit einem Hund zu teilen. Aber Will verjagte ihn nie. Welche Vereinbarungen Lady Elaine auch immer mit ihrem Gemahl getroffen haben mochte, Will fühlte sich sicherer, solange Uther neben ihm lag.

Wenn Will die Zeit auf der Burg zu lang wurde, besuchte er Bruder Jocelyn in der Priorei. Der Infirmarius war immer froh über ein Paar zusätzliche Hände und Will lernte viel von ihm in diesem Sommer. Wenn kein Kranker sie brauchte, ließ Bruder Jocelyn Will das dicke, in Kalbsleder gebundene und mit Goldschnitt versehene Kräuterbuch studieren, das von allen Heilkundigen seit der Gründung der Abtei ergänzt worden war. Das Studium der gelehrten Texte regte Will dazu an, seine Lateinlektionen wieder aufzunehmen, denn es gab vieles in dem Buch, was er nur mit großer Mühe verstehen konnte.

Schildkröte wich weiterhin nicht von seiner Seite, obwohl seine Aufmerksamkeit nun vor allem Wildfang und deren Abrichtung galt, sowie den bunten Bällen, mit denen er unentwegt jonglierte. Schildkröte selbst bewegte sich dabei nur wenig, aber immer mehr Bälle wirbelten vor ihm durch die Luft.

Ein stickiger Tag folgte auf den anderen, begleitet vom Summen der Bienen und dem stetigen Geräusch der Hacken, mit denen die Leibeignen in den Gärten und auf den Feldern arbeiteten. Will dümpelte durch die trägen Tage von Juli und August, stets begleitet von dem hechelnden

Uther. Er übte sich so hart wie eh und je in den Ritterkünsten, aber er hätte geradeso gut den ganzen langen Sommer verschlafen können. Das Einzige, was ihn aus seiner Lethargie riss, waren die Neuigkeiten, die er im Kloster von Osney erfuhr.

Bettelmönche, Boten, die zu den mächtigen Herren Englands unterwegs waren, Ritter, Damen und Pilger, Jung und Alt machten auf ihren Reisen in der Abtei Halt. Jeder hatte eine Geschichte zu erzählen. Wenn Will Bruder Jocelyn lang genug quälte, teilte er manchmal die Neuigkeiten mit ihm. Aber Wills beste Quelle war Bruder Theodore, der dem Abt bei Tisch aufwartete und auch die kleinste Neuigkeit, die seiner Wege kam, in seinem Gedächtnis speicherte.

»Die Lady von Leicester weigert sich sich wieder zu vermählen, obwohl der König es ihr befohlen hat. Der Edelmann, dem man ihre Hand *und ihre Ländereien* versprach, hat es vor den Bischof gebracht. Und er wird . . .«

»Was ist mit Winchester?«, unterbrach Will. »Was kommen von dort für Neuigkeiten?«

»Keine guten«, antwortete Theodore. »Man sagt, die Leute dort würden verhungern. Sie haben schon alle Hunde aufgegessen und mit den Pferden angefangen.«

Will tätschelte Uthers Kopf.

»Im Schutz der Nacht werden einige Lebensmittel nach drinnen geschmuggelt. Aber es reicht nicht aus.«

An einem anderen Tag Anfang August waren die Nachrichten ermutigender.

»Graf Aubrey de Vere hat in Cumberland den Sieg davongetragen. Er reitet nun nach Süden, um der Kaiserin und Graf Robert zu Hilfe zu kommen.«

Aber bis Mitte August hatte sich das Blatt wieder gewendet.
»Graf Robert von Gloucester ist von Königin Maudes Truppen gefangen genommen worden!« Bruder Theodore war atemlos.
»Was? Ist Winchester gefallen?«
»Nein. Kaiserin Matilda und Graf Robert haben versucht aus der verhungernden Stadt zu fliehen!« Bruder Theodore bebte. »Graf Robert hat sich geopfert, damit der Kaiserin die Flucht gelang.«
Nun hatte Kaiserin Matilda ihren Vorteil und den des Prinzen verspielt. Die weisesten unter den Edlen des Reiches kamen zusammen, um über den Austausch der Gefangenen zu verhandeln. König Stephen und Graf Robert wurden freigesetzt. Da der König sich nun wieder auf freiem Fuß befand, hatte die Kaiserin diese einmalige Gelegenheit vertan.
Alles, was durch die Schlacht von Lincoln gewonnen worden war, die vielen Opfer, alles war vergebens gewesen. Denn solange Stephen England regierte, lebte das Land im Elend.
Sir John schickte Will Nachricht, es ginge ihm gut und er sei auf dem Rückweg nach Surrey. Von Somerset hörte man nichts.
Es schien, als wolle dieser Sommer niemals enden. Und dann, eines Septembertages, kam ein kühler Wind aus dem Westen auf – und mit ihm kamen verblüffende Nachrichten. Graf Aubrey de Vere kehrte nach Oxford zurück, in Begleitung von Kaiserin Matilda!

Die Gaukler

Der Haushalt des Grafen kehrte fünf Tage vor ihm nach Oxford zurück, um die Burg für die Ankunft der Kaiserin vorzubereiten. Will wurde von der allgemeinen Aufregung erfasst. Jetzt wurde er wieder zum Pagen. Auf der ganzen Burg legte man frische Binsen aus, Teppiche wurden im Hof ausgeklopft und an den frisch gekalkten Wänden wieder aufgehängt. Alle kostbaren Gegenstände wurden auf die Burg zurückgeschafft. Die in diesem langen, staubigen Sommer so gespenstischen Hallen erwachten zu neuem Leben.

Für Will war es eine Erleichterung, aus dem Schlummer dieses Sommers zu erwachen und wieder teilzunehmen am Treiben auf der großen Burg, wieder teilzuhaben an den großen Ereignissen des Landes. Doch galt die ganze Aufregung ja dem heimkehrenden Grafen, der den Belets sicherlich noch immer dieselbe Feindseligkeit entgegenbrachte wie eh und je. Ohne Zweifel gelüstete ihn immer noch nach Blindley Heath. Und Will hegte so seine Zweifel, ob Lady Elaines Aufenthalt in Somerset immer noch die Macht hatte, den Grafen von Oxford im Zaum zu halten. Nicht dass Will daran etwas hätte ändern können. Er konnte nur seinen Pflichten nachgehen und sich weiterhin Sorgen machen. Ein Glück, dass er dazu nur wenig Zeit fand.

»Hase! In die Küche! Zum Turm! In die Gärten! . . .« So ging es den ganzen Tag bis in die Nacht hinein, sodass Will noch in seinen Träumen Befehle hörte. Und ebenso oft hörte er in diesen Träumen eine warnende Stimme, die große Ähnlichkeit hatte mit der von d'Artois: »Hase, sieh dich vor! Der Graf kehrt zurück – nimm dich in Acht!«

Die Kaiserin sollte in Lady Elaines Gemächern wohnen. Lady Marle war mit dem Gepäck vorausgereist und stellte sicher, dass alle notwendigen Vorkehrungen getroffen wurden.

»Nein! Nein! NEIN!«, rief sie etwa. »Ihr habt die Vorhänge am Bett verkehrt herum angebracht!«

Schildkrötes Augen blitzten kurz auf. Eigentlich war es gemein von ihm, Lady Marle so zu necken. Sie war sowieso schon ganz aus dem Häuschen und brach bei jeder Kleinigkeit in Tränen aus. Die Einrichtung der Kaiserin war weit prächtiger als alles, was Will jemals gesehen hatte. Und doch fand Will, als alles zu Lady Marles Zufriedenheit hergerichtet war, die Räume unordentlich und hässlich.

Oft hielt Will mitten in der Arbeit inne, um sich ins Gedächtnis zurückzurufen, dass schon bald die erste Dame Englands auf der Burg sein würde. Vielleicht fand sich ein Weg, ihr einen besonderen Dienst zu erweisen. Vielleicht konnte er England einen Dienst erweisen, indem er seiner Herrin beistand. Wenigstens war er jetzt wieder in eine Rolle eingebunden. Diesmal wurde er nicht zurückgelassen oder von den Ereignissen draußen in der Welt abgeschnitten. Die Aufregung, die ringsum herrschte, ergriff auch von ihm Besitz. Die Kaiserin kam!

Will arbeitete Seite an Seite mit den anderen Pagen. Alle waren zurückgekehrt, mit Ausnahme von Hubert, der im Norden begraben lag. Obwohl es Will gegenüber nicht angesprochen wurde, war an ihren ernsten Mienen abzulesen, dass alle ihre Blutstaufe hinter sich hatten. Im Übrigen blieben sie jedoch für sich und hatten wenig mit Will zu tun. Keiner sagte etwas wegen Wildfang oder Uther Pendragon. Will hätte sich einen dritten Arm wachsen lassen können und niemand hätte es gemerkt. Die Unterkünfte waren wieder voll belegt, aber mehr als jemals zuvor war Will auf sich alleine gestellt.

Am Tag vor der erwarteten Ankunft des Grafen befand sich Will zufällig auf der Brustwehr, als sich unter Bannern, deren Farben Will nicht erkannte, eine große, gut bewaffnete Gruppe der Burg näherte.

»Wer kommt da?«, fragte er die Wache.

»Bei meiner Seele! Das ist Lady Elaine mit ihrem Geleit aus Somerset!«

Will machte einen langen Hals. Tatsächlich! Umringt von ihren Damen und stolzen Rittern auf Schlachtrössern, saß Lady Elaine auf einem weißen Zelter. Sie war in einen Umhang in der Farbe von frischem Frühlingsgrün gehüllt. Will stand wie versteinert auf der Mauer. Sie kam wieder! Aber wie war das möglich? Hatte sie nicht geschrieben, der Graf habe ihr sein Wohlwollen entzogen und es sei zu gefährlich für sie auf Burg Oxford? Wie konnte sie sich wieder in seine Hände begeben? Aber wie frohlockte doch Wills Herz, dass sie wiederkam!

»Steht nicht da und glotzt wie ein Bauerntölpel! Sagt auf der Burg Bescheid: Lady Elaine kehrt zurück!«

Will blieb noch einen Augenblick und hob seine Hand zum Gruß. Und es sah so aus, als würde seine Lady die Augen heben und ihr Blick den seinen treffen.

»BEWEGT EUCH!«, brüllte der Wächter und gab Will einen Fußtritt.

Zuerst wollte ihm keiner glauben. Giselle, die Köchin, verpasste ihm eine Kopfnuss.

»Erzählt mir keine Lügengeschichten!«, rief sie. »Wo ich doch so viel zu tun habe!«

Aber bis Lady Elaine mit ihrer Eskorte aus Somerset durchs Torhaus ritt, hatte sich das ganze Gesinde zu ihrer Begrüßung draußen versammelt, ebenso wie die Leibeigenen und Kleinbauern, die ihre Arbeit liegen ließen und der Reisegruppe auf den Burghof folgten, um ihre Herrin zu Hause willkommen zu heißen.

Die Ritter von Oxford verbeugten sich tief, während Lady Elaines eigene Ritter ihr und ihren Damen von den Pferden halfen. Die Kinder wurden aus dem Wagen gereicht, in dem sie gesessen hatten. Manch einer des Gesindes rannte herbei, um den Saum von Lady Elaines Gewand zu küssen. Uther und Wildfang sprangen umher und kläfften vor Erregung. Sogar Giselle hatte sich auf die Knie sinken lassen und weinte. Lady Elaine lachte, begrüßte alle beim Namen und tätschelte die zerlumpten Kinder, die sie umtanzten. Dass sie eine staubige, ermüdende Reise hinter sich hatte, war ihr nicht anzusehen.

Mit Lady Elaine kamen die Lieblichkeit und die Schönheit des Frühlings. Der Saum ihres seidenen Rocks wischte den spätsommerlichen Dunst und Staub beiseite und sie gab der Burg die Seele zurück. Alle freuten sich sie zu sehen, doch keiner mehr als Will. Nur machte er sich Sorgen, was es sie kosten mochte.

»Master Will!«, rief sie und trat auf ihn zu.

Will fiel auf die Knie und berührte mit der Stirn den Boden. Dies war der Augenblick, vor dem er sich seit der Schlacht von Lincoln fürchtete.

»Erhebe dich, mein Page!«

Jetzt würde er ihr von seinem Versagen erzählen müssen.

»Milady«, sagte er. »Vergebt mir, d'Artois ist . . .«

»Ich weiß, Will«, sagte sie. »Ich weiß alles. Komm nach dem Vespergottesdienst ins Kindergemach, dann können wir uns unterhalten.«

Ein sanfter Wind rührte die schwere Septemberluft, als die Herrin von Burg Oxford ihre Damen über den Hof und zum Bergfried führte.

Lady Elaine hatte gesagt, sie wisse alles. Während Will mit Uther auf den Fersen an diesem Abend die vertraute Stiege hinaufkletterte, fragte er sich, ob sie ihm wohl vergeben hatte.

Lady Elaine, ihre Damen und die Kinder waren alle im Kindergemach zusammengepfercht. Doch als Will eintrat, war dennoch alles ordentlich und wohlduftend. Lady Elaine winkte ihn zu sich. Trotz der Erschöpfung, die sie nun doch überkommen hatte, hatte sie diesmal noch mehr Ähnlichkeit mit einer Feenprinzessin als bei ihrer allerersten Begegnung.

»Will!«, sagte sie. »Du bist gewachsen! Und was für einen schönen Jagdhund du da hast!«

Uther stellte die Ohren und sah so edel aus, wie es seinem Namen gebührte.

»Sir Brian hat ihn mir geschenkt«, erklärte Will. »Ich hoffe, es stört Euch nicht, dass ich ihn auf die Burg gebracht habe. Wenn doch, dann wird ihn Sir Brian zu seinem Rudel geben.«

»Er hat dir den besten Rüden des Wurfes geschenkt«, sagte Lady Elaine. »Ja, du darfst ihn behalten. Bitte Olsen, den Hundemeister, dir bei seiner Erziehung zu helfen.«

Sie nahm Will in Augenschein und runzelte die Stirn. Er spürte, wie ihm der Schweiß am Rücken hinunterlief.

»Milady, vergebt mir!«, sagte er und kniete sich vor ihr nieder.

»Steh auf, Will«, entgegnete Lady Elaine, »und komm mit mir.«

Sie führte ihn in eine kleine Kammer, weg von den Kindern und Damen, und forderte ihn auf ihr gegenüber auf einem Hocker Platz zu nehmen.

»Will«, sagte sie mit leiser, freundlicher Stimme. »Es gibt nichts zu vergeben.«

»Aber d'Artois . . .«

»Sir John hat mir alles erzählt. Er sagte, der Tod des Ritters bereite dir großen Kummer und du würdest dich dafür verantwortlich machen. Nur ein einziger Mensch hat d'Artois' auf dem Gewissen, und das bist gewiss nicht du.«

Will seufzte.

»Wenn der Graf so gefährlich ist, warum seid Ihr dann hier?«, flüsterte er.

»Weil er mich darum gebeten hat.«

»Aber–«

»Die Kaiserin wird mit meinem Gatten auf der Burg Einzug halten und ihm ist an ihrer Gunst gelegen. Er hält es für an gemessen und notwendig, dass seine Gemahlin ihm zur Seite steht, um Ihre Hoheit willkommen zu heißen und ihr den Aufenthalt angenehm zu machen. Und im Gegenzug für meine Hilfe hat er mir viele Dinge versprochen. Solange Ihre Kaiserliche Hoheit hier ist, wird sich Graf Aubrey an seine Versprechen halten.«

Es war ein gefährliches Spiel. Und was hatte Lady Elaine dabei zu gewinnen? Nun, wenn irgendwer den Grafen kannte, dann sie. Will hoffte nur, dass sie nicht betrogen werden würde.

»Milady«, sagte Will, »ich bin sehr froh, dass Ihr wieder da seid.«

»Danke, Will. Und nun wollen wir sehen, was man mit deinem Rock machen kann.« Und sie rief Dame Catherine in die Kammer.

»Dame Catherine, was können wir tun, um Will für die Kaiserin präsentabel zu machen?«

Dame Catherine trat vor, schnalzte mit der Zunge und hob den Saum von Wills Rock.

»Selbst wenn ich den Saum herauslasse, ist er immer noch zu kurz«, sagte sie. »Aber ich kann unten und an den Ärmeln ein Stück ansetzen.«

»Das wäre hilfreich«, sagte Lady Elaine. »Könntet Ihr Euch gleich darum kümmern?«

»Gewiss, Milady. Das wird nicht lange brauchen.«

Lady Elaine zog sich ins Kindergemach zurück und Dame Catherine machte sich sogleich an die Arbeit. Die kleine Kammer war erfüllt mit ihrem leisen, glucksenden Geplapper.

»Kommt mir vor, als wäre es erst gestern gewesen, als ich Euren Rock kürzte«, sagte sie. »Und da sitze ich nun und setze doppelt so viel an, wie ich damals hochgenommen habe, dabei ist seitdem noch nicht mal ein ganzes Jahr vergangen!«

Er war gewachsen! Eigentlich hätte ihm das ja auch auffallen müssen. Er hatte inzwischen die Einlagen aus seinen Stiefeln genommen und sie drückten immer noch. Seine Ärmel endeten näher bei den Ellbogen als bei den Handgelenken. Falls es ihm jemals aufgefallen war, hatte er wohl angenommen, seine Sachen hätten unter Wind und Wetter gelitten und seien eingegangen.

»Bald ist Michaelis, dann werdet Ihr einen neuen Rock und neue Beinkleider erhalten«, sagte Dame Catherine.

»Ich bezweifele, dass der Graf so großzügig sein wird mit mir.«

»Oh, ich glaube, Ihr werdet den Grafen bei seiner Rückkehr sehr freigiebig finden«, sagte Dame Catherine und hielt sich die Seiten vor Lachen.

Als Dame Catherine mit Will fertig war, wurde es schon langsam spät, aber Lady Elaine bat ihn noch einen Augenblick bei ihr am Feuer zu verweilen. Alle Kinder schliefen. Catherine und die anderen Damen hatten sich in eine entfernte Ecke zurückgezogen, wodurch Lady Elaine und Will einigermaßen für sich waren.

»Jetzt sieht dein Rock viel besser aus!«

Will verneigte sich.

»Er wird es noch tun bis Michaelis.«

»Dame Catherine hat gesagt, der Graf würde sehr freigiebig sein«, sagte Will. »Was hat sie damit gemeint?«

»Warte ab, dann wirst du schon sehen.« Lady Elaine lächelte, doch dann überschattete sich ihr Gesicht und sie senkte die Stimme zu einem dringlichen Flüstern. »Aber frei-

giebig oder nicht, glaub nicht, dass sich der Graf geändert hat, denn er wird immer derselbe sein.«
Und dann schickte sie Will ins Bett. Der morgige Tag würde angefüllt sein mit der Ankunft des Grafen und der Kaiserin und es blieb noch viel zu tun.

Auf schimmernden schwarzen Streitrössern ritten sie Seite an Seite auf Burg Oxford ein. Kaiserin Matilda war fast so groß wie Graf Aubrey und ihr Blick war ebenso kalt. Trotz ihrer hellen Haut und ihrer blonden Haare konnte man sie nicht wirklich schön nennen, dafür waren ihre Nase und ihr Kinn zu kräftig. Doch unübersehbar war sie die Tochter eines großen Königs, kaiserliche Witwe und durch Recht und Gesetz Mutter des künftigen Königs. Sie war, ohne Zweifel, die Lady von England. Das edle Blut König Henrys strömte durch ihre Adern. Ihr Gewand, ebenso wie das des Grafen, war aus steifem, mit Eichhörnchenfell besetztem Damast, doch ihres war im kaiserlichen Purpur gehalten. Als sie vom Pferd stiegen und stehen blieben, damit alle ihnen Reverenz erweisen konnten, glichen die beiden den in Stein gehauenen Gestalten, die das Portal der Kathedrale von Oxford zierten. Sie hatten große Ähnlichkeit miteinander und beide hatten sie große Ähnlichkeit mit steinernen Pfeilern. Will durchlief ein Schauder, als er an Lady Elaines Worte denken musste.
Lady Elaine, winzig im Vergleich zu den beiden, war in himmelblaue Seide gekleidet. Als sie, gefolgt von all ihren Damen und den Kindern des Grafen, nach vorn trat, um ihren Gemahl und die Kaiserin zu begrüßen, wirkte sie so

leicht und luftig wie ein Wölkchen. Vor der Kaiserin sank sie in einen tiefen Knicks.

»Ihre Kaiserliche Hoheit erweisen Burg Oxford mit Eurer huldvollen Präsenz die höchste Ehre!«

Die Kaiserin neigte fast unmerklich den Kopf.

»Du lieber Himmel!«, flüsterte Schildkröte und schnaubte.

»Ich bin erschöpft«, sprach die Kaiserin. »Bitte bringt mich in meine Gemächer!«

Lady Elaine eilte zu ihr und führte sie zu den Räumen, die vormals die ihren gewesen waren. Und obwohl ihre Rolle vorsah, dass sie der Kaiserin diente, zeichneten die stille Würde und ihre Anmut *sie* als die Edlere der beiden aus.

Jeden Tag fand ein großes Fest statt, das denen an Weihnachten nicht nachstand, ja, sie sogar noch übertraf. Edle aus ganz Oxfordshire, Bedfordshire und Surrey kamen herbei, um der Kaiserin zu huldigen. Sir Brian war gleich am ersten Tag da und versprach zum Michaelis-Fest auch Edith mitzubringen. Sir John blieb in Blindley Heath. Und Will war froh darüber, nicht miterleben zu müssen, wie die Kaiserin seinen Vater so knapp abfertigte, wie sie es bei den anderen Edlen tat.

Nun diente Will Lady Elaine erneut als Mundschenk und nahm seinen Platz in der großen Halle hinter ihrem Stuhl wieder ein. Schildkröte, den sie ausgewählt hatte, damit er ihr aufwartete, stand daneben und kommentierte leise die einzelnen Begebenheiten.

»Sieh nur, wie hoch die Kaiserin die Nase hält. Meinst du, man hat ihr statt der Orangen Aas serviert?«

Wie konnte er sich über die Kaiserin lustig machen? Über die Lady von England? Aber er tat es unentwegt. Und ganz gegen Wills Willen geschah es oft, dass er an seinem unterdrückten Lachen fast erstickte. Lady Elaine meinte, er hätte sich einen Husten gefangen. Seit wann war Schildkröte so redselig? So komisch? Lag es an der Ankunft der Kaiserin? Oder hatte es im Verlauf des Sommers begonnen und Will hatte es bis jetzt nur noch nicht gemerkt?

Eine Truppe normannischer Gaukler war zur Unterhaltung aus London angereist. Sie führten ein Spiel über Stammvater Adam auf und brachten von Heiligen erwirkte Wunder zur Darstellung. Zwischen den frommen Spielen jonglierten sie und scherzten. Will sah ihnen atemlos zu. Auch Schildkröte schien unter ihrem Bann zu sein. Aber weder lachte er über die Possen, noch weinte er um die heiligen Märtyrer, so wie Will und fast alle anderen in der großen Halle. Schildkröte beobachtete die Gaukler und sah verwirrt und ernst drein, als lerne er eine neue Sprache.

Auch das Leben auf Burg Oxford hatte große Ähnlichkeit mit einem Mummenschanz. Während der langen Monate von Graf Aubreys Abwesenheit hatte die Bühne verlassen dagelegen. Dann waren plötzlich alle wieder da, mit ihren Masken an Ort und Stelle, und spielten ihre Rollen. Lady Elaine spielte hervorragend die der glücklichen Gattin und zeigte weder Ärger noch Furcht. Würde dieses Stück auf Burg Oxford als Tragödie oder als Posse enden? Vielleicht sah auch Schildkröte die Dinge auf Burg Oxford als ein Drama oder eine Farce.

Lady Elaine hätte sich keine Sorgen machen müssen, Will könne nicht gut genug gekleidet sein für die Kaiserin, denn sie schenkte weder ihm noch irgendjemand anderem unter dem Rang eines Grafen jemals einen Blick. Die

Huldigung der Lehnsherren nahm sie mit einem kurzen Nicken und ungeduldigen Blicken entgegen. Sobald sie einen davon entlassen hatte, wandte sie sich Graf Aubrey zu, um zu fragen:

»Wie viele Ritter kann er mir bringen? Wie viel Gold?«

Das war nicht die Lady von England, die Will erwartet hatte ... für die zu kämpfen – ja, sogar zu sterben – er gehofft hatte. Er konnte sich nicht über sie lustig machen, wie es Schildkröte tat. Aber es schmerzte ihn, dass diese Lady so gar nicht die edle Herrin schien, von der Will gehofft hatte, sie würde England retten.

Das größte Fest von allen war für Michaelis am neunundzwanzigsten September geplant. Die Ernte war eingebracht, es war die Zeit der Fülle. Alle Schulden wurden bezahlt. Der Pachtzins, den man dem Grafen schuldete, wurde in Naturalien oder versprochenem Dienst beglichen. Und alle, die dem Grafen dienten, vom kleinsten Zinsbauern bis zum Seneschall, erhielten ihren Lohn und Geschenke aus der Hand des Grafen selbst. Großzügigkeit war so wichtig wie Heldenmut. Die Burg summte vor Mutmaßungen. Wie würde Graf Aubrey jeden für den Dienst eines Jahres belohnen? Dame Catherine und Lady Elaine hatten gesagt, der Graf würde sehr freigiebig sein. Aber warum hatten sie dann gelacht?

Bei Morgengrauen an Michaelis überreichte der Seneschall allen Pagen, sogar Will, neue Kleidung: Beinkleider, Hemden, Röcke und Überröcke, alles aus feinem Tuch. Und um sich zum Fest herauszuschmücken, bekam jeder einen reich bestickten Kragen in den Farben der Kaiserin.

Edith und ihre Eltern trafen schon früh am Morgen mit vielen anderen edlen Familien aus der ganzen Grafschaft ein. Auch die Leibeigenen strömten herbei. Will schlüpfte aus der Küche, als Giselle gerade nicht hinsah, um einen Augenblick an Ediths Seite zu verbringen. Das Kloster hatte sie verändert; ihre Haut war bleich, ihre Augen überschattet.

»Will!«, rief sie. »Ich freue mich so dich zu sehen. Wo ist Uther? War er brav? Hat er mich vermisst?«

»Ja«, sagte Will. Sie hatten sie beide vermisst. »Wenn es mir gelingt, wegzukommen, bringe ich dich später zu ihm. Uther und Wildfang sind so gewachsen, du würdest sie vielleicht gar nicht mehr erkennen.«

»So wie du?«, fragte Edith.

Will fühlte, wie ihm das Blut ins Gesicht stieg und Edith lachte.

Sie gingen um den Burghof, der so verwandelt war, dass man hätte meinen können, man befände sich auf dem Jahrmarkt. Da gab es Buden, in denen Pasteten und Bier verkauft wurden, Hausierer hielten Tand feil, Gaukler machten Possen und jonglierten. Ein abgerichteter Bär tanzte mit seinem Besitzer. Doch da kam Schildkröte mit einem Auftrag von Giselle hinter ihnen her und Will musste zurück in die Küche.

Das Fest begann zu Mittag und dauerte bis in die Nacht hinein. Die Halle war so bevölkert, dass viele vom niedrigeren Adel draußen auf dem Burghof aßen, zusammen mit den Unfreien. Aber keiner kam zu kurz und jeder bekam etwas von all den wunderbaren Dingen ab. Zwischen den einzelnen Gängen wurden exquisite Kreationen langsam über den Hof und um die große Halle getragen. Obwohl

Will bei der Zubereitung einiger zugesehen hatte, war er so beeindruckt wie alle anderen. Einen Marzipanschwan in der Größe eines Pferdes hatte man vermittels einer mechanischen Vorrichtung so hergerichtet, dass er sich erheben und mit den Flügeln schlagen konnte, als wolle er davonfliegen. Als Will das sah, hätte er fast seinen Weinkrug fallen lassen. Selbst die Kaiserin schien aufzumerken.

Die größte Überraschung aber wurde bis ganz zum Schluss aufgehoben. Wie am Weihnachtsfest wurden die Tische beiseite geräumt. Nun kamen die edlen Herren, vom Höchsten bis zum Niedrigsten, einer nach dem anderen nach vorn, um ihren Treueschwur zu leisten und vom Grafen ein Geschenk entgegenzunehmen. Manche erhielten neue Gewänder oder pelzgefütterte Mäntel, andere Juwelen oder edle Waffen. Der Seneschall bekam ein eigenes Landgut in Cumberland zugesprochen.

Und das schien das Ende zu sein. Doch nun hob Graf Aubrey die Hand vor der summenden Halle und Lady Elaine erhob sich und stellte sich neben ihn.

Vielleicht würde der Priester von Sankt Michael noch einen letzten Segen sprechen. Aber kein Priester tauchte auf. Dann, als absolute Stille eingetreten war, ergriff Graf Aubrey das Wort.

»Ein letztes Geschenk bleibt noch zu vergeben!«, verkündete er und wandte sich zur Kaiserin. »Matilda, Kaiserin des Heiligen Römischen Reiches und erste Dame Englands, ich schenke Euch . . .«

Alle hielten den Atem an, als er kurz verstummte.

»Ich schenke Euch Burg Oxford!«

Und da ließ Will seinen Krug doch noch fallen.

Prinz Henry

Er hat Burg Oxford verschenkt!«, stieß Will hervor, als er später in dieser Nacht mit Schildkröte im Gelass des Kellermeisters das Silber und das Messing polierte.

»Red leise und lass dich davon nicht so beeindrucken.«

Aber Will *war* beeindruckt! Derselbe Mann, der eines bescheidenen Landsitzes wegen bereit war die Söhne seiner Stiefschwester umbringen zu lassen, hatte gerade Burg Oxford verschenkt! Das übertraf alles, was Will jemals gehört hatte.

»Es war doch gewiss eine edle Tat«, sagte Will.

Schildkröte brachte ihn mit einem Blick zum Schweigen. Einen Augenblick später kam Alfred herein und holte eine Silberplatte.

»Vergesst nicht die Becher und Krüge zu zählen, bevor ihr abschließt«, knurrte er. »Und dann bringt ihr mir den Schlüssel.«

Will und Schildkröte schwiegen, bis Alfred die Halle durchquert hatte und außer Hörweite war. Der riesige Raum war dunkel, abgesehen von dem rauchigen Licht einiger Fackeln und der Glut in der Feuerstelle. An die zwanzig Ritter schliefen auf Bänken und viele Bedienstete hatten sich mit den Küchenhunden auf den Binsen zusammengerollt. Das rhythmische Schnaufen der Männer wirkte einschläfernd auf Will. Schildkröte, der ihm einen Krug reichte, holte ihn zu seiner Arbeit zurück.

»Ausgerechnet du lässt dich von den Gesten des Grafen

hinters Licht führen. Man könnte gerade meinen, du hättest hier auf seiner Burg keine Erfahrungen gesammelt«, flüsterte Schildkröte. »Erstens ist es besser, die Burg zu verschenken, als dass sie genommen wird. Obwohl sie ihm ja eigentlich gar nicht gehört und er sie deshalb auch nicht verschenken kann.«

Es stimmte, Oxford gehörte, wie alle großen Güter des Landes, dem König. Und da Graf Aubrey Kaiserin Matilda Gefolgschaft geschworen hatte, gehörte ihr, nach Recht und Gesetz, ganz Oxford. Doch die Burg hatte der Graf selbst errichten lassen.

»Außerdem – wenn die Kaiserin sich Winchester zurückholt, hat sie für Oxford wenig Verwendung«, fuhr Schildkröte fort.

Auch das war richtig. Die königliche Stadt Winchester war für die Kaiserin viel wertvoller als Oxford. Winchester beherbergte die Kronjuwelen und die Schatzkammer.

»Und bis dahin«, fuhr Schildkröte fort, »gehen die Aufwendungen für die Burg zu Lasten der Kaiserin. Alles in allem glaube ich, dass der Graf ganz gut dabei wegkommt.«

Es gab nichts, was Will darauf hätte erwidern können. Ganz gewiss hatte er nicht vor Aubrey de Vere zu verteidigen. Er wusste um seines Onkels Bosheit, hoffte aber, dass er nicht auch noch niederträchtig war. Dass er sich seines hohen Standes würdig zeigen würde.

Anfangs machte es kaum einen Unterschied, dass die Burg nun nicht mehr dem Grafen gehörte. Er und die Kaiserin teilten sich den Baldachin in der großen Halle, nur dass er jetzt mit scharlachroter Seide bespannt war, auf der goldene Löwen prangten. Will und Schildkröte warteten immer noch Lady Elaine auf. Und die Tage folgten einem vertrauten Muster von Dienst, Arbeit und Lernen.

Lady Elaine schickte Will und Schildkröte mit einem Brief für Lady Margaret nach Wallingford. Edith schien sich zu freuen und machte viel Getue um Uther und Wildfang, aber dann nahm sie ihre Stickarbeit und setzte sich. Sie versuchte nicht einmal, sie nach draußen in die Obstgärten zu locken. Als sich Will und Schildkröte verabschiedeten, ging sie mit ihnen zu den Ställen.

»Fehlt dir etwas?«, erkundigte sich Will.

»Nein«, sagte Edith. »Alles ist so, wie es sein sollte.«

Durch einen Schleier der Taurigkeit lächelnd, drückte sie Wills Hand.

»Aber du kommst mir so bekümmert vor!« Will ließ nicht locker.

»Ich kann es dir jetzt nicht erzählen«, beharrte Edith. »Mein Leben hat schließlich eine Richtung genommen und ich bin Närrin genug, es zu bedauern.«

Will hätte gern etwas gesagt, was sie aufgemuntert hätte, aber ihm fiel nichts ein.

»Mach dir keine Sorgen um mich, Will. Alles ist so, wie es sein sollte.«

Will nahm den Kummer in Ediths Augen mit auf den Weg.

Mitte Oktober begannen sich die Dinge auf Burg Oxford zu ändern. Die Kaiserin schickte nach einer Schar Gesellschaftsdamen. Nur Lady Marle und Prinzessin von Holstein teilten ihr Gemach. Alle anderen Damen wurden bei Lady Elaine und den Kindern untergebracht, wo sie sich bitter über ihre enge Unterkunft und den Mangel an gebührendem Respekt beklagten. Lady Elaine war ständig damit beschäftigt, ihre Zänke zu schlichten und ihr aufgeplustertes Gefieder zu glätten.

Die Kunde, dass die Kaiserin auf Burg Oxford weilte, verbreitete sich im ganzen Land und täglich kamen Ritter, um in ihren Dienst zu treten.

»Und um sich ein warmes Plätzchen für den Winter zu sichern!«, höhnte Schildkröte und lachte über jeden Neuankömmling.

Es sah tatsächlich so aus, als litten viele der Ritter Not. Sie trugen zerlumpte Kleidung und waren schlecht ausgerüstet. Dennoch wurden sie willkommen geheißen. Es mochte nicht mehr lange dauern, bis es König Stephen nach Rache verlangte, weshalb die Kaiserin jeden kampffähigen Mann brauchen konnte. Aber Schildkröte war anderer Meinung.

»Es sind schon jetzt zu viele«, sagte er. »Falls nichts Unverhofftes passiert, mag die Burg in der Lage sein, sie den Winter über zu versorgen. Aber bei einer Belagerung könnten uns all diese zusätzlichen Esser durchaus in die Niederlage treiben.«

Will versuchte zu ignorieren, was Torrence da sagte. Es gab schon zu viel, worüber er nachdenken musste. Wie konnte er sicher sein, dass der Graf die Versprechen, die er Lady Elaine gegeben hatte, auch halten würde? Und auch wenn John in Blindley Heath weilte – war er dort wirklich sicher?

Achtzehn neue Jungen kamen, um Kaiserin Matilda als Pagen zu dienen. Jetzt gehörte Will zu den Älteren. Man nannte ihn immer noch Hase, nur lag nichts Beleidigendes oder Kränkendes mehr darin. Die neuen Jungen

nannten ihn »Sir Hase«, worüber sich Schildkröte halb tot lachte.
Die Mannschaftsunterkünfte waren übervoll belegt. Viele zogen es vor, in der großen Halle zu schlafen, wo es nicht nach Schweißfüßen roch und wo genug Platz war, damit man sich ausstrecken konnte. Uther geriet in eine wilde Beißerei mit den Hunden eines Neuankömmlings und musste angekettet werden. Es war die erste Beißerei unter den Hunden, doch nicht die letzte. Auch unter den Männern gab es Streit. Es waren zu viele und sie hatten nicht genug zu tun.
Ganze Wagenladungen Getreide, Gemüse und Früchte kamen aus ganz Oxfordshire und bis aus Kent. Selbst Blindley Heath schickte einen voll beladenen Wagen. Die Vorratskammern und Keller wurden mit Nahrungsmitteln gefüllt, damit man Matildas Garnison den langen Winter über verköstigen konnte. Jeden Morgen ritten Jagdgruppen aus, um Wild zu beschaffen, einen Teil zum sofortigen Verzehr, einen anderen, um ihn für die mageren Monate zu pökeln. Will versuchte sich auszurechnen, ob genug da war, um eine Belagerung zu überstehen.
Mächtige Fürsten kamen aus ganz England, der Normandie und dem Anjou. Sie speisten abseits von der Menge in den Räumen des Grafen oder im Gemach der Kaiserin und arbeiteten dabei Pläne für einen Frühjahrsfeldzug gegen König Stephen aus. Lady Elaine wurde zu diesem Kriegsrat nur dann gerufen, wenn ihre Verwandten aus Somerset anwesend waren. Dann war auch Will, ihr Page, mit dabei, doch hatte er große Mühe, aus den Bruchstücken, die er belauschen konnte, ein Ganzes zusammenzusetzen. Mur-

ren machte sich unter den Männern breit über dieses Tafeln im geschlossenen Kreis.

»Die Kaiserin gehört zu ihren Leuten! Sie sollte sich nicht zu geheimen Zusammenkünften zurückziehen!«

»Sie will ihr Silber zusammenhalten.«

Es stimmte, nach Michaelis wurde weniger üppig aufgetragen. Es gab immer reichlich zu essen, doch keine der erlesenen Köstlichkeiten, die zu Zeiten, als der Graf noch Burgherr war, aufgetischt worden waren. Die Gaukler und der Tanzbär wurden weggeschickt und nur ein Harfenspieler blieb, um die Abende mit seinen Gesängen zu versüßen.

Eines Tages kam Henry Plantagenet, Sohn der Kaiserin und des Herzogs von Anjou, durchs Torhaus gedonnert, bewacht von einem Gefolge junger Ritter. Er überbrachte eine Nachricht von seinem Onkel, Graf Robert von Gloucester. Obwohl er mindestens zwei Jahre jünger war als Will, war er fast ebenso groß. Alles an ihm schien zu lodern, angefangen bei seinem flammend roten Haar bis hin zu den vergoldeten Spitzen seiner Stiefel. Henry wurde jedem Klatsch gerecht, den Will über ihn gehört hatte. Er war wirklich älter, als er an Jahren zählte. Und es umgab ihn tatsächlich etwas Königliches. Laufend musste Schildkröte Will mahnen, er solle doch nicht so starren, aber er kam nicht dagegen an. Obwohl der Prinz noch ein Junge war, leuchtete er wie ein Stern. Er erinnerte Will an John, wie er vor seiner Verwundung ausgesehen hatte. Und ganz anders als seine Mutter war der junge Prinz an jedem interessiert, dem er begegnete.

»Und wie heißt Euer Mundschenk?«, wollte er von Lady

Elaine wissen, als sie beim Essen in der großen Halle saßen.
»Master William Belet«, sagte Lady Elaine. »Ich glaube, Ihr kennt seinen Vater, Sir John.«
»Gewiss. Erst vor zwei Wochen habe ich sein Landgut verlassen.« Prinz Henry musterte Will mit smaragdgrünen Augen, so hart und funkelnd wie Edelsteine. Doch dann grinste er. »Euer Bruder John hat mir von Euch erzählt, doch hat er sich geirrt. Er sagte, Ihr wärt kleiner als ich.«
»Ich bin ziemlich gewachsen, seit er mich das letzte Mal sah«, gab Will zur Antwort.
»Ihr macht Eurem Vater alle beide Ehre«, sagte Henry. »Ein glücklicher Mann.«
Er sprach und benahm sich wie ein Mann, ja, wie ein *edler* Mann. Er war nicht kalt wie seine Mutter oder Graf Aubrey, sondern so warm und freundlich wie Simon. Will erwiderte sein Lächeln. Er hatte gehört, der Prinz sei das Ebenbild seines Großvaters, König Henry.
»Eines Tages wird Master Will ein angesehener Ritter sein«, sagte Lady Elaine. »In der Zwischenzeit lernt er fleißig und hat sich große Fertigkeiten in der Kunst des Heilens angeeignet. Vielen Männern hat er schon das Leben gerettet.«
Will spürte, wie er unter Prinz Henrys stetigem Blick errötete.
»Und wer ist Euer Lehrer?«, wollte Prinz Henry wissen.
»Bruder Jocelyn vom Kloster von Osney hat mich den ganzen Frühling und Sommer unterrichtet«, erklärte Will. »Davor erhielt ich Anleitung von meiner Frau Mutter und meiner Herrin, Lady Elaine.«

»Wollt Ihr Arzt werden oder Kämpe?«, fragte Prinz Henry. Hatte er denn die Wahl? Konnte ihm dieser Junge dazu verhelfen, seinen Lebensweg selbst zu wählen? Gut möglich, dass Prinz Henry eines Tages an der Macht sein würde. Von Rechts wegen sollte er König sein.

»Ich werde das tun, womit ich der Kaiserin und England am besten dienen kann«, sagte Will, dem der Schweiß ausgebrochen war.

»Gut gesprochen, Master Will«, sagte Prinz Henry und lachte. Es war wie Ediths Lachen, voller Schalk und Gutwilligkeit. »England zählt auf Euch.«

Will verneigte sich tief und versuchte sein glühendes Gesicht zu verbergen.

»Das Königreich ruht also auf deinen Schultern, Master Will«, spottete Schildkröte später in dieser Nacht. Dabei verneigte er sich und lachte. »Meinst du, du kannst es alleine tragen?«

Schildkröte konnte lachen, so viel er wollte. Will würde alles tun und alles sein, sofern es Henry Plantagenet diente. Henry war zwar noch ein Junge, aber eines Tages würde er der edelste Herrscher von allen sein. Er war der Fürst, den Will auf Burg Oxford zu finden gehofft hatte – die Hoffnung des ganzen Landes. Könnte Will jemals auf ehrenwerte Weise Graf Aubreys Dienst quittieren, würde er augenblicklich an Henry Plantagenets Seite eilen.

Es war Ende November und die Bauern waren gerade dabei, die Schweine zu schlachten, als die ersten Gerüchte aufkamen. Will fing allerlei auf, während er von einer Pflicht zur nächsten hetzte.

»Man sagt, König Stephen bringt in Essex riesige Truppen auf, um gegen Burg Oxford zu ziehen.«

»Ein Narr, der eine Burg belagern will, deren Speicher fast aus den Nähten platzen!«

Es stimmte, Burg Oxford hatte gut vorgesorgt. Die Keller waren voll mit Getreide. Überall lagerten Nahrungsmittel, in den Ställen, den Küchen, den Speisekammern, selbst in der Kapelle, trotz Lady Elaines Protest. Überfluss herrschte. Aber es gab auch viele, viele Münder zu stopfen und jeden Tag kamen weitere Männer hinzu. Will begann sich zu fragen, ob es für so viele Menschen überhaupt genügend Vorräte geben konnte.

Bis Anfang Dezember wurden die Gerüchte bestätigt. Von Westen kamen grimmig dreinblickende Boten angeritten. Die Truppen des Königs näherten sich. Die Menschen der Umgebung strömten auf die Burg und brachten mit, was immer sie tragen konnten. Ihre Rinder und Schafe trieben sie zur Weide hinter der äußeren Mauer. Hastig wurden Hütten entlang der Mauer errichtet. Es dauerte nicht lange, bis Lady Elaines herrlicher Garten ein einziges Schlammfeld war und die wunderlichen flachen Bäume von kletternden Gören niedergerissen wurden.

»Es ist eine Schande«, klagte Will.

»Mach dir keine Sorgen wegen den Bäumen«, erwiderte Lady Elaine. »Schlimmeres kommt auf uns zu. Ich denke, ihr tätet gut daran, Wildfang und Uther nach Wallingford zu schicken.«

Als Sir Brian am nächsten Tag den Grafen in Geschäften aufsuchte, nahm er, als er heimritt, die beiden Hunde mit. Will fiel es schwer, Uther wegzuschicken. Aber er hatte

nicht vergessen, dass bei der Belagerung von Winchester alle Hunde aufgegessen worden waren.
»Wird Wallingford sicher sein?«, fragte Will, als er mit Lady Elaine zusammen Sir Brian nachsah.
»König Stephen will die Kaiserin«, antwortete Lady Elaine. »Für den Augenblick droht Wallingford keine Gefahr.«
»Und Burg Oxford?«, fragte Will.
»Burg Oxford ist gut verteidigt.«
»Aber es sind zu viele Menschen auf der Burg, nicht wahr?«
»Ich wollte, es wäre noch Zeit, die Kinder nach Somerset zu schicken«, seufzte Lady Elaine.
Aber dazu war keine Zeit mehr. Früh am nächsten Morgen erklang der Alarm. Burg Oxford stand unter Belagerung.

Die Belagerung

Will trat in den kalten Hof hinaus und atmete tief ein. Es war gut, dem Gestank und dem Gedränge in der verräucherten Halle zu entfliehen, wo ein kärglicher Abklatsch eines Dreikönigsfestes stattfand. Bald würde es dunkel werden. Im Dämmerlicht, mit der frischen Schneedecke, sah es fast friedlich aus auf der Burg. Will hörte Gelächter vom Belagerungsturm des Feindes gleich hinter der Westmauer und zuckte zusammen. Man konnte keinen Frieden finden in einer belagerten Burg.

Zu Beginn hatten dem König um die zweihundert Ritter zur Verfügung gestanden und Schildkröte behauptete, es wäre niemals zur Belagerung gekommen, hätten sie die Belagerer gleich zu Anfang bekämpft. Aber die Kaiserin bestand darauf, auf die Truppen von Chester und Robert von Gloucester zu warten. Tage wurden zu Wochen, während sich mehr und mehr Banner um das des Königs scharten. Immer noch war von keinem der beiden Grafen etwas zu sehen. Die Kaiserin weigerte sich daran zu glauben, die beiden könnten oder wollten nicht kommen. Und so vergeudete sie die Vorräte der Burg.

»Es ist gut für die Moral«, sagte sie und ließ Adventsfeste ausrichten. Möglicherweise hätten die Vorräte den ganzen Winter über gereicht, hätte man sie gleich von Anfang an vernünftig rationiert.

Trotz all der Kämpfer, die sich im Verlauf des Herbstes eingefunden hatten, konnten sie auf Dauer die Außenmauer nicht halten. Am Tag nach Weihnachten brachen die Truppen des Königs durch und das ganze Vieh im äußeren Hof ging an den Feind verloren. Und so begann das Rationieren zu spät. Am Weihnachtstag konnten Will und alle anderen, mit Ausnahme der Kaiserin und dem Grafen, sich das letzte Mal satt essen.

Will knurrte der Magen. Hunger war schmerzhaft und dagegen war kein Kraut gewachsen. Dabei gehörte Will noch zu den Glücklichen. Lady Elaine sorgte dafür, dass alle Kinder und Pagen einen gerechten Anteil an den Rationen bekamen. Den Unfreien ging es weniger gut. Sie waren schon jetzt am Verhungern.

Schildkröte tauchte mit den Füßen stampfend und die Hände reibend neben ihm auf.

»Stephen oder Matilda«, sagte er, »viel Unterschied ist da nicht. Wir sind zwischen zwei Teufeln gefangen!«

»Still!«, sagte Will und sah sich um. Doch da waren nur Leofric, der Sohn des Vogts, und ein paar andere Jungen, die Schneebälle warfen. »Man wird uns noch schleifen und vierteln, wenn du weiter so daherredest.«

Wachsam gingen Will und Schildkröte über den schneebedeckten Hof. Bei jedem kleinen Geräusch, sogar bei dem weichen Aufprall der Schneebälle, fuhr Will zusammen. Wer wusste schon, wann oder von wo der nächste Angriff kam?

»Vielleicht sollten wir den inneren Gang benutzen«, sagte Schildkröte, »falls der Hase diesen Augenblick der Freiheit nicht genießen kann.«

Will warf Schildkröte einen Blick zu und zog eine Grimasse. Es war sinnlos, sich unentwegt Sorgen zu machen und zu versuchen auf alles vorbereitet zu sein. Auf den Tod, der ohne Vorwarnung kam, gab es keine Vorbereitung. Lady Elaine hatte ihn gebeten den offenen Hof mit seinen Gefahren zu meiden, aber er stellte seine einzige Zufluchtsstätte vor dem elenden Rattennest dar, zu dem die prächtige Burg geworden war.

»Zum Teufel mit meinen närrischen Hasenängsten. Luft und freier Raum sind das Risiko wert«, entgegnete Will.

Schildkrötes Mund bog sich zu einem leichten Lächeln und schweigend gingen sie weiter über den Hof. Sobald sie auf offenem Gelände waren und keiner sie mehr hören konnte, drehte sich Will um und flüsterte Schildkröte zu: »König Henry war kein Teufel!«

»Möglich, dass einige behaupten würden, er sei auch einer gewesen«, bemerkte Schildkröte und zwinkerte. »Aber wenigstens war unter seiner Regentschaft das Land eins. Die Männer kämpften, um England zu schützen, nicht um es zu Grunde zu richten. Im Großen und Ganzen konnte man arbeiten und beten und in Frieden leben.«

»Wenn die Erbfolge nicht angefochten worden wäre, hätten wir Frieden.«

Schildkröte schnaubte.

»Es ist ein Unglück, dass die Hoffnung Englands auf Matildas Schultern ruht«, sagte er. »Ihre Kaiserliche Hoheit kann nicht einmal ihre Gesellschaftsdamen regieren.«

»Nicht einmal sich selbst kann sie regieren«, fügte Will ganz gegen seinen Willen hinzu. Sosehr er sich auch wünschte, die Kaiserin möge den Sieg davontragen, sosehr er auch glaubte, dass König Henrys Tochter und deren Sohn die Krone gewinnen mussten, um Frieden nach

England zu bringen, so begann er Matilda doch zu verachten.

»Ich dachte schon, du würdest ihr den Weinkrug übergießen, als sie sich wegen des Schaffleischs beklagte«, sagte Schildkröte lachend.

»*Sie* hat Lady Elaine schlechte Haushaltsführung vorgeworfen!«

Schildkröte zuckte die Achseln.

»Sie ist die Kaiserin.«

Kaiserin oder nicht, Tochter des Königs Henry, Mutter von Prinz Henry, all das spielte keine Rolle. Sie war engstirnig, selbstsüchtig und grausam. Wie konnte sie es wagen, Lady Elaine Vorhaltungen zu machen? Lady Elaine schlief kaum noch, so beschäftigt war sie damit, die Kinder und die verwöhnten Damen vor Schaden zu bewahren und die immer größer werdende Anzahl von Kranken und Verwundeten zu pflegen.

Alle außer Kaiserin Matilda und Graf Aubrey führten ein elendes Leben. Kinder plärrten, Frauen und erwachsene Männer weinten. Täglich kam der Tod, um sich Kämpfer, Mutter oder Kind zu holen. Niemand konnte sicher sein. Todesangst erfüllte jede Ecke der Burg. Jeden Tag hörte Will ein neues Gerücht. Die rote Ruhr war ausgebrochen und man munkelte, die Brunnen seien vergiftet. Als ein Stück Mauerwerk von den Zinnen brach, verbreitete sich das Gerücht, die Mauer sei untergraben worden und im Begriff einzustürzen.

Auf dem Schlachtfeld hatte der Gegner ein Gesicht. Doch jetzt waren die Belagerer hinter Schanzen verborgen, außerhalb der Bogenweite, oder in einem der drei riesenhaften Belagerungstürme, die der Westmauer gegenüberstanden. Diese Türme waren zur größten Bedrohung geworden. Tag und Nacht spien sie todbringende Steine aus oder die wild brennende und nicht mit Wasser zu löschende, aus Naphta hergestellte Substanz, die man griechisches Feuer nannte. Und wenn der Feind verrottende Tierkadaver auf den Burghof schleuderte, war es, als regne die Pestilenz herab. Tod fiel vom Himmel wie ein Fluch. Selbst die Schrecken des Schlachtfelds verblassten im Vergleich.

Will und Schildkröte halfen Lady Elaine die Kranken und Verwundeten im selben Krankenrevier zu versorgen, wo Will die Verwundeten der Schlacht von Lincoln gepflegt hatte. Doch jetzt war es viel schlimmer. Pritschen füllten den Raum, die Gänge und die Hälfte der Kapelle. Will kümmerte sich vor allem um die Kinder der Unfreien. Die behelfsmäßigen Hütten im Burghof boten wenig Schutz gegen die Kälte und überhaupt keinen gegen die feindlichen Geschosse. Lady Elaine hatte vorgeschlagen alle Frauen und Kinder in der großen Halle unterzubringen, aber Kaiserin Matilda verweigerte die Erlaubnis.

Will seufzte. Sein Augenblick der Freiheit war vorüber. Er und Schildkröte kletterten die Treppe hinauf, um ihren Pflichten im Krankenrevier nachzugehen.

Will hatte gerade einen Kessel aufgesetzt, um für jene, die an der roten Ruhr litten, Heidelbeeren einzuweichen, als schreckliche Schreie auf der Treppe erklangen. Wills Hand verharrte bebend über dem Kessel. Er war wie gelähmt vor Schreck. Waren die Truppen des Königs durch die Burgmauer gebrochen? Will warf einen Blick zu Schildkröte hinüber, der ebenfalls mitten in der Bewegung erstarrt war. Dann flog die Tür auf und Leofric, der Sohn des Vogts, wurde hereingebracht. Er schrie wie am Spieß. Griechisches Feuer hatte ihn am Bein getroffen und nun brannte es. Erst vor einem Augenblick waren Will und Schildkröte über den offenen Hof gegangen. Hätten sie sich mehr Zeit gelassen oder wäre das griechische Feuer früher hereingeschleudert worden, sie lägen nun an der Stelle dieses Jungen. Gerade traf atemlos Lady Elaine ein. Als sie Leofric sah, wich alle Farbe aus ihrem Gesicht. Doch sie presste die Lippen zusammen und half Will, der schon dabei war, das Feuer mit schmalzbestrichener Wolle zu ersticken, während Schildkröte und der Vogt den schreienden Jungen niederhielten. Wenig von dem, was Bruder Jocelyn Will beigebracht hatte, konnte Leofric helfen.

»Schlaf«, sagte Lady Elaine. »Wenigstens Schlaf können wir ihm geben.«

Will mischte einen Trank aus Mohn und Met. Den flößten sie dem Jungen ein, doch er hörte nicht auf zu schreien.

Will war ganz elend von dem Geruch verbrannten Fleisches und den durchdringenden Schreien. Andere Kinder weinten jetzt auch, als hätte die Qual des Jungen sie an ihren eigenen Schmerz, ihr eigenes Elend erinnert. Warum mussten sie leiden? Was hatten kleine Kinder mit den Kriegen der hohen Herren zu tun? Warum kämpften die Ritter nicht? Ritter waren zum Kampf geschult und abgehärtet gegen den Schmerz. Selbst jetzt, wo der Feind vierfach in der Überzahl war, wäre ein Kampf immer noch besser, als dieses lang gezogene Warten auf den Tod. König Arthur hätte gekämpft. John Belet hätte gekämpft statt zuzusehen, wie Männer, Frauen und Kinder seines Gutes endlos litten. Will hätte den Tod im Kampf einer weiteren hilflosen Nacht unten den kranken und sterbenden Kindern vorgezogen.

Schildkröte ließ Leofric los und ging zur Mitte des Raumes, wo er fünf Bälle in leuchtenden Farben aus dem Ärmel zog und sie hochhielt, damit alle sie sahen. Dann ließ er sie durch die Luft tanzen, rundum, immer rundum. Und während die Kinder wie gebannt zusahen, beruhigten sie sich. Selbst Leofric ließ sich von der Magie einfangen. Kaum dass Schildkröte sich zu bewegen schien, es war, als flögen die Bälle durch eigenen Willen. Will hatte ihn schon viele Male jonglieren sehen, aber niemals so. Es war, als male er einen wirbelnden Reigen von Farben in die Luft. Keiner im Raum rührte sich. Ein Kind um das andere schlief ein. Dann war es vorüber, der magische Augenblick war vorbei.

Um Mitternacht verließ Will den Gestank des Krankenreviers und ging zur Westmauer hinauf, um die kalte, saubere Luft zu atmen, bevor er schlief. Es dauerte nicht lange, bis Schildkröte, sein Schatten, ebenfalls kam. Es fiel schwer, sich vorzustellen, dass er Schildkrötes aufmerksames Auge noch immer brauchte, dass der Graf vielleicht noch immer plante sich Blindley Heaths zu bemächtigen, während Burg Oxford in so großer Gefahr schwebte. Aber wer wusste schon, was im Grafen vor sich ging? Die Meuchelmörder hatten John mitten in der Schlacht angegriffen. Wie die Pläne des Grafen auch immer aussehen mochten, Will war dankbar für die Gegenwart seines Freundes.

»Heute Nacht warst du der Heiler.«

Schildkröte, der niemals etwas preisgab, zuckte die Achseln.

»Wer bist du?«, fragte Will.

»Wer meinst du, könnte ich sein?«

»Ich glaube, du bist ein Zauberer oder vielleicht ein Druide.«

»Möglich, dass in meinen Adern etwas Druidenblut fließt«, sagte Schildkröte. »Meine Mutter ist verwandt mit Prinz Llewelyn. Und die Waliser sind der alten Religion treu geblieben. Doch das Jonglieren ist keine Magie. Es ist eine Kunstfertigkeit. Du hast mich oft genug üben sehen.«

»Ja, aber . . .«

»Eines schönen Tages wirst du Sir Hase sein, von der Garde des Grafen, du wirst von Grafschaft zu Grafschaft reiten und Furcht und Tod bringen. Und ich werde Schildkröte der Narr sein, der Überbringer von Magie und Freude.«

»Wenn ich mit Henry Plantagenet reite«, sagte Will, »werde ich Frieden nach England bringen.«

Schildkröte warf ihm einen durchdringenden Blick zu. »Das ist aber ein *großes* Wenn«, sagte er. »Doch Wunder sind schon geschehen, selbst in England.«

Plötzlich verdunkelte sich Schildkrötes Miene. Er warf seine Kapuze zurück und legte den Kopf zur Seite.

»Was ist?«

»Still!«, sagte Schildkröte. »Horch!«

Die schläfrigen Stimmen der Wachen waren zu hören, das Weinen eines Säuglings, eine singende Frau – alles gedämpft vom fallenden Schnee.

»Ich kann nichts hören«, sagte Will.

»Horch!«

Dann hörte er es, spürte es fast, ein Geräusch, so schwach wie ein Herzschlag. Klink, klink, Pause, klink. Es kam von den Steinen in der Wand. Klink, klink, Pause. Klink.

»Was ist das?«

Will schlug das Herz wild gegen die Rippen.

»Wir müssen den Grafen warnen«, sagte Schildkröte. »Sie untergraben die Westmauer!«

Die Flucht

Will und Schildkröte warteten auf den östlichen Zinnen, die Bogen schussbereit. So verharrten sie mit dem Rest der Burgwache schon seit über einer Stunde, den Blick stetig auf die Westmauer gerichtet. Jetzt wich die kalte schwarze Nacht einem aschefarbenen Morgengrauen. Keiner sprach. Männer wechselten unruhig die Stellung und versuchten ihre eiskalten Glieder aufzuwärmen. Die Anweisung des Grafen lautete, sie sollten sich still verhalten und schussbereit sein, sobald die Mauer einbrach.

Will starrte sie schon die ganze Zeit über so angestrengt an, dass sie inzwischen zu wanken und zu tanzen schien. In der Nacht hatten sie dem Marschall ihre Entdeckung gemeldet und er hatte sie zum Schlafgemach des Grafen gezerrt, damit dieser es aus ihrem Mund hörte. Graf Aubrey befragte sie eingehend und schickte den Marschall los, damit er ihre Geschichte bestätigte. Schildkröte war erstaunlich ruhig im Beisein des Grafen und hielt auch seine scharfe Zunge im Zaum.

Als der Marschall wiederkam, sagte er: »Die beiden haben sich nicht geirrt, Milord. Die Pioniere sind an der Arbeit. Ich denke, bis zum Morgengrauen wird die Mauer einstürzen.«

Der Graf ließ die Kaiserin informieren und gab Alarm, der die Burg aus ihrem mitternächtlichen Schlummer riss und ihre Verteidigung in Gang setzte. Bevor Will und Schildkröte entlassen wurden, dankte ihnen der Graf förmlich und reichte Schildkröte vier Silberpennys. Schildkröte und Will verbeugten sich und verließen hastig den Raum.

»Nicht übel, die Belohnung«, meinte Schildkröte und wollte Will zwei der Silbermünzen geben.

»Ich kann sie nicht anrühren«, flüsterte Will. »Hast du seinen Blick nicht gesehen?«

»Giftig, würde ich ihn nennen«, flüsterte Schildkröte zurück und steckte die Münzen ein. »Aber es ist gutes Geld, auch wenn er eine Giftschlange ist.«

Die bittere Kälte ließ Will ebenso zittern wie der Gedanke an den mörderischen Blick.

Was für ein Bösewicht Aubrey de Vere auch sein mochte, für eine ausgeklügelte Verteidigung der Burg hatte er Sorge getragen.

Bogenschützen waren auf dem Wehrturm und ringsum auf den Zinnen postiert. In der großen Halle, dem Torhaus und den Küchen standen berittene Kämpfer bereit und rings um den Burghof in jeder Hütte und jedem Lagerraum waren schwer bewaffnete Fußsoldaten versteckt. Frauen, Kinder und jene, die keine Waffe führen konnten, hatten in den Vorratsräumen unter der großen Halle und in der Kapelle Unterschlupf gefunden. Will vermeinte einen flüchtigen Blick auf die am Fenster stehende Lady Elaine zu erhaschen, doch da wurde dieses hastig mit Brettern vernagelt. Die Kaiserin stand neben dem Grafen auf der Brustwehr beim Torhaus, beide in vollem Harnisch.

Und dann geschah es. Will rieb sich wieder die Augen, aber diesmal bewegte sich die Mauer wirklich. Er zog einen Pfeil aus seinem Köcher. Die Mauer knirschte und ächzte, gefolgt von ohrenbetäubendem Kreischen, als die

Steine ins Rutschen kamen. Und dann stürzte sie ein. Es war furchterregender als alles, was Will bisher erlebt hatte. Zähneklappernd presste er sich gegen eine Zinne. Die Mauer röhrte wie ein Drachen, Steine stürzten auf den Burghof herein. Das Getöse war so laut, dass es alle anderen Geräusche verschluckte. Will konnte Männer schreien sehen, ohne sie zu hören. Eine riesige Staubwolke wuchs kohlrabenschwarz in den milchigen Himmel empor. Belzebub war nach Oxford gekommen.

Als sich der Staub zu lichten begann, stürmten die Männer des Königs durch die Bresche – geradewegs in die für sie aufgebaute Falle. Erst als die feindlichen Truppen den Burghof fast füllten, gab Graf Aubrey das Zeichen zum Angriff.

Tore und Türen flogen auf, Kriegshörner erschallten und die Berittenen fuhren mit blanken Schwertern mitten hinein zwischen die Feinde. Fußsoldaten kamen mit schimmernden Piken und Äxten aus ihren Verstecken gestürmt. Mit mörderischem Geschrei, das es mit den Kriegshörnern und dem Getöse der stürzenden Mauer hätte aufnehmen können, stürzten sie sich in den Kampf. Auch Will schrie. Sein Pfeil traf einen Ritter in Essex' Farben und warf ihn um. Aber bevor er über den Tod eines Feindes Stolz oder Reue verspüren konnte, hatte er schon einen zweiten Pfeil angelegt und abgeschossen.

Hunderte der Männer des Königs fanden den Tod, niedergemäht von Schwert und Axt, von Pfeilen durchbohrt. Als schließlich zum Rückzug geblasen wurde, hatte sich der Burghof in ein Meer aus Schlamm und Blut verwandelt. Will und Schildkröte wurden ausgeschickt, um jeden, der vielleicht ein Lösegeld einbringen konnte, zu retten. Den Unfreien befahl man, die Leichen der Feinde über die Mauer nach draußen zu werfen und Steine aufzuhäufen, um die Bresche zu schließen. Noch einmal mussten viele ihr Leben lassen, da sie bei ihrer Arbeit von den Belagerungstürmen her unter Beschuss genommen wurden.

Die Lage war schlimmer denn je. Die Westmauer konnte nie mehr ordentlich aufgebaut werden. Rammböcke und Steinschleudern zerstörten die ausgebesserte Stelle wieder und immer wieder. Dadurch war die Burg für Stein- und Feuerwurf und für überfallartige Attacken verwundbarer geworden. Das Dreikönigsfest lag nun drei Wochen zurück – drei Wochen voller Winterstürme und bitterer Kälte. Die Themse war fest zugefroren und tiefer Schnee bedeckte das Land. Auf der Burg war es drinnen ebenso kalt wie draußen. Das Feuerholz war so knapp geworden, dass nur die Gemächer der Kaiserin und das der Kinder geheizt wurden. Die Lebensmittelvorräte gingen zur Neige. Krankheit, gepaart mit Verzweiflung, verbreitete sich auf der Burg.

»Wir haben unsere Chance verspielt«, meinte Schildkröte. »Die Kaiserin hätte den Feind angreifen sollen, als die Westmauer fiel.«

»Ich kann nicht zulassen, dass Ihr gegen die Kaiserin sprecht, Torrence!« Lady Elaines Augen blitzten. »Selbst wenn es der Wahrheit entspricht, was Ihr sagt.«

Schildkröte lachte und Will stimmte mit ein, obwohl ihn das Gespräch nervös machte. Es gab Männer, die für weniger gehängt worden waren. Andererseits liefen sie nur wenig Gefahr, belauscht zu werden, denn sie befanden sich in der kleinen Kammer hinter dem Kindergemach, dessen Tür gewissermaßen von den schlafenden Kindern und Damen bewacht wurde. Seit Lady Elaines Rückkehr hatte sie sich mehrmals im Geheimen mit Will und Schildkröte getroffen und die beiden dabei eher wie Ratgeber als wie Pagen behandelt. Die kleine Kammer war der sicherste Platz, den sie hatten finden können.

Was Schildkröte über die Kaiserin gesagt hatte, traf zu. Sie übte Zurückhaltung, wo eine Attacke gefordert gewesen wäre. Graf Aubrey hätte die Gelegenheit ergriffen. Doch die Entscheidung blieb Kaiserin Matilda vorbehalten, deren Befehl die Burg ja nun unterstand.

»Was würde geschehen, wenn sich die Kaiserin ergeben würde?«, fragte Will.

»Das kann und wird sie nicht tun«, erwiderte Lady Elaine.

»Was wäre, wenn sie fliehen könnte?«, fragte Schildkröte.

»Der König würde ihre Verfolgung aufnehmen«, sagte Lady Elaine. »Die Burg wäre dann entlastet. Stephen kann nicht gleichzeitig uns belagern und Matilda verfolgen.«

»Dann müssen wir einen Fluchtplan für sie ersinnen«, meinte Will.

»Und wenn sie nicht freiwillig geht, können wir sie immer noch von den Zinnen werfen«, ergänzte Schildkröte.

Lady Elaine lachte. Sie war bezaubernd; selbst das elende Leben unter Belagerung konnte ihrem Liebreiz nichts anhaben.

»Wenn sie dabei auf dem gefrorenen Fluss landet, rutscht sie bis fast nach Wallingford«, spann Will den Faden weiter.

Schildkröte lachte, aber Lady Elaine wurde ernst. Hatte sein Scherz sie verstimmt?

»Verzeiht mir, Milady, wenn ich unziemlich daherrede.«

»Will!«, sagte sie und ihre Augen funkelten im Licht der Fackeln. »Ich sehe den Anfang eines Plans.«

»Ich sehe ihn auch!«, kam von Schildkröte.

Was mögen sie wohl sehen?, dachte Will, hielt aber den Mund.

»Die Kaiserin könnte auf dem gefrorenen Fluss fliehen«, sagte Schildkröte.

»Und man könnte sie auf der Südseite des Wehrturms ablassen«, ergänzte Lady Elaine. »Direkt aufs Eis.«

Es *war* ein Plan, ein wunderbarer Plan!

»Sie könnte sich Gleitkufen anlegen, wie wir es in Wallingford getan haben, und so über das Eis entkommen«, fuhr Will fort.

»Und auf dem Fluss käme sie fast bis nach Wallingford«, sagte Lady Elaine. »Sir Brian kann sie dann zu Robert von Gloucester bringen. Und ich möchte bezweifeln, dass Stephen sie bis dorthin verfolgen oder diesen Winter eine weitere Belagerung anstrengen würde.«

Auch die Vorräte des Königs mussten zur Neige gehen, obwohl es ihnen nicht an Feuerholz fehlte und sie Tag und Nacht mehrere große Feuer unterhielten. Will schlug die Arme übereinander und versuchte sich die Hände in den Achselhöhlen aufzuwärmen.

»Würde sie so einen Plan in Betracht ziehen?«, fragte Schildkröte.

»An Mut mangelt es Ihrer Kaiserlichen Hoheit jedenfalls nicht«, erwiderte Lady Elaine.

Woran es ihr auch sonst mangeln mochte, dachte Will.

»Und sie findet die Unzulänglichkeiten von Burg Oxford ja ohnehin nicht zumutbar«, spottete Schildkröte.

Obwohl die Kaiserin die Einzige auf der Burg war, die komfortabel lebte, beklagte sie sich unentwegt. Das Essen war ungenießbar, ihr Gemach kalt, der Gestank der Kranken unerträglich. Es war ja tatsächlich unerträglich, doch nicht in ihrem warmen Gemach, weit von dem Elend jener entfernt, die für ihre Verteidigung das Leben ließen.

»Doch scheint mir das Ganze sehr gewagt. Wie könnte ihre Flucht unentdeckt bleiben?«, fragte Lady Elaine. »Selbst in der dunkelsten Nacht wäre sie deutlich zu sehen.«

»Es würde nur einen Augenblick lang dauern, bis sie weit genug weg wäre, um nicht mehr entdeckt zu werden«, wandte Will ein.

»Ein Augenblick ist lang genug für einen Pfeil, um sein Ziel zu finden«, sagte Schildkröte.

Sie verstummten. Es war ein guter Plan und er konnte auch erfolgreich sein, wenn man die Kaiserin nur irgendwie unsichtbar machen konnte. Will betrachtete Lady Elaines Gesicht, fahl wie der Wintermond, von ihrer schneeweißen Haube eingefasst. Sie würde in der schneebedeckten Landschaft verschwinden. Und genauso würde es die Kaiserin tun, wenn man sie von Kopf bis Fuß in Weiß hüllte!

»Was wäre, wenn die Kaiserin einen aus Bettlaken geschneiderten Mantel hätte?«, fragte Will. »Was wäre, wenn sie ganz in Weiß gekleidet ginge?«

»Ihr Gesicht verschleiert, die Hände unter weißen Handschuhen verborgen!«, ergänzte Schildkröte, der sich von Wills Begeisterung hatte anstecken lassen.

»Ja, ganz in Weiß könnte sie ungesehen fliehen«, stimmte Lady Elaine zu und sah erst Will und dann Schildkröte durchdringend an. »Natürlich müssten ihre Begleiter ebenfalls in Weiß gekleidet gehen.«

Will kniete sich zu ihren Füßen nieder.

»Ich werde sie begleiten, Milady!«

»Und ich ebenfalls«, sagte Schildkröte und kniete sich daneben.

»Es ist ein höchst gefährlicher Plan. Doch passt er zu euch beiden, Will und Torrence«, sagte Lady Elaine. »Ich glaube, ihr kennt den Weg nach Wallingford so gut wie sonst niemand. Und ihr seid die Einzigen, die Ihre Hoheit auf Gleitkufen den Fluss hinunterschaffen können.«

Zum ersten Mal seit Wochen wurde es Will warm. Das war seine Chance!

»Milady! Edith hat mir einen verborgenen Durchschlupf zu den Ställen gezeigt. Die Kaiserin könnte also im Geheimen nach Wallingford hineinkommen.«

»Und wäre damit dem Zugriff des Königs entzogen«, ergänzte Lady Elaine. »Ich werde auf der Stelle mit dem Grafen und Ihrer Kaiserlichen Hoheit sprechen.«

Würden die beiden dem Plan zustimmen? Würde die Kaiserin zwei Jungen mit dem Schicksal Englands betrauen?

»Sir Hase, du wirst wie der Schneehase sein, der sein Gewand wechselt, um die Jäger zu täuschen«, kam es da von Schildkröte.

»Solange sein Herz standhaft bleibt und treu, mag Master Will Belet jede Farbe seiner Wahl tragen«, schloss Lady Elaine.

Irgendwie gelang es ihr, ihren Gemahl und Kaiserin Matilda von dem Plan zu überzeugen. Sie berichtete, sie hätte an das Schamgefühl der Kaiserin appelliert, doch hatte Will Mühe, sich das vorzustellen.

Es war auch vereinbart worden, dass eine Schar Ritter, einer unter ihnen als Kaiserin Matilda verkleidet, aus dem seitlichen Tor einen Ausfall unternehmen und damit eine Flucht vorgaukeln sollte, während man Matilda vom Turm abseilte. Die Bogenschützen würden weitere Verwirrung stiften, indem sie die Belagerungstürme mit brennenden Pfeilen unter Beschuss nahmen. Die Kaiserin hatte mehrere bewaffnete Ritter als Eskorte verlangt. Doch schließlich musste sie zustimmen, dass klappernde Rüstungen und Waffen ihre Flucht gefährden konnten.

Sobald man sich auf den Plan geeinigt hatte, schritt man unter größter Geheimhaltung eiligst zur Tat. Alle Damen, selbst die Prinzessin von Holstein, wurden an die Arbeit gesetzt, um aus Bettlaken Kapuzenmäntel für die Kaiserin, Will und Schildkröte zu schneidern. Sir Percival wiederum wurde so ausstaffiert, dass er aussah wie die Kaiserin. Lady Marle opferte ihre Flechten für einen falschen Zopf. Will und Schildkröte trieben in der Küche ein paar ausgekochte und von ihrem Fleisch befreite Schienbeinknochen auf, aus denen sie Gleitkufen herstellten.

Früh am nächsten Morgen brachten sie die Kufen zur Kaiserin.

»Welcher von euch ist der Hase und welcher ist die Schildkröte?«, wollte sie wissen.

»Eure Hoheit«, sagte Lady Elaine und legte eine Hand auf Wills Schulter. »Dies ist Master William Belet, manchen als Hase bekannt, Sohn des Sir John Belet von Blindley Heath.«

Lady Elaine hatte Will niemals Hase genannt.
»Und das ist Torrence von Cornwall, vom edlen Blut der Waliser.«
Die Kaiserin setzte ein bösartiges Lächeln auf und Will spürte, wie sich Schildkröte versteifte.
»Das also ist die Schildkröte«, sagte Kaiserin Matilda.
»Ihre Beinamen werfen ein falsches Bild auf die Fähigkeiten und die Tapferkeit dieser jungen Männer. Ich vertraue darauf, dass sich Eure Hoheit nicht von solchen Nichtigkeiten in die Irre leiten lässt.«
»Ich beurteile einen Mann nach seinen Taten«, gab die Kaiserin zurück. »Lasst uns mit den Lektionen beginnen!«
Zumindest hatte Matilda sie nicht Jungen genannt. Sie gingen zur Spitze des Turms, die man mit Wasser überflutet hatte, das inzwischen gefroren war. Schildkröte holte die Kufen hervor, die er mit Lady Marles Hilfe an den fellgefütterten Stiefeln der Kaiserin befestigte.
Zwischen den Zinnen des Turms hatte man Bretter befestigt, damit sie vor Pfeilen sicher waren und die Männer auf dem Belagerungsturm nicht sehen konnten, was sie da trieben. Sie befanden sich außerhalb der Reichweite der Katapulte, die Steine und griechisches Feuer schleuderten. Somit brauchte man nur eins fürchten: den Zorn der Kaiserin.
»Ungeschickte Tölpel!«, herrschte sie Will und Torrence an, als sie auf dem Eis ausglitt. »Ihr habt mich nicht richtig festgehalten!«
Sie knuffte Will die Ohren und bohrte ihre Fingernägel in seine Schulter. Er musste daran denken, was für ein Spaß es gewesen war, als ihm Edith das Eislaufen beigebracht

hatte – wie sie sich ausgeschüttet hatten vor Lachen. Hätte er jetzt gelacht, würde ihm die Kaiserin bestimmt die Zunge herausschneiden lassen.

Aber sie gab nicht auf. Will nahm mit Erstaunen zur Kenntnis, wie angestrengt sie übte. Viele Male glitt sie aus und stürzte, viele Male verfluchte sie ihre beiden Lehrer. Aber bis zum Ende des Tages lief sie gut genug, um es bis Wallingford zu schaffen.

Am nächsten Tag übten sie vormittags, nachmittags ruhten sie sich aus. Bei Sonnenuntergang servierte man Will und Schildkröte in der kleinen Kammer beim Kindergemach ein vollständiges Mahl. Sie bekamen Suppe, die sogar nach Fleisch schmeckte, Brot mit Hartkäse und gutes Bier zum Trinken. Viele verzichteten auf ihre Ration, damit sie sich satt essen konnten.

»Iss, Hase!«, befahl Schildkröte. »Mit leerem Magen schaffst du es niemals bis nach Wallingford.«

Zum ersten Mal seit Wochen aß Will sich satt und dann schliefen sie, bis Lady Elaine sie weckte. Mitten in der Nacht aufzustehen erinnerte Will an die Frühmette in Godstone. Vielleicht erhob sich Simon gerade jetzt von seinem Lager, um die Mitternachtsmesse zu singen. Will steckte das Kreuz, das er von seinem Freund erhalten hatte, unter den Gürtel. Vielleicht würde dieser an ihn denken und ein Gebet für ihn sprechen.

Die Burg war dunkel und still. Lady Elaine und Dame Catherine halfen ihnen leise in ihre weißen Mäntel und wickelten Leinenstreifen um ihre Beinlinge aus dunkler Wolle. Jeder erhielt einen kleinen Beutel mit Proviant und einen Dolch. Lady Elaine gab Will einen Brief für Lady Margaret mit.

»Weder vom Grafen noch von der Kaiserin werdet ihr angemessenen Dank erhalten für diese Tat. Doch ich, Elaine, Gräfin von Oxford, Tochter des großen Hauses von Somerset, ich danke euch im Namen aller, die dank des Mutes von Master William Belet und Knappe Torrence von Cornwall überleben werden«, sagte Lady Elaine feierlich.
Will starb fast vor Verlegenheit. Und auch Schildkröte war ausnahmsweise einmal ganz durcheinander.
Dann küsste sie jeden von ihnen und brachte sie zur Kaiserin. Will, dem immer noch die Wangen brannten und der Kopf wirbelte, folgte ihrer Haube, die in der Dunkelheit aussah wie eine große Motte. Seine Herrin hatte ihm große Ehre erwiesen. Mochte Gott ihm dabei helfen, sich würdig zu erweisen.
Die Kaiserin war schon fertig angekleidet und bereit zum Aufbruch. Lady Marle kniete zu ihren Füßen und küsste ihre Hand. Der Graf stand mit Sir Percival und den anderen Rittern am Ausfalltor bereit. Will und Schildkröte legten ihre Gleitkufen an, halfen der Kaiserin und überzeugten sich, dass alles fest saß. Keiner sprach. Auf ein Nicken Matildas hin löschten die Diener die Fackeln und nahmen den Laden aus dem Südfenster. Lady Elaine umarmte Will und Schildkröte und flüsterte: »Gott möge euch Flügel verleihen!«
Man hatte beschlossen, erst einmal Will oder Schildkröte abzulassen, falls man sie bemerkte. Das Los entschied, dass es Will sein sollte. Unbeholfen stakste er auf seinen Gleitkufen zum Fenster, wo zwei kräftige Ritter ihm das Ende einer riesigen, am Boden liegenden Seilrolle um die Mitte banden. Dann hoben sie ihn hinauf. Will glitt mühe-

los durch die schmale Öffnung und kauerte sich draußen auf dem Sims nieder.
Die verschneiten Felder lagen still und silbern im Mondlicht. Die gefrorene Themse schimmerte. Leise wieherte ein Pferd. Weit und breit war kein Mann des Königs zu sehen. Aber Wills Herz klopfte so laut in seiner Brust, dass es jemand, der unten Wache schob, mühelos hätte hören können. An die Höhe hatte er bisher gar nicht gedacht. Es war ein weiter Weg bis hinunter zum Fluss und mit einem tödlichen Sturz war keine Ehre zu erringen. Schließlich beruhigte er sich so weit, dass er sich umdrehen und den Rittern zunicken konnte. Lady Elaine hielt ihren Blick unverwandt auf ihn gerichtet und sie hatte die Hände so fest vor sich verschlungen, dass die Knöchel ganz weiß hervortraten. Nun ließ sich Will behutsam vom Fenstersims ab hinaus in die kalte Luft. Seine eigenen Hände, mit denen er das Seil umklammerte, waren so weiß wie die Laken. Er richtete ein Stoßgebet an Sankt Judas Thaddaeus, während ihn die Männer weit, weit hinabließen auf den gefrorenen Fluss.

Der Schneehase

Will landete mit einem Ruck, dann rutschten seine Füße unter ihm weg und er stürzte lang gestreckt aufs Eis. Seine Finger kämpften mit dem verknoteten Seil. Als es ihm gelungen war, sich zu befreien und auf die Füße zu kommen – auf die Kufen, besser gesagt –, gab er Zeichen nach oben und sie zogen das Seil hinauf. Das Abseilen vom Turm hatte er sicher hinter sich gebracht, was jedoch keinesfalls hieß, dass er nun in Sicherheit war. Nein, er war völlig ungeschützt auf dem gefrorenen Fluss. Er versuchte sich Lady Elaines lobende Worte ins Gedächtnis zurückzurufen, um die Angst zu verscheuchen, die ihn mehr frieren ließ als die eiskalte, schwarze Nacht.

Gerade ließen sie die Kaiserin ab. »Bitte, Gott, mach, dass sie den Mund hält!«, betete Will. Am Seil baumelnd, umgeben von Dunkelheit und unsichtbaren Feinden . . . er wusste, wie entsetzlich man sich da fühlte, und Ihre Kaiserliche Hoheit pflegte nicht in aller Stille zu leiden. Aber dieses eine Mal musste sie sich unbedingt ruhig verhalten. Obwohl Will erbärmlich fror, wagte er sich nicht zu rühren, um die Kälte zu vertreiben. Gut möglich, dass die Königsgarde den Fluss im Auge behielt und nur auf die geringste Bewegung wartete, damit ihre Pfeile ein Ziel fanden. So eine kalte Nacht wie diese hatte er noch nie erlebt, nicht einmal während der Schlacht von Lincoln. Die Angst, das Warten nahmen kein Ende.

Die Kaiserin hing inzwischen auf halber Höhe des Turms.

Ihr Mantel verschwamm mit dem hellen, im Mondlicht silbern schimmernden Stein. Obwohl Will wusste, wo sie sich befand, hatte er Mühe, sie zu sehen. Will hoffte, dass auch er mit seiner Umgebung verschmolz. Wie Schildkröte gesagt hatte: Er war der Schneehase, dessen Fell ihn vor dem Jäger schützte. Aber vor Pfeil oder Lanze schützten weder ein weißes Fell noch ein weißer Mantel. Hasenfurcht drohte ihn zu überwältigen.
»Hilf mir, du Trottel!«, befahl die Kaiserin in einem rauen Flüstern. »Steh nicht wie angewurzelt da!«
Er war so in seiner Angst gefangen gewesen, dass er gar nicht gemerkt hatte, dass sie nur wenige Fuß von ihm entfernt auf dem Eis gelandet war. Er eilte zu ihr, half ihr die Balance zu finden und löste das Seil. Nachdem er zweimal daran geruckt hatte, zogen es die Ritter wieder hoch. Schildkröte wurde, ohne Rücksicht darauf, dass er mehrmals gegen den Turm knallte, hastig abgelassen.
Gerade als Schildkröte unten ankam, hörten sie das Knarren des Seitentors und gedämpftes Pferdewiehern. Der Köder für die königlichen Truppen wurde ausgeworfen.
»Hilf mir!«, flüsterte Schildkröte. »Beeil dich!«
Sie knoteten das Seil auf, ließen es hochziehen und wandten sich dann so schnell sie konnten flussabwärts, Richtung Wallingford. Unmittelbar darauf wurde Alarm gegeben – die Männer des Königs hatten die Oxford-Ritter entdeckt! Das halbe Lager würde ihnen nun nachsetzen wie der Teufel der armen Seele.
»Jetzt ist Eile geboten!«, flüsterte Schildkröte. »Dürfen wir Eurer Kaiserlichen Majestät behilflich sein?«
Als sie nickte, hängten sich Will und Schildkröte bei ihr ein

und nun glitten sie schneller als jemals zuvor auf ihren Kufen dahin.
Eiseskälte und kalte Angst durchdrangen Will, doch jetzt war er zumindest in Bewegung. Er würde den Männern des Königs davonlaufen, ebenso wie seiner eigenen Angst. Jetzt war der Zeitpunkt gekommen, ihren Vorteil zu nutzen. Ihr Plan würde gelingen – wenn die Ritter den Feind lange genug ablenken konnten und sich nicht einholen ließen. Denn falls man sie einfing, würde König Stephen natürlich augenblicklich Bescheid wissen und Matildas Verfolgung aufnehmen.
Der König musste wissen, dass die Lage auf Burg Oxford verzweifelt war und dass Ihre Kaiserliche Hoheit fliehen würde, sollte sich eine Gelegenheit bieten. Falls ihre Flucht nun misslang . . . falls die Ritter versagten . . . Kaiserin Matilda würde man in Eisen legen und Englands ganze Hoffnung wäre zunichte gemacht. Die Ritter, Schildkröte, er selbst würden einen langsamen, grausamen Tod erleiden. Sie mussten so schnell wie möglich die größtmögliche Entfernung zwischen sich und Oxford legen. Dann brauchte sich Will nur noch um Wölfe und Gesetzlose sorgen. Im nächsten Augenblick blieb Will an einer Baumwurzel hängen. Er verlor das Gleichgewicht, krachte aufs Eis und hätte fast die Kaiserin mit sich gerissen.
»Dummer, ungeschickter Junge!«, zischte sie.
Schildkröte gab ihm die Hand und zog ihn auf die Beine. Als Will seinen linken Fuß belastete, zuckte er zusammen.
»Kannst du noch laufen?«, fragte Schildkröte.
»Ich werde es müssen, oder?«
Schildkröte zuckte die Achseln.

»Dann kommt!«, drängte die Kaiserin. »Wir müssen weiter!«
Sie setzten sich wieder in Bewegung. Jetzt schien es fast so, als wäre es die Kaiserin, die Will stützte. Sein Knöchel pochte, doch jeder weit ausholende Schritt war ein Schritt auf die Freiheit zu. Er würde nicht an die Schmerzen denken. Er würde nur an Wallingford denken, das zwölf Meilen vor ihnen lag. Wallingford . . . Sicherheit.
Sie waren im Begriff, unter der Brücke durchzufahren. Der alte Brückenwart hatte auf Burg Oxford Zuflucht gesucht. Ohne Zweifel trieben nun die Männer des Königs den Brückenzoll ein. Würden ihnen drei unter der Brücke vorbeihuschende Schatten auffallen? Wills linker Fuß glitt in eine Delle im Eis und er stöhnte auf. Einen Schatten, der auch noch Lärm machte, würden die Männer gewiss bemerken. Was gäbe er darum, auf seiner kleinen Stute nach Wallingford zu galoppieren! Nicht dass sie in ihrem gegenwärtigen Zustand noch hätte galoppieren können. Sie bestand nur noch aus Haut und Knochen und war benommen vor Hunger und Bewegungsmangel. Sobald die Belagerung vorüber war, würde er dafür sorgen, dass sie so viel Heu und Hafer bekam, wie sie nur fressen konnte, damit sie wieder Gewicht zulegte und zu Kräften kam. Er würde . . .
»Hase!«
Will schrak auf. Fast wäre er in einen Traum abgeglitten und Gefahr gelaufen, ein zweites Mal zu stürzen und sich auch noch den anderen Knöchel zu verdrehen. Die Kälte und die Angst betäubten seinen wehen Fuß und alles andere, auch seinen Kopf.

Der Umhang und die Kapuze der Kaiserin waren mit dichtem Pelz gefüttert, ebenso wie ihre Stiefel und Handschuhe, aber frieren musste sie trotzdem. Doch ohne sich je zu beklagen, machte sie einen weit ausholenden Schritt nach dem anderen und glitt stetig dahin. Dunkelheit und Kapuze verbargen ihr Gesicht, doch drückte ihre gesamte Gestalt eiserne Entschlossenheit aus. Sie hatte kaum noch Ähnlichkeit mit der selbstsüchtigen, boshaften Frau, die er von der Burg her kannte. Wie sie da neben ihm herglitt, sah man, dass sie wahrhaftig die Erbin König Henrys war. Lady Elaine hatte Recht – Kaiserin Matilda fürchtete sich nicht davor, ihre Kämpfe auszufechten. Aber konnte sie sie auch gewinnen? Und war sie erst einmal im Besitz der Krone, hätte sie auch die Kraft und die Weisheit, sie zu behalten?

Schildkröte fing seinen Blick ein. Will hob den Kopf. Gerade passierten sie die verkohlten Überreste einer aus lehmbeworfenem Flechtwerk gebauten Hütte am Flussufer. Hier war die Kräuterfrau zu Hause gewesen. Sie hatte es nicht bis zur sicheren Burg geschafft. Will murmelte ein rasches Gebet. Er hoffte, sie hatte einen raschen Tod gefunden.

Fast die Hälfte der Strecke lag hinter ihnen. An der nächsten Windung gab Schildkröte Will ein Zeichen. Ab hier mussten sie querfeldein über den Schnee gehen. Sie halfen der Kaiserin die Uferböschung hinauf, wo sie ihr und sich selbst die Kufen lösten und sie im Schnee begruben. Alle drei atmeten schwer, dabei lag der schwierigste Teil ihrer Flucht noch vor ihnen.

»Eure Kaiserliche Hoheit«, sagte Schildkröte, »dies hier ist möglicherweise die einzige geschützte Stelle bis nach Wallingford.«

Vor ihnen lagen offene Felder mit nur einigen wenigen lichten Wäldchen, um den Wind zu brechen.

»Dann werden wir uns hier eine kleine Weile ausruhen«, erwiderte die Kaiserin.

Will und Schildkröte gossen Wein für sie ein und schnitten Käse auf, den sie auf ein leinernes Tuch legten.

»Esst ebenfalls!«, befahl sie. »Für den Augenblick werden wir die höfischen Sitten beiseite lassen.«

Sie aßen Hartkäse und tranken Wein, der sie wärmte. Will begann gerade wieder ruhig zu atmen, als sich die Kaiserin erhob und ihre Röcke ausschüttelte. Als er ebenfalls aufstand, fuhr ein so glühender Schmerz in seinen Knöchel, dass er stürzte.

Schildkröte beugte sich über ihn und berührte sanft das geschwollene Fleisch.

»Tja, du bist der Heiler«, sagte er. »Was sollen wir tun?«

»Fest umwickeln.«

Schildkröte ließ den Blick über die Eis- und Schneeflächen wandern, als lägen am Flussufer Binden herum.

»Trennt hiervon ein Stück ab!« Kaiserin Matilda hielt ihnen den Saum ihres Umhangs hin. »Im Schnee wird er mich nur zum Stolpern bringen.«

Schildkröte tauschte einen Blick mit Will. Sich Ihrer Kaiserlichen Hoheit mit einer Klinge so weit zu nähern, bezahlte man gewöhnlich mit dem Leben. Es war . . .

»Muss ich es selber machen?«, fragte sie. »Nein, Eure Kaiserliche Hoheit.« Zittrig holte Schildkröte seinen Dolch hervor und trennte am Saum ihres Umhangs einige Streifen Stoff ab.

»Ihr seid sehr gnädig, Hoheit«, sagte Will.

»Macht vorwärts!«, befahl sie. »Wir müssen aufbrechen!«

Sie hätte Will zurücklassen können, auch wenn er der Einzige war, der den geheimen Zugang nach Wallingford kannte. Mit einem humpelnden Jungen unterwegs zu sein war möglicherweise gefährlicher, als in Wallingford unvermutet ans Tor zu klopfen.

Will half Schildkröte die Bandage um seinen Knöchel zu wickeln, und kurz darauf machten sie sich auf den Weg über die mondbeschienenen Felder. Weit in der Ferne heulte ein Wolf. Die Schneeverwehungen verbargen alle Gräben und Mulden und so stolperten alle drei immer wieder und mussten sich schrecklich quälen. Wills Beinkleider waren durchweicht und eisverkrustet. Beine, Gesicht und Hände brannten ihm vor Kälte. Jeder Schritt schien ein Ding der Unmöglichkeit. Die Kaiserin wäre besser beraten gewesen, hätte sie Männerkleidung angelegt, denn nun kämpfte sie mit ihren Röcken. Sie kamen viel zu langsam vorwärts. Sollte die Morgensonne sie hier auf offenem Gelände erwischen, wären sie, trotz ihrer Tarnkleidung, klar und deutlich zu sehen.

Was hatte Lady Elaine mit ihrer Bemerkung gemeint, er könne jede Farbe seiner Wahl tragen? Wollte sie damit sagen, es sei nicht ehrlos, einem anderen Herrn seine Treue zu schenken? Möglich, dass Lady Elaine ihren Gatten davon abhalten konnte, ihn, Will Belet, töten zu lassen. Doch konnte sie Aubrey nicht zwingen ihn im Leben voranzubringen oder ihm die Ritterwürde zu verleihen. Auf Burg Oxford würde Will stets der Hase bleiben. Graf Aubrey konnte ihn auf alle Zeiten im Stand eines Knappen belassen, und das war möglicherweise schlimmer als der Tod. Vielleicht kehrte Lady Elaine ja auch nach Somerset zurück, dann konnte er ihr zum Gut des Bischofs folgen. Aber der würde einen Schreiber aus ihm machen wollen, keinen Ritter. Und sein ganzes Leben mit dem Federkiel in der Hand zu verbringen war ihm unmöglich. Knappe zu bleiben war da noch immer das kleinere Übel.

Als Will plötzlich in einen Graben fiel, versank er bis zum Kinn im Schnee. Sein Knöchel war nichts als Schmerz. Er war so müde. Er würde sich hier ausruhen. Die anderen konnten ja vorangehen.

»Steh auf!«, befahl Schildkröte.

»Geht weiter! Lasst mich hier!«

»Master William Belet! Du kannst dich nicht deiner Pflicht entziehen und die Kaiserin im Stich lassen!«

Er hörte sich fast wie Sir John oder Peter von Redvers an. Außerdem hatte er ihn Master William Belet genannt! Einen Augenblick lang, während Will versuchte seine Gedanken zu ordnen, schwamm ihm der Kopf. Dann schüttelte er sich heftig.

Er musste sich aufrappeln! Er war es, der den geheimen Zugang nach Wallingford kannte. Er würde seiner Pflicht nachkommen, würde sich des guten Namens seines Vaters würdig erweisen. Als Will begann sich aus dem Schnee zu kämpfen, griff Schildkröte mit einem grimmigen Lächeln nach seiner Hand.

»Beeilt euch!«, befahl die Kaiserin.

Der nahende Morgen verdrängte allmählich die Dunkelheit.

Sie stießen auf einen Damm, wo nur wenig Schnee lag und

sie sicheren Fußes gehen konnten. Doch der weite Marsch begann nun auch auf die Kaiserin Auswirkungen zu haben. Will konnte die scharfen Linien ihres Gesichts ausmachen, gezeichnet von der Mühe, die ihr jeder einzelne Schritt bereitete. Ihr Atem kam rau und heiser, während sie sich vorwärts kämpfte. Doch sie ging klaglos gegen ihre Erschöpfung an. Will stützte sie, so gut er konnte, aber es war Schildkröte, der die Hauptlast trug. Vielleicht wäre es besser gewesen, noch ein Stück ihrer dick mit Schnee und Eis verkrusteten Gewänder abzuschneiden, um so das Gewicht zu verringern, das sie mit sich zerren musste.

Vor dem im Osten zunehmend helleren Himmel hob sich schwarz das Landgut Wallingford ab. Es war höchstens eine Meile entfernt. Sie konnten dem Damm folgen und sich dann, auf Höhe des Tores, seitwärts über ein verschneites, offenes Feld schlagen. In der Brombeerhecke, die sich rings um die Palisaden zog, war eine Lücke offen gehalten worden, durch die man zu einer verborgenen Tür und hinein auf das Anwesen gelangte. Natürlich hatte alles ganz anders ausgesehen, als Edith es Will gezeigt hatte. Was, wenn er die Lücke nicht fand? Drei weiß gekleidete Gestalten, die sich vor den Befestigungsanlagen zu schaffen machten, mussten Verdacht erregen. Gut möglich, dass Sir Brians Wachen auf sie schossen.

Doch dieses Risiko mussten sie, um der Geheimhaltung willen, in Kauf nehmen. So konnte die Kaiserin, sobald sie wieder bei Kräften war, in neuer Verkleidung ihre Flucht zu Robert von Gloucester aufnehmen und König Stephen endgültig entkommen. Falls jedoch laut wurde, dass sie sich nach Wallingford abgesetzt hatte, würde die geballte

Macht der königlichen Truppen über sie hereinbrechen. Und einem solchen Ansturm hätte Wallingford keinen einzigen Tag lang standhalten können.

Ein mühseliger Schritt folgte dem anderen. Endlich waren sie auf dem Damm, der hier zur Seite hin abbog, auf Höhe des Tores angelangt. Der Himmel glich lavendelblauer Seide; nicht mehr lange und die Sonne würde sich zu einem wolkenlosen Tag erheben.

»Eure Hoheit«, sagte Schildkröte auf ein Nicken von Will hin. Auch er atmete schwer und sein Gesicht war von Reif gerahmt. »Wir müssen jetzt wieder hinaus in den Schnee und über dieses Feld hinweg.«

»Also gut«, sagte sie mit kraftloser Stimme.

Es war nicht sehr weit bis zur Hecke, doch sie schienen eine Ewigkeit zu brauchen. Es war unmöglich, Matilda zur Eile anzutreiben, konnte sie sich doch kaum mehr auf den Beinen halten. Will selbst kam fast nicht vom Fleck. Der Schnee war wie ein bösartiges Tier, das an ihnen zerrte und sie davon abhielt, den sicheren Hort zu erreichen.

Kämpfe dagegen an!, schoss es Will durch den Kopf. Du musst es bekämpfen wie einen Drachen oder einen feindlichen Ritter. Lass nicht zu, dass der Schnee den Sieg davonträgt! Kämpf dich durch!

Und irgendwie gelang es ihnen.

Mit den ersten goldenen Sonnenstrahlen, die auf das verschneite Land fielen, langten sie an dem Schatten der Dornenhecke an und Will fand auch gleich die verborgene Lücke. Eine letzte Mühsal brachte sie durch das aus einer Schneewehe ragende Dornengestrüpp. Dann schlüpften sie durch die Geheimtür, die direkt in die Ställe führte.

Noch bevor Will nach einer Decke suchen konnte, auf die sich Kaiserin Matilda hätte legen können, ließ sie sich auf das warme, süße Heu fallen. Will und Schildkröte taten es ihr nach. Und dann lagen sie in dem menschenleeren Stall, hörten dem leisen Wiehern der Pferde zu und atmeten die warme Stallluft ein.

Sir Hase

Ihr habt uns guten Dienst geleistet, Master Hase. Und wir sind nicht undankbar«, erklang das raue Flüstern der Kaiserin. Möglich, dass sie nur vorsichtig war. Möglich, dass sie nicht mehr über die Lippen brachte.

Will lag schweigend im Heu, wo Schildkröte ihn und die Kaiserin zurückgelassen hatte, um Sir Brian zu holen. Was sollte er zur Antwort geben? Will zog die raue Decke, die Schildkröte gefunden hatte, fest um die Schultern. Seine Zähne begannen zu klappern, während die Wärme von Heu und Decke seine abgestorbenen Glieder wieder zum Leben erweckte. Er hätte sich lieber auf die Suche nach Sir Brian gemacht, als hier mit der Kaiserin zurückzubleiben, aber Schildkröte hatte gesagt, ein humpelnder Hase könne nicht unbemerkt über das Anwesen der FitzCounts huschen.

»Also, Master Hase, wie soll Eure Belohnung aussehen?«

»Wie meint Ihr, Hoheit?«

»Wie soll ich Euch für den Dienst, den ihr mir erwiesen habt, entlohnen?«

Er suchte nach Spott in ihren Zügen, doch sie wirkte aufrichtig.

»Ich tat lediglich, was ich meiner Herrin schuldig bin«, entgegnete Will.

»Vielleicht werde ich letzten Endes doch noch Königin werden!« Matilda lachte trocken, hustete. »Wenigstens habe ich Stephen auf eine fröhliche Jagd geschickt. Also, Junge, was begehrt Ihr!«

Will kämpfte sich auf die Knie. Dies war seine Chance, vielleicht die einzige, die sich ihm jemals bieten würde. Er durfte sie nicht vorbeigehen lassen.

Will versuchte, seine Worte mit Bedacht zu wählen. »Ohne gegenüber meinem edlen Onkel, dem Grafen von Oxford, respektlos sein zu wollen – aber wenn ich könnte, würde ich Eurem Sohn, Prinz Henry Plantagenet, dienen.«

Die Kaiserin musterte ihn kühl.

»Ein Belet tut gut daran, dem Hause de Vere den Rücken zu kehren«, sagte sie dann. »Ich werde Euch ins Anjou schicken, sobald das Wetter es zulässt und die Winde für eine Kanalüberquerung günstig stehen. Werdet Ihr bis dahin in Oxford bleiben?«

Darauf wusste er keine Antwort. Glücklicherweise kam in diesem Augenblick Schildkröte zurück, begleitet von Sir Brian und Lady Margaret, beide noch in Nachtkleidern. Sir Brian schenkte Will ein breites Lächeln, dann ließ er sich neben der Kaiserin auf die Knie sinken.

»Eure Kaiserliche Hoheit bringen große Ehre über mein Haus!«

Lady Margaret trat vor, machte einen tiefen Knicks und küsste der Kaiserin die Hand.

»Eure Hoheit sind halb erfroren«, sagte sie. »Wir werden Euch in bessere Gemächer geleiten. Eine heiße Suppe wird Euch wärmen.«

»Keiner darf von meiner Anwesenheit erfahren!«, mahnte die Kaiserin.

»Torrence von Cornwall hat uns alles erklärt«, erwiderte Sir Brian. »Wir werden Euch sofort in Euer Gemach bringen, wo Ihr hinter geschlossenen Vorhängen ruhen könnt.«

Die Kaiserin nickte.

»Aber ihr werdet zwei kräftige Männer holen müssen, damit sie mich tragen«, sagte sie. »Ich kann keinen einzigen Schritt mehr gehen.«

»Erlaubt mir!« Sir Brian bückte sich und nahm sie hoch.

Will, der sich fragte, wie es den beiden gelingen mochte, unbemerkt den Hof zu überqueren, machte einen Versuch, auf die Beine zu kommen. Aber sein Fuß gab unter ihm nach und er fiel ins Heu zurück. Lady Margaret kam ihm zu Hilfe.

»Ruht Euch aus, Master Will«, gebot sie. »Wir kommen Euch bald holen. In der Zwischenzeit werde ich Edith mit Verpflegung zu Euch schicken.«

Will, dessen Knöchel heftig pochte, legte sich ins Heu zurück. Lady Margaret breitete die Pferdedecke über ihn.

»Wir sind stolz auf Euch, Master Will!«, sagte sie noch, dann eilte sie hinter Sir Brian her.

Schildkröte kniete sich neben Will und reichte ihm einen Becher heißen Wein.

Will nahm einen tiefen Zug und ließ die Wärme durch seine Kehle gleiten. Dann sagte er mit einem Grinsen:

»Wir haben es geschafft! Hast du einen Zauber für uns gewirkt, Schildkröte von Cornwall?«

Schildkröte lachte.

»Ja. Ich habe den Schnee weiß gemacht und die Nacht dunkel und kälter als das Herz des Teufels. War das nicht klug von mir?«

Will lachte ebenfalls, dann verstummte er.

»Glaubst du, die Ritter, die das Ablenkmanöver unternommen haben, konnten den Männern des Königs entkommen?«

»Ich halte es für wahrscheinlicher, dass sie in ihren Tod geritten sind«, gab Schildkröte zur Antwort.

»Gebe Gott, dass sie mit gezogenen Schwertern starben«, sagte Will.

»Ich nehme an, dass sie sich glücklich schätzten«, meinte Schildkröte. »Sie konnten ihr Leben England opfern.«

So viele waren gestorben und so viele würden wahrscheinlich noch sterben, bevor die Krone in sicheren Händen lag.

»Wird die Belagerung von Burg Oxford aufgehoben werden?«, wollte Will wissen.

»Der Graf und der König werden in Verhandlung treten und am Ende wird Graf Aubrey wohl in die Zahlung eines riesigen Tributs einwilligen, der den ohnehin schon notleidenden Bauern abgepresst werden wird. Möglicherweise wird der König auch Geiseln als Unterpfand fordern.«

Würde Lady Elaine ihren kleinen Sohn hergeben müssen, um den König zu besänftigen? Oder wäre er mit einem Tribut zufrieden? Will konnte Oxford unmöglich verlassen, falls seine Herrin dort in Bedrängnis lebte.

»Unser Plan ist geglückt, Will! Für den Augenblick sollte dir das genügen. Denk nicht jetzt schon an den Kummer von morgen. Kommen tut er sowieso noch früh genug.«

Will musste lächeln.

»Was würdest du wählen, wenn dir die Kaiserin eine Belohnung anböte?«

Jetzt musste auch Schildkröte lächeln.

»Sie will uns also eine Gunst erweisen? Nun, ich hätte gern eine schneeweiße Stute und ein Landgut in Wales.«
Und dann fuhr er mit einem Blick zu Will fort: »Und du? Du hast dich für den Prinzen entschieden?«
Will nickte.
»Was habe ich dir gesagt? Wunder können geschehen – sogar in England.«
Schildkröte trank einen Schluck Wein.
»Du hast dir selbst und deiner Familie Ehre gemacht, Will«, sagte er. »Jenen gegenüber, die sie unterstützen, ist die Kaiserin loyal. Von nun an wirst du mit deiner Familie unter ihrem Schutz stehen. Graf Aubrey wird es nicht wagen, den Belets zu schaden oder weiterhin nach Blindley Heath zu trachten.«
Schildkröte beugte sich grinsend vor.
»Du wirst also doch noch Sir Hase werden.«
»Sir Hase«, nahm Edith das Wort auf, die gerade mit einem beladenen Tablett ankam. »Das passt und du kannst den Schneehasen als Wappentier auf deinem Schild führen.«
Will sah Edith zum ersten Mal seit dem Herbst wieder und sogar im düsteren Licht des Stalles konnte er sehen, dass sie, trotz ihrer munteren Worte, blass und ernst geworden war.
»Schildkröte, du gehst ins Gemach meiner Mutter, wo du warmes Essen und ein wartendes Bett vorfinden wirst«, sagte sie. »Vater wird Will bald holen kommen. Bis dahin werde ich dafür sorgen, dass er von innen heraus warm wird. Später, wenn ihr beide ausgeruht seid, kannst du Uther und Wildfang holen und mit ihnen einen Besuch bei Will machen.«

»Wie geht es den beiden?«, fragte Will.
»Anfangs hat Uther vier Tage lang geheult, so hatte er Sehnsucht nach dir. Du hast Glück, dass ihm mein Vater nicht den Hals hat umdrehen lassen!«
»Natürlich war meine Wildfang zu vornehm, um Theater zu machen«, warf Schildkröte ein.
»Natürlich«, kam es von Edith.
Bevor er aufbrach, legte Schildkröte unbeholfen seine Hand auf Wills Schulter.
»Schieb die Sorgen beiseite, Will«, sagte er. »Ruh dich jetzt aus und komm wieder zu Kräften.«
Edith half Will beim Aufsitzen und fütterte ihm heiße Suppe.
»Essen kann ich doch alleine!«, wehrte er ab.
»Für den Augenblick bist du mein Patient. Nun versuch dich in Geduld zu üben.«
»Also gut.« Will machte es sich bequem und mied Ediths traurigen Blick. Die wohlschmeckende Suppe vertrieb schließlich das Zittern. Das Prickeln und Stechen in seinen Fingern und Zehen war ihm ein willkommenes Zeichen, denn es hieß, dass nichts erfroren war. Nach der Suppe war ihm Edith mit der Bandage behilflich, die sie erst ab- und dann wieder aufwickeln mussten.
»Will – erinnerst du dich noch an unser erstes Treffen? Wie ich mir wünschte zu wissen, was meine Zukunft bringt?«, fragte Edith.
Will nickte.
»Es ist alles entschieden«, sagte sie und seufzte. »Ich werde die Gemahlin Sir Bohemunds.«
»Aus Surrey?«

Edith nickte.
»Aber er ist doch schon so alt!«
»Alt ist er«, gab Edith zu, »aber er ist auch edel und liebenswürdig. Mein Vater hat eine gute Wahl für mich getroffen.«
»Du kannst doch nicht–«, begann Will.
»Still!«, bat Edith. »Ich habe nichts zu klagen. Ich bin die jüngste Tochter und meine Mitgift ist bescheiden.«
Will schwieg, wäre aber um ein Haar an seinem nächsten Löffel Suppe erstickt. Deshalb hatte sich Edith so verändert! Dass sie eines Tages würde heiraten müssen, hatte er die ganze Zeit über gewusst. Er hatte nicht einmal darauf hoffen können, ihre Hand zu erringen: Denn was hatte er ihr schon zu bieten? Und doch hatte er zu träumen gewagt ihr eines Tages tatsächlich etwas bieten zu können. Er hatte den Traum gehegt, *er selbst* könnte ihre Zukunft sein
Edith sah Will mit feuchten Augen an.
»Ich werde schon bald zur Abtei Woburn aufbrechen. Mein zukünftiger Gemahl erbat sich, ich möge unsere Verlobungszeit unter den frommen Schwestern verbringen, um dort das Lesen und das Rechnen zu lernen«, sagte sie. »Ich glaube, er will sicherstellen, dass ich gezähmt bin, bevor wir an Michaelis vermählt werden.«
»Gezähmt?«, lachte Will. »Niemand kann eine FitzCount zähmen. Denk an Simon.«
Edith lächelte.
»Das werde ich tun. Danke, Will.«
Edith legte den Löffel weg und nahm seine Hand. Nun würden sie voneinander Abschied nehmen; ihre Geschichte war zu Ende, bevor sie wirklich begonnen hatte.

»Du wirst auf einem prächtigen Landgut wohnen«, sagte Will.
»Ja. Und schöne Söhne bekommen, wenn ich Glück habe. Und du, Will?«
»Meine Zukunft ist ebenfalls entschieden. Ich werde mich nach Frankreich einschiffen, um Henry Plantagenet zu dienen.«
»Vater meint, er sei ein viel versprechender Bursche, ein würdiger Erbe König Henrys.«
»Er ist ein Gebieter, dem zu folgen lohnt. Ich glaube, er wird Frieden nach England bringen.«
»Wirst du an uns denken, wenn du im Anjou gegen französische Drachen kämpfst, Sir Hase?«
Will betrachtete ihre schalkhaften Augen, die denen ihres Bruders Simon so ähnlich waren. Frankreich war weit, aber dort würde er ja nicht für immer bleiben. Irgendwann würde Henry Plantagenet zurückkehren und um England kämpfen, mit Will an seiner Seite. Will würde England stets die Treue halten. Wie hätte er jemals sein Leben hier vergessen können, das gute, grüne Land ringsum und all jene, die er liebte?
»Ich werde an euch denken!«, antwortete Will. »Immer.«

Nachwort

Kaiserin Matilda schaffte es, unbehelligt in den Westen des Landes zu gelangen, wo sie fünf Jahre lang blieb, während ihre Macht langsam abnahm. Kurz nach dem Tod Robert von Gloucesters im Jahre 1147 zog sie sich auf ihre Besitzungen in der Normandie zurück.

Der Kampf um die Krone Englands wurde von Prinz Henry fortgeführt. Er war erst vierzehn, als er ihn 1147 aufnahm. Mit sechzehn ernannte ihn sein Vater, Geoffrey von Anjou, zum Herzog der eroberten Normandie. Im Jahre 1153 landete Herzog Henry mit einer großen Streitmacht in England an. Im selben Jahr verstarb gänzlich unerwartet Eustace, Sohn und Erbe von König Stephen. Den Fürsten und mächtigen Kirchenmännern Englands gelang es schließlich, einen Waffenstillstand auszuhandeln. Stephen sollte den Thron auf Lebzeiten innehaben, musste jedoch Herzog Henry als seinen Nachfolger einsetzen. Innerhalb eines Jahres war König Stephen tot.

Henry II. war nun König! Durch seine Heirat mit Herzogin Eleonore von Aquitanien gewann er das größte Herzogtum im Süden Frankreichs hinzu. Somit war er nicht nur König von England, sondern gleichzeitig Herzog von Aquitanien und der Normandie, sowie Graf von Anjou. Henry II. erfüllte die Hoffnungen und Erwartungen aller, die für ihn gekämpft hatten. Seine lange Herrschaft brachte Frieden, Ordnung und Wohlstand nach England.

Die Handlung dieses Buches folgt eng der Geschichte je-

ner Tage, wie wir sie im Laud-Manuskript der Angelsächsischen Chronik überliefert finden, einer im zwölften Jahrhundert im Kloster von Peterborough entstandenen Handschrift. Diese Chronik ist ein außergewöhnliches Dokument, das uns heutigen Lesern Einblick in die englische Geschichte gewährt. Noch außergewöhnlicher ist, dass sie in der Sprache des Volkes verfasst wurde, obwohl *alle* wichtigen Dokumente jener Zeit, vor allem die in Klöstern entstandenen, auf Lateinisch geschrieben wurden. Ich habe diese Schrift in der Übersetzung und Bearbeitung von G. N. Garmonsway (Everyman) benutzt, sowie unzählige andere Quellen, um die Handlung meiner Geschichte so zu gestalten, dass sie den historischen Aufzeichnungen so weit als möglich gerecht wird und die mittelalterliche Atmosphäre so authentisch wie möglich wiedergibt.
Kurz zusammengefasst werden in den Aufzeichnungen folgende Ereignisse beschrieben:
1137, als Stephen von Blois seiner Base, Kaiserin Matilda, Tochter König Henrys und rechtmäßige Thronerbin, mit Gewalt die Krone nahm, wurde England in einen verheerenden Bürgerkrieg gestürzt, der neunzehn Jahre andauerte. Die wirren Zeiten machten sich viele skrupellose Barone zu Nutze, um das Land auszuplündern. Dörfer, Abteien, Kirchen und schlecht verteidigte Besitzungen fielen ihrer Habgier zum Opfer. So viel Böses durchlief das Land, dass man sagte: »Christus und seine Heiligen schlafen.«
Ehemals verbündet, entzweite sich Graf Ranulf von Chester mit König Stephen, woraufhin dieser dessen Burg in Lincoln unter Belagerung nahm. Als Robert von Gloucester, Halbbruder der Kaiserin Matilda, Nachricht davon er-

hielt, kam er Chester mit einem großen Aufgebot zu Hilfe. Am 2. Februar 1141, an Mariä Lichtmess, nahmen Roberts Männer König Stephen gefangen und legten ihn in Eisen. Später im gleichen Jahr wurden Kaiserin Matilda und Robert von Gloucester in Winchester unter Belagerung genommen und zwar von Truppen, die König Stephens Gattin befehligte, ebenfalls Matilda genannt. (Um Verwirrung zu vermeiden, habe ich sie in meiner Geschichte Maude genannt, eine gebräuchliche Abkürzung von Matilda). Bei dem Versuch der beiden, aus der verhungernden Stadt zu entfliehen, opferte sich Robert von Gloucester, damit Matilda entkommen konnte, und wurde von Königin Maudes Truppen festgenommen.

Barone, die ihr die Treue hielten, brachten Kaiserin Matilda nach Oxford und übergaben ihr Stadt und Burg. In der Zwischenzeit hatte man einen Gefangenenaustausch vereinbart, wodurch sowohl König Stephen als auch Robert von Gloucester wieder die Freiheit erlangten. König Stephen zog nun gegen Oxford, um die Burg, in der sich Matilda aufhielt, zu belagern. Sie entfloh bei Nacht, indem sie an Seilen aus dem Wehrturm abgelassen wurde und sich dann zu Fuß nach Wallingford durchschlug.

Nicht in der Angelsächsischen Chronik, doch in anderen Berichten wird erwähnt, die Kaiserin und die wenigen Männer ihrer Eskorte wären ganz in Weiß gekleidet gewesen, um mit der verschneiten Landschaft zu verschmelzen. Obwohl auch Berichte darüber vorliegen, dass bereits die Jungen des zwölften Jahrhunderts auf der Themse eine Art Schlittschuhe benutzten, ist es meine Erfindung, dass Kaiserin Matilda auf diese Weise nach Wallingford gelangte.

Es gab einen wirklichen John Belet, der Henry I. als Kellermeister diente und in Surrey ein Landgut besaß. Es gab auch einen Aubrey de Vere, der als Oberster Schatzmeister einer der wichtigsten Minister unter Henry I. war. *Sein* Sohn erhielt die Grafenwürde und die de Veres stellten bis 1604 die Grafen von Oxford. Sir Brian FitzCount hielt den Besitz von Wallingford und war ein unerschütterlicher Anhänger Matildas. Ich bezweifle jedoch, dass diese Männer auch nur die geringste Ähnlichkeit mit den Personen in diesem Buch haben.
Meine Geschichte ist auf wahre Begebenheiten aufgebaut. Will und Schildkröte, Edith, Simon, der böse Graf und die liebliche Elaine, d'Artois und Schindknappe Wat jedoch entsprangen aus meiner Faszination für eine Zeit, die weit zurückliegt und doch so lebendig ist, dass man fast meint sie zu spüren.

Worterklärungen

Angeviner das Herrschaftshaus von Anjou

Armbrust aus dem Bogen entwickelte Schusswaffe

Arthur auch König Artus, sagenhafter König der Briten, der um 500 nach Christus gelebt haben soll und gegen die Sachsen kämpfte. Um ihn scharte sich eine Reihe von Rittern, König Arthurs Tafelrunde, die in aller Welt wunderbare Abenteuer bestanden. Arthur und seine Ritter wurden zu Vorbildern des europäischen Rittertums.

Bader im Mittelalter ein Barbier und Badeknecht, der häufig auch als Wundarzt diente

Benedicite klösterlicher Gruß: »Seid gesegnet«

Bergfried Wehrturm einer Burg

Burgvogt militärischer Befehlshaber einer Burg

Feldscher s. o.: Bader, Barbier und Arzt beim Militär

Fries waagerechtes bandartiges Muster zum Schmuck einer Wandfläche

Gawain Ritter der Tafelrunde König Arthurs

Grauwerk Bezeichnung für das Rückenfell des grauen Eichhörnchens, mit dem im Mittelalter besonders kostbare Kleidungsstücke besetzt waren

Guinevere Gattin König Arthurs

Hospiz Krankenabteilung eines Klosters

Illuminieren Im Mittelalter wurden Bücher noch mit der Hand abgeschrieben und kostbar bemalt. Letzteres nannte man illuminieren.

Infirmarius heilkundiger Mönch im Kloster

Karl der Große lebte von 747 bis 814, König der Franken und seit 800 Kaiser, herrschte über halb Europa und galt im Mittelalter als das Ideal des christlichen Herrschers.

Knappe junger Adeliger, der im Dienst eines Ritters standesgemäß ausgebildet wurde, um mit 21 Jahren selbst zum Ritter geschlagen zu werden.

Komplet die letzte der sieben kanonischen Stunden, Nachtgebet

Laudes Lobgebet

Lehen ein geliehenes Gut, das ein Herrscher seinem Vasallen überließ, der ihm im Gegenzug dafür Treue schuldete

Met Wein aus Honig und Wasser

Mette Morgengebet um Mitternacht

Mummenschanz Maskerade

Normannen ursprünglich aus Skandinavien stammender Volksstamm (Nordmänner), der im Mittelalter die Küsten Europas heimsuchte. Im neunten Jahrhundert eroberten dänische Normannen die Nordküste Frankreichs, die so genannte Normandie. Sie nahmen den christlichen Glauben und die französische Sprache an und eroberten von dort aus England.

Oblaten Klosterschüler

Page adeliger Zögling im Hofdienst. Jungen wurden bereits mit sieben bis neun Jahren zur Ausbildung an einen fremden Hof gegeben, um dort zunächst als Page der Frau eines Ritters zu dienen. Mit vierzehn Jahren wurden sie als Knappen weiter ausgebildet.

Palisade Hindernis aus einer Reihe dicht nebeneinander eingegrabener langer Stäbe

Prim Gebet zur ersten Stunde

Reliquie Asche oder Gebeine eines Heiligen oder Gegenstände, die dieser besessen oder berührt hat und die kultisch verehrt werden

Roland Ritter aus dem Sagenkreis um Karl den Großen, Held des Rolandsliedes, eines der bekanntesten Heldenepen des Mittelalters

Sachsen ursprünglich aus dem heutigen Nordwestdeutschland stammender Volksstamm, der sich im 5. Jahrhundert auch in Britannien ansiedelte und dort zusammen mit den Angeln das englische Volk bildete

Scriptorium Schreibstube eines Klosters

Seneschall Verwalter, der für das Hauswesen einer Burg verantwortlich war

Sext Gebet zur sechsten Stunde

Sieben kanonische Stunden vorgeschriebene Gebete zu bestimmten Tageszeiten, beginnend mit dem Morgengebet um Mitternacht

Sporen verdienen Sporen sind am Reitstiefel zu befestigende Metallbügel und waren ein Teil der Ritterrüstung. Beim Ritterschlag wurden den Knappen goldene Sporen verliehen. Daher stammt die Redensart ›sich seine Sporen verdienen‹.

Te deum frühchristlicher Lobgesang

Tonsur: Haartracht der Mönche. Bei Aufnahme in den Orden wurden die Haare geschoren, wobei nur ein dünner Haarkranz übrig blieb.

Uther Pendragon Vater König Arthurs

Vasall Ritter, der in einem persönlichen Treueverhältnis zu einem Schutzherrn stand

Vespergottesdienst vorletzte der sieben kanonischen Stunden, Gebetsstunde am späten Nachmittag

William der Eroberer normannischer König, der 1066 in der Schlacht bei Hastings den sächsischen König Harold besiegte und den englischen Thron bestieg

Zelter Pferd, das im Passgang geht (setzt beide Beine einer Seite gleichzeitig), im Mittelalter als Damenpferd beliebt

Zinsbauern Bauern, die einem Grundherrn Zins zu entrichten oder besondere Dienste zu leisten hatten.

Rainer M. Schröder

Das Geheimnis des Kartenmachers

Augsburg im Jahre 1490: Der junge Caspar wurde aus seiner Stadt vertrieben. In einer Werkstatt außerhalb der Stadttore findet er Unterschlupf. Er hat die Gabe des blitzschnellen Gedächtnisses, kann sich im Handumdrehen komplizierte grafische Muster und zeichnerische Details merken. Deshalb hat ihn der Kupferstecher Bartholomäus Wolkenstein in seine Dienste genommen. Doch schon bald fallen ihm seltsame Dinge auf: Woran arbeitet sein Meister in seiner geheimen Kammer, und was enthalten die Briefe und Päckchen, die er aus allen Teilen Europas empfängt? Geht es dabei um die neuen astronomischen Theorien, wonach die Erde eine Kugel sei? Für die Kirche sind dies gotteslästerliche Gedanken – und tatsächlich setzten einige Leute alles daran, Meister Bartholo der Ketzerei zu überführen. Als wäre das allein nicht schlimm genug, soll Caspar ihnen auch noch dabei helfen...

400 Seiten. Gebunden. Ab 12

Arena